下堂婦逆轉人生 3

完

風文創
843

饞饞貓 著

目錄

第二十一章

顯慶帝只有心情不好時才會待在龍吟閣，沁陽公主和威遠侯世子到的時候，他的臉色十分難看。

「居益，朕聽說你剛才在東宮處死了一個小太監？」

威遠侯世子撲通一聲跪了下去。「是臣一時情急才……請皇上恕罪。」

沁陽公主也跟著跪下。「皇兄，駙馬也是過於悲傷才作出此事，看在我們夫妻白髮人送黑髮人的分上，饒了他這一回吧。」

顯慶帝面色沒有一絲緩和，太子妃之死並非他所樂見。原本打算留她一命，誰知剛進入禁宮就撞柱而亡，死訊拖了幾日才有人來稟報，她的屍體都已經不成樣了，所以才用棺木裝了抬回東宮。

顯慶帝第一次覺得小看了這個外甥女，她對別人狠，對自己更狠，與當年的沁陽公主如出一轍。如今他後悔極了，五年前不該選她為太子妃的。

「沁陽，妳可知德容做了什麼錯事？」他緩緩開口問道。

沁陽公主心裡一緊，忽然想起丈夫踢死的那個小太監來。「臣妹不知。」

顯慶帝冷笑了一聲。「妳生的好女兒，自己生不出來，竟然斷了別人做母親的機會。沁陽，妳知道朕最在乎的是什麼，德容卻偏偏要觸碰朕的底線，朕不能饒了她。」

沁陽公主跌坐在地，原來如此，原來如此。這一瞬間她淚如雨下，心底又悔又恨，悔的是當初她不該將斷子草交給女兒，讓她走上了這一條絕路；恨的是坐在上方的顯慶帝如此冷心絕情，德容又沒有毒害皇嗣，只不過是幾個女人罷了，為何不能放她一條生路？

「朕給了她最後的體面，允許她在東宮停靈，三日後以太子妃的身分葬入皇陵。她做過的事情，朕也不會再追究，你們好自為之吧。」

顯慶帝的聲音傳來，沁陽公主猛地抬起頭。「皇兄，這……」

這怎麼可以？德容已經死得那麼慘了，為何連應有的七日停靈尊容都沒有，她不甘心吶。

「朕意已決，你們退下吧。」顯慶帝沒有給沁陽公主機會多說。

威遠侯世子還有幾分清醒，在看到顯慶帝沈下臉時，連忙扶起妻子告退。

三日後，太子妃被葬入皇陵，送葬的只有公主府和威遠侯府的人。

顯慶帝下了聖旨，禁止宮中任何人議論太子妃之死，並讓傅良娣暫時管理東宮內院。

大郡主衛昭沒了養母，考慮到郭雪瑩也是受害者，顯慶帝便讓她回到了生母那裡。

「哎，大郡主和雪瑩總算母女團聚了。」得到消息的郭夫人開心極了，外孫女出生不久就被抱到了先太子妃的身邊，女兒一直忍受著母女分離之苦，她這個做母親的只要一想起就難受得不行。

好在一切都苦盡甘來了，顏娘也替她感到開心。

「顏娘，若有合適的先替滿滿定下吧。」郭夫人忽然道。顏娘還沒反應過來，又聽她說：「明年是大選之年，妳該不會想讓滿滿參選吧？」

「怎麼會，我只想她嫁到普通人家就好，滿滿的性子不適合在宮裡生存。」顏娘連忙解釋。

郭夫人點了點頭，建議顏娘回去後和姜裕成商量，早日定下女兒的親事，以防生變。

顏娘帶著複雜的心情回到家，板凳還沒坐熱，就聽說恭王病逝了，她愣了一下，恭王雖已年邁，但怎麼突然就病逝了呢？

恭王去世，姜家必定要去弔唁的。

第二日一早，姜裕成帶了雙生子前往恭王府，他們到時，恭王府冷冷清清的，沒有幾個外人在。姜裕成問了金一幾句，金一道：「世孫將上門弔唁的人家都趕走了。」

來到靈堂前，只見衛枳一身孝衣、臉色蒼白的跪在火盆前，衛杉和金管家既悲痛又擔心衛枳的腿，姜裕成一來，兩人似乎看到了救星。「姜大人，您快幫著勸勸世孫吧，他已經在這跪一整晚了，老奴真怕他把腿給跪壞了。」

姜裕成點了點頭。他帶著雙生子先給恭王上了香，然後又讓雙生子給恭王燒一疊紙錢，做完這一切後，才緩緩開口。

「王爺救過我的命，當初我備禮前來答謝，王爺卻拒絕了。你知道王爺當時是怎麼跟我說的嗎？」他望著衛枳問道。

衛枳似乎沒聽見一樣，仍然自顧自的往火盆裡添紙。

「王爺說，他這輩子最放不下的就是自己唯一的孫兒。倘若他去了，就只剩你一人在世上，皇家歷來親情淡薄，親生的父母兄弟尚且靠不住，所以他也不指望其他人能對你有多少照顧。

「他說他救我一命，並不是出於善心大發，而是希望我日後能看在他救命之恩的分上，對你多看顧幾分。王爺在世時，最擔心的就是世孫您，如今他才剛閉眼，您就這般折騰自己，難道是要讓他老人家在下面也不安心嗎？」

衛枳抬眼看向他，眼裡全是紅血絲。

「祖父沒了，我的家也沒了，一雙廢腿而已，有什麼好在乎的。」

他太消沈了，這可不是好事。姜裕成正要說話時，文硯在一旁道：「世孫哥哥，你不是說一直把我們當弟弟嗎？既然這樣，我和我哥應該算是你的家人吧！」

文博也道：「原本我是老大，文硯是老二，現在我們讓你當老大，你覺得怎樣？」

姜裕成瞪了兩個兒子一眼，示意他們閉嘴。

沒想到他們的話讓衛枳動容了，他看著文博，開口說了一個「好」字，說完又望向姜裕成，嘆了一口氣。「多謝姜大人勸解，我知道祖父生前最放心不下的就是我，我也明白了，我不能讓祖父走得不安心，我會好好活著的，長命百歲，兒孫滿堂，這樣才對得起祖父對我的疼愛與期望。」

他聲音嘶啞、語氣哽咽，明明未及弱冠，卻滄桑得如同飽經風霜的中年人一般。

姜裕成拍了拍他的肩。「打開大門讓人進來弔唁吧，恭王畢竟是王爺之尊，死後哀榮也是他應得的。」

衛枳點了點頭，金管家立即命人打開王府大門。

七日後恭王出殯，顯慶帝命太子代他送皇叔最後一程，並在恭王靈前宣讀聖旨，賜封衛枳為博陵郡王。

博陵離京城不遠，是一個較為富庶的州郡，顯慶帝將此地作為衛枳的封地，也是為了安撫皇叔的在天之靈。

但這個消息傳到宮中時，祥妃氣得又砸了一套茶具。

「憑什麼？那衛枳不過是一個無親無靠的孤兒罷了，皇上為何要如此優待他？我的樺兒如今還是個光頭皇子，皇上這個做父親的怎麼不替自個兒的親兒子想一想！」

她說這話時，根本沒想避著人，所以被顯慶帝聽了個正著。

顯慶帝本來在承暉殿批摺子，批著批著就想到了衛枳。皇叔這一去，衛枳就成了真正孤兒了，著實可憐啊！想著想著，他又從衛枳想到了自己的二皇子衛樺，他雙腿已廢，注定日後只能做個富貴閒王。太子與他不同母，且晉陽侯府與勇毅侯府向來不和，太子即位後，雖然不會將他怎麼著，但也不會多善待他。

顯慶帝擔憂衛樺的處境，覺得應該提前將他的封地確定了。祥妃是二皇子的生母，理應聽聽她的意見，所以他便來了興慶宮。誰知才剛走到門口就聽到了祥妃的抱怨，他停下腳步，打算回承暉殿。

這時興慶宮的小太監發現了他，立即跪下行禮。「奴才見過皇上。」

顯慶帝只好打消了回去的念頭。他看了梁炳芳一眼，梁炳芳立即扯著嗓子喊道：「皇上駕到。」

屋裡的祥妃聽到後，忙不迭的出來迎接聖駕。

顯慶帝瞥了她一眼，徑直走到軟榻邊坐下，祥妃亦步亦趨的跟在他身後。

「妳剛才的抱怨，朕都聽見了。」

祥妃臉色一白，連忙跪下請罪。「皇上，臣妾一時嘴快，說話沒經過腦子，還請皇上恕罪。」

顯慶帝直勾勾的盯著她，心想她確實是不大聰明，不然當初也不會選她入宮了。畢竟勇毅侯的二孫女聰慧過人，又有一副常人不能及的美貌。祥妃有什麼？除了長房嫡出的身分，學識、才華、樣貌都不如她那堂妹。

後宮中聰明的女人太多了，也需要祥妃這樣頭腦簡單的人來調和一下。所以祥妃做了錯事，只要不是太嚴重的，他都睜一隻眼閉一隻眼，不與她計較。

顯慶帝瞥了她一眼。「這次朕就不跟妳計較了，妳自己也注意些，說話過過腦子。」

祥妃連忙應道：「謝皇上，臣妾以後會注意的。」

顯慶帝見她認錯態度不錯，心裡很是滿意，朝她招了招手，祥妃連忙靠了過去。

「今日朕來找妳，是為了樺兒的事情。」顯慶帝開門見山道。

祥妃一聽立即坐直了身子。

「像妳說的那樣，朕總共就兩兒一女，太子自不用提，朕百年之後，祖宗家業都是他的。筠兒還小，又是公主之身，只需找個好的人家嫁了，只要這江山還姓衛，就沒人敢欺負她。」說到這裡，顯慶帝嘆了嘆氣。「唯獨樺兒，幼時遭逢厄運，性子又被朕慣得囂張狂妄，多次與太子作對。太子雖不與他計較，但也不會像對筠兒那般親切。朕想著，不如早早定下他的封地，等太子即位後，他就去封地上生活吧。」

聽了這話，祥妃欲言又止。

顯慶帝知道她想說什麼。「父母之愛子，為之計深遠。我知道妳不想讓樺兒離開京城，但封地才是他自己的地方，只要他不謀反，離得遠了，太子總會顧及幾分兄弟情誼的。」

祥妃眼眶紅了。「臣妾知道皇上是為了樺兒好，可是臣妾捨不得啊。他自小就長在宮中，以後只能孤零零的去封地生活，臣妾只要一想到這個畫面，心裡就像刀割一樣痛。」

「胡說，他日後要娶妻生子的，有妻兒陪伴，怎麼會是孤零零的？」顯慶帝輕喝道。

祥妃抹了抹眼淚，低頭不語。

顯慶帝皺了皺眉，放緩語氣道：「明年是大選之年，朕會為樺兒選一位賢慧柔順的正妃的，妳就別憂心了。」

祥妃臉色有些僵硬，差點告訴顯慶帝，兒子正妃人選她已經定了，礙於帝王的威嚴，話到嘴邊又咽了回去。

「皇上，您剛剛說要定樺兒的封地，不知打算將他安置在哪裡？」

顯慶帝道：「江安富庶，利州秀美，朕打算將江安、利州兩地作為樺兒的封地。」

「那兩處？」祥妃驚聲。「離京城太遠了些。」

「那愛妃說說看，樺兒的封地應該選在哪裡為好？」

「臣妾覺得薊川和惟海郡就不錯，離京城近，富庶程度又不亞於博陵、邳州等地，拿來給樺兒做封地剛剛好。」

祥妃每說一個字，顯慶帝臉色就難看一分。勇毅侯府當他是傻子嗎？這麼明顯的意圖，他會看不出來？

薊川和惟海郡是大宴最富庶也是最重要的兩個州郡，自太祖開創大宴以來，那兩處從未做過皇子的封地。祥妃只懂吃吃喝喝，哪裡看得懂輿圖，定是勇毅侯那老匹夫慫恿的。

其實顯慶帝這次真的冤枉勇毅侯了，封地這事他還沒來得及跟祥妃提，這都是祥妃自己琢磨的。

顯慶帝怒氣沖沖的離開興慶宮回到承暉殿後，隨便找了個理由將勇毅侯申斥了一頓。勇毅侯覺得這頓罵來得莫名其妙，連忙去打聽了，才知道祥妃在打什麼主意。

「真是個蠢貨，進宮那麼多年了，依舊沒有多少長進。」當著勇毅侯世子的面，勇毅侯氣得大罵祥妃。

勇毅侯世子有些難堪，畢竟父親口裡的蠢貨不是別人，而是他的親生女兒。

「父親，您別生氣了，氣壞了身子可不值當。」他乾巴巴的勸道。

他不說話還好，一說話勇毅侯又來了氣。「若你不是我的嫡長子，這世子之位早就該你弟弟來當了。當初是皇上指明要長房嫡女進宮，要不然，若是姝兒去的話，依她聰明伶俐的性子，咱們怎麼會落到如今這樣被動的局面？」

勇毅侯世子被父親罵得抬不起頭，心裡卻對二弟一家恨極了。母親在世時，就偏愛二房一家，他以為父親是不同的，沒想到也是一樣的心思。

回到正院後，勇毅侯世子跟妻子埋怨了一通。夫妻同心，世子夫人也不待見二房一家。

「別氣了，就算父親看重二房又怎樣，如今在宮裡的可是咱們的女兒。」她安慰丈夫道：「而且前些日子祥妃娘娘對我說了，想要聘娶老大家的椿兒做二皇子妃，這繞來繞去都是自家人，跟二房可沒半點關係。」

聽了這話，勇毅侯世子急忙問：「這可是真的？」

世子夫人點頭。「她說這也是父親的意思。」

「哈哈哈，竟然還有這事。這麼看來，我們長房的運氣實在是好，二房怎麼能跟我們比。」勇毅侯世子覺得總算消除了心中的鬱氣。

而此時的二皇子卻不在宮裡，而是去了凌家。自從凌琬琬出宮回了凌家後，二皇子幾乎每隔幾日就要去一趟。

他原本想直接將人帶回宮裡，可誰知凌琬琬並不願意跟他回去。二皇子在凌家大發雷霆，凌琬琬卻一改往日的懦弱，狠狠的給了他一巴掌。

二皇子被她這一巴掌打懵了，連氣都忘了生。凌家眾人可嚇得不輕，紛紛跪下跟二皇子賠罪，范瑾甚至還給了女兒一耳光。

二皇子沒說什麼，只深深看了凌琬琬兩眼，然後就回宮了。

凌琬琬以為自己已經擺脫了他，不管母親如何訓斥自己，她都不覺得難受。

但令她沒想到的是，過了幾天，二皇子竟然又來了。這一次范瑾怕凌琬琬犯橫，讓小女兒凌珺珺陪她一起去見二皇子。

二皇子對凌琬琬的態度變得十分溫柔，像是變了一個人一樣。只是凌琬琬絲毫不為所動，反倒是凌珺珺全然看在眼裡。

二皇子雖然廢了雙腿，但他擁有一張衛氏皇族標準的俊臉，又有從小養成的尊貴氣質。先前發怒時還有些嚇人，現在變得溫柔了，如同春風拂過一樣，讓凌珺珺忽然有了少女的春心萌動。

自那一日開始，她開始期待二皇子來家裡，同時也對凌琬琬這個親姐姐越來越不滿。她覺得，自從姐姐回來後，爹娘以及她看不上的祖父母，他們的心思全都集中到了姐姐身上，就連相處了八年的弟弟凌曜，對姐姐也比對自己還親熱一些。

嫉妒如同星星之火，一點一點的燃燒起來，尤其是看到二皇子對姐姐凌琬琬的關心體貼時，心中的妒火熊熊燃燒起來。

這一日，二皇子離開凌家後，凌珺珺攔住要回房間的凌琬琬，直截了當的問：「姐姐，妳不喜歡二皇子對不對？」

凌琬琬皺了皺眉。「妳這話是什麼意思？」

「我喜歡二皇子，我想要姐姐答應我，以後二皇子來了，就留在屋子裡不要出來，由我去陪他便好。」

凌琬琬以為自己聽錯了。「妳說妳喜歡二皇子？」那個廢物？

「對。」凌珺珺揚了揚頭。「姐姐以為我在說笑嗎？我知道妳不喜歡他，既然如此，為何不把他讓給我呢？」

凌琬琬長呼了一口氣。「妳才多大歲數，就知道喜歡是什麼了？我勸妳不要被他迷惑了，妳知道嗎，他就是個怪物，是……」

她話還沒說完，就被凌珺珺一把推開。

「夠了，我不許妳詆毀他。」

凌琬琬好心被當成驢肝肺，惱道：「隨便妳喜歡誰，都跟我沒關係。」說完氣沖沖的離開了。

目送著凌琬琬離開，凌珺珺氣得捏緊了帕子，心道：等著吧，總有一天我會得到他的。

京山書院

文博文硯看著不停嘆氣的凌曜十分不解，文硯問道：「凌三，我說你怎麼搞的，跟個老頭子似的？」

凌曜長嘆道：「我真羨慕你們，你們只有一個姐姐，不會有姐妹之間的矛盾。」

文博和文硯相視一眼，瞬間明白了他的意思。

凌家的大姐凌琬琬從宮裡回來了，他們也是知道的，結合凌曜的話，看來是凌琬琬與凌珺珺鬧矛盾了。

凌琬琬他們不瞭解，但凌珺珺他們是非常討厭的。敵人的敵人就是朋友，不管凌琬琬是怎麼樣的人，他們都決定幫她一把。

文博問道：「是不是夾在她們中間讓你為難了？」

凌曜點了點頭。

文博拍了拍他的肩。「這有什麼為難的？你喜歡哪個姐姐就站哪一邊唄。」

說這話時，他十分篤定凌曜不會喜歡凌珺珺那種囂張跋扈的。

果然，凌曜道：「雖然兩個都是我的親姐姐，但我更喜歡大姐一些。她跟我相處時間不長，對我卻非常好，有什麼好東西都會記著我，也不會像二姐那樣無緣無故的訓斥我。」

文硯嘿嘿笑了。「那不就結了？你大姐那麼好，肯定都是你二姐的錯，於情於理你都應該站在你大姐那邊的。」

聽了這話，凌曜有些遲疑。「可她們都是我的姐姐呀，我不能厚此薄彼。」

文博伸出自己的手掌。「你看我這手心手背，哪裡的肉多些？」

「手心。」

「對呀，雖然說手心手背都是肉，但手心的肉要厚一些，所以根本不可能做到一碗水端平。」

凌曜又嘆了口氣，心情複雜極了。

下學時，文博文硯坐在回家的馬車上，文硯問哥哥。「哥，我覺得凌曜挺可憐的，咱們這麼挑唆他，會不會不厚道？」

文博瞥了他一眼。「不厚道的是他姐姐凌珺珺，難道你忘了她是怎麼罵大姐、罵娘的嗎？身為弟弟和兒子，我們必須要保護她們。再說了，凌曜更喜歡他大姐一些，心早就偏了，我們只是推了他一把而已。」

文硯想到尖酸刻薄的凌珺珺，認同的點了點頭。

文博又叮囑弟弟：「回去嘴巴閉緊點，不要讓魚兒套出話來了，免得又去跟大姐告狀，到時候挨訓的又是我們。」

文硯再次點了點頭，心裡卻在想，都是一個爹媽生的，為何哥哥跟弟弟都有一副聰明的腦子，而他就老是被欺負呢？

最近顏娘一直在想郭夫人那天說的話，滿滿的確到了相看婆家的年齡。她從未想過要女兒高嫁，只期望她能嫁到一個平和寬容的人家，丈夫疼寵、公婆善良就好了。

思慮再三，姜裕成下值回來的時候，她跟他提了幾句，問他有沒有合適的人選。

姜裕成想了想道：「有倒是有，不過我覺得滿滿還小，不用急著找婆家。」

顏娘嗔怪的看了他一眼。「她都十三歲了，依照京中的規矩，若今年定下人家，及笄後再等兩年出嫁，到時正合適。」

「又何必管京中的規矩？我們家的女孩兒多養幾年也使得。」姜裕成如是說道。

顏娘嘆氣。「你以為我不想多留她幾年啊。」她提起郭夫人當初說過的話。「嫂嫂告訴我，明年就是大選之年，依著你的官職，滿滿也有可能要去參選，我捨不得女兒去宮中吃苦，所以最好早點將她的婚事定下，到時候就不必去參選了。」

聽了這話，姜裕成道：「這有什麼？就算到時候咱們女兒要去參選，只要跟上面打好招呼，只需走個過場就能回家。」

「事情沒有絕對，萬一中間出點意外怎麼辦，我想了想，還是給她訂下親事更靠譜一些。」顏娘不贊同丈夫的想法。

姜裕成點了點頭。「好吧，後日我休沐，咱們一起去官媒處問問，看看京中有哪些合適的人家。」

他這話讓顏娘高興起來。「好，到時候咱們去看看。」

來到姜裕成休沐當日，一大早夫妻倆吃過朝食後，跟姜母說了聲就打算去官媒處，誰知剛要出門時，被姜母叫住了。

「你們倆給我回來。」姜母急聲道。

顏娘和姜裕成只好折了回去。

「娘，有什麼事不能等我們回來再說嗎？」姜裕成道。

姜母瞪了他一眼。「要是等你們回來再說可就晚了。」

顏娘有些好奇，問：「娘，到底是什麼事呀？」

姜母讓夫妻倆坐下，清了清嗓子後道：「你們倆是不是決定要給滿滿相看婆家了？」

顏娘和姜裕成點了點頭。

姜母拍了拍大腿，埋怨道：「我說你們何必捨近求遠，去什麼官媒處嘛，咱們自家就有合適的啊。」

姜裕成沒聽懂，顏娘倒是明白了。「娘，妳說的是表姐家的長生？」

姜母點頭。「對，就是長生。你表姐以前就想把兩孩子湊一對，怕你們不答應，所以這些年也沒怎麼提過。前些日子她不是來信了嘛？說長生要來咱們家住一段日子，準備明年的春闈。我琢磨著，兩個孩子訂親也挺不錯的。」

賀長生讀書有天分，這些年寒窗苦讀，能耐已經超過他那個屢試不第的父親了，姜裕成對這個表外甥挺看重的。

顏娘有些遲疑。「娘，您也說了，那是表姐以前說的，咱們離家那麼久了，也不曉得表姐如今是個什麼想法。」

「放心吧，她若是不想滿滿做她的兒媳婦，也就不會讓長生來京城備考了。」姜母道：「賀家人口簡單，妳表姐又疼愛滿滿，長生也是個穩重的孩子，而且這些年身子骨漸漸的結實了起來。滿滿要是跟長生訂親，老婆子敢跟妳保證，滿滿絕對不會受委屈的。」

顏娘與姜裕成相視一眼，姜裕成道：「娘，既然如此，我們今日就不去官媒處了。等長生來了後，讓兩個孩子相處一下，若真的合適，我和顏娘也不會反對。」

姜母笑了，正要說話又聽兒子道：「但有一點，強扭的瓜不甜，若兩個孩子中任何一個無意，您都不能勉強。那時，我和顏娘還是要替滿滿另相看人家的。」

姜母正色道：「那是當然，我又不是那種惡婆子，不會做討人厭的事情。」

聽了這話，顏娘心裡也鬆快了許多。有些話她作為兒媳婦，實在是不好跟婆婆直說，但丈夫姜裕成可以。

三人在屋裡說起這事時，都忽略了還在姜母房間暖閣裡玩耍的文瑜。小機靈鬼本來正在跟一把八卦鎖較勁，沒想到聽到了一個大消息。

等爹娘走後，他從暖閣裡出來跑到姜母身邊。「祖母，長生是誰？」

姜母一把摟住小孫兒，樂呵呵道：「長生就是你表姑媽家的孩子，你應該喊他一聲表哥。他呀，跟咱們魚兒一樣，都是乖巧聰明的孩子。」

「那他以後會成為魚兒的姐夫嗎？」文瑜望著祖母，一臉天真的問道。

「噓。」姜母在嘴邊豎起食指。「這話可不能出去說，咱們知道就好，不然對你姐姐名聲有影響。」

文瑜點了點頭。「我不會出去亂說的，祖母，您快告訴我嘛，長生表哥會不會成為我的姐夫？」

姜母點了點他的額頭。「你呀，真是個猴兒，什麼都瞞不過你。」她笑著道：「長生表哥能不能成為你姐夫，還得看他和你姐姐是否有意，若是無意，他自然不能做你的姐夫。」

「那什麼才是有意，什麼又是無意呢？」

「這個呀，祖母可不能跟你說了，等你長大要娶媳婦就知道了。」

聽了這話，文瑜眼珠轉了轉。「祖母，我還有幾張大字沒寫，晚點再來陪您。」

姜母不疑有他，點了點頭。「快去吧，不然你爹爹又要修理你了。」

文瑜邁著小短腿從姜母那裡離開，轉頭就去了滿滿的院子。

「姐姐，姐姐，魚兒有個大消息要告訴妳。」

滿滿聽到幼弟的聲音，連忙從屋裡出來。「魚兒你跑慢點，不要摔著了。」

文瑜氣喘吁吁的撲到姐姐懷裡，想到祖母說的不能在外面說，著急的拉著滿滿往屋裡走。「姐姐走，咱們進去說。」

滿滿無奈的跟著他進了屋。

「姐姐，爹娘要給妳找夫君了。」進屋後文瑜立即說道：「而且那人還是表姑媽家的長生表哥。」

滿滿震驚了。「你說什麼？」

文瑜又複述了一遍。

滿滿依舊是一臉震驚。「你說爹娘要把我嫁給長生表哥？」

「我偷聽他們談話了，他們是這樣說的。」文瑜點了點頭。

滿滿心情複雜極了，爹娘要讓她跟長生表哥訂親？小時候長生表哥對她的確很好，後來她跟爹娘離開虞城縣後，兩人就再也沒有見過面。平日裡偶爾也會通信，但他們已經沒有小時候那種熟悉感了，她實在是想不出跟長生表哥做夫妻是什麼情形。

滿滿對自己的親事還是一頭霧水，遠在虞城縣的賀長生也正在家裡聽母親提起此事。

冷茹茹看著比自己高了許多的兒子，笑著道：「我兒長大了，是到了娶妻的時候了。」

賀長生聞言有些臉熱。「娘，平白無故的說這些幹什麼。」

冷茹茹輕笑。「娘可不是平白無故說起的。你的婚事娘已經琢磨很久了，早些年你還小，就沒說，如今你都快要及冠了，是該跟你說說。」

賀長生疑惑的看向母親。

「你還記得表舅家的滿滿吧？」冷茹茹問道。

賀長生點了點頭。

「在你們還小的時候，娘就打算給你們訂親，只是那時你表舅母覺得你們太小，所以才沒定下來。現在你長大了，身上又有舉人的功名，滿滿呢，再過兩年也就及笄了，娘覺得這個時候跟你表舅表舅媽提你們倆的事正合適。」

賀長生驚訝地張大了嘴。「我一直把滿滿當成親妹妹一樣，娘突然要我跟滿滿訂親，我一點準備也沒有。」

冷茹茹沒好氣道：「臭小子！你別以為人家就一定能看得上你。這次進京，不僅是為了備考，更是為了讓你和滿滿相處，若你們都沒那個意思，這事就當我從來沒提過。」

賀長生是在半月後到達京城的，根據冷茹茹寄信的時間推算，姜裕成早兩日就派人去碼頭等著了。賀長生到姜家時，姜母終於放下了翹首以盼的心情，見到多年未見的甥外孫，不禁熱淚盈眶。

「長生拜見舅祖母。」賀長生對著姜母跪下，「咚咚咚」的磕了三個響頭。

「孩子，你這是幹什麼？」

姜母連忙去拉他，賀長生卻道：「先前那三個頭是長生代母親磕的，現在這三個才是長生自己的。」說完又對著姜母磕了三下。

姜母用帕子拭了拭眼睛。「好孩子，快起來吧，你們母子的心意我都明白。」

賀長生這才起來，起身後又對著顏娘和姜裕成見禮，夫妻二人受了他的禮，接下來是滿滿和雙生子以及小四文瑜同表哥問好。

一家人互相認識了以後，都去了姜母的院子。

雙生子落在了最後面，文硯壓低聲音，好奇的對同胞哥哥道：「這個長生表哥就是咱們未來的姐夫？我看著也不怎麼樣嘛。」

文博白了他一眼。「你說話能不能看看場合？若是被人聽到了，咱們家可就跌分了。」

文硯有些不明白，嘀咕道：「我就隨口說說，怎麼又跟跌分扯上關係了？」

文博看了一眼比自己高了半個頭的弟弟，心裡鄙視他只長個子不長腦子。

一行人到了姜母的院子，顏娘和姜裕成陪著待了一會兒就去處理各自的事情了，只留了孩子們在那裡陪著賀長生和姜母。

姜母將賀長生仔仔細細的打量了一番，讚許道：「長生這身子骨比小時候結實多了，看來這麼多年，你爹娘費了不少心思。」

賀長生回答道：「長生能安穩長大，都是爹娘和家中長輩的功勞。舅祖母離開虞城縣那年，我娘特地為我請了一位教拳腳功夫的先生，跟著先生練了幾年，身子便不像之前那般羸弱了。」
文硯最喜歡舞刀弄槍，但姜裕成不許他碰這些，每次只能偷偷摸摸的搞些小動作。聽說這個新來的表哥會拳腳功夫，頓時來了興致。「表哥，你能教我幾招嗎？」
賀長生的視線轉移到他身上。「我學的都是強身健體的路子，若文硯表弟喜歡，每天早晨可以同我一起練習。」
文硯聽了十分欣喜，只是想到嚴厲的父親時又一下子洩了氣。姜母哪裡不知道他的小心思？「你儘管跟你表哥學，你爹那裡，祖母去說就是。」
「多謝祖母，祖母最好了。」文硯又開心起來。
文瑜突然插話道：「我也要學，表哥你也教教我吧。」
賀長生看了他一眼，笑著點了點頭。
這時姜母又道：「既然一個是教，三個也是教，乾脆讓咱家這三個皮猴子都跟長生學幾招。長生啊，你呢也不必刻意教他們，只讓他們跟著你的動作比劃就成，可別因為這個耽誤你的功課。」
賀長生點頭。「舅祖母放心，表弟們都很乖巧，不會影響我的。」
姜母想到賀長生來京城除了備考外，還有就是跟滿滿的親事。她瞥了一旁安安靜靜坐著的孫女，道：「滿滿啊，妳與長生許久未見，不如陪他去咱家園子裡走走？」
滿滿知道祖母是想讓她和長生表哥單獨相處，不自在的點了點頭，隨後兩人一起出去了。文瑜也想跟著去，被姜母一把摟進了懷裡。「你個皮猴兒，可不許打擾他們。」

園子裡，滿滿和賀長生並肩走著。

「滿滿成大姑娘了，我記得妳隨表舅舅上任時，還是一個小不點。」賀長生笑著道：「我還記得，妳小時候最喜歡吃糖人，每次跟表舅母去集市上都鬧著要吃。」

滿滿原本還有些拘謹，聽到賀長生說起小時候的事情，遙遠的記憶突然被解封了。她似乎看到了一個小小的自己，手裡拿著一支剛買的糖人，正津津有味的吃著。

她輕聲笑了笑。「沒想到表哥還記得那些事情。」

賀長生道：「小時候我沒有別的同伴，只有小小的妳陪我玩，所以我才記得那麼清楚。」

「小時候的我多煩人啊，也只有長生哥哥不嫌棄我。」滿滿還記得，當時賀長生還有個跟他差不多大的堂妹，每次見著自己要加入一起玩，嘴巴翹得可以掛油壺了，說是不耐煩和她玩兒。

以前她還覺得委屈，長大後才覺得長生堂妹沒錯。他們比她大了快七歲，都是大孩子了，誰願意跟她這個小ㄚ頭玩啊？

想到爹娘和祖母的意思，滿滿心裡暗自忖度著，其實跟長生表哥訂親也不錯。他長得好看，又有舉人功名，最重要的是他對她一直很有耐心。

這樣想著，她不由得想要問問賀長生是什麼意思。只是礙於女兒家的害羞，支吾了半天也沒問出口。

她原本想讓魚兒替自己試探試探的，只是還沒來得及跟他說，就發生了一件讓她改變主意的事情。

事情的起因是這樣的。

賀長生來了京城，休息了兩天後，姜裕成便帶著他去拜見了張元清和郭侍郎。

在張元清府上，賀長生不小心與張玉瑤遇上了，很少見外男的小姑娘一下子被溫潤謙和的賀長生迷住了，等他離開了張府後，連忙派貼身丫鬟去跟小廝打聽這客人的身分。

打聽之後才知道，這人是自己閨中好友的遠方表哥。張玉瑤本來是一個內斂理智的人，但在書房外的驚鴻一瞥，讓她久久不能忘記賀長生那張溫和的臉。思慮了幾天後，她去了姜家找滿滿。

「什麼，妳說妳喜歡上了一個人？」好姐妹跟自己剖白心思，滿滿大吃一驚，等她知道那人是誰後，心裡又忽然多了幾分矛盾。

她是知道賀長生來京城的原因，但好姐妹張玉瑤並不知道啊，聽到張玉瑤說她喜歡賀長生後，她不知道該不該跟她說清楚。

好在張玉瑤沒有在姜家久待。她走後，滿滿立即去找了賀長生。這一次她不再害羞了，而是壯著膽子直截了當的問了賀長生的想法。

賀長生驚訝於滿滿的直接，他思索了一會兒，才慢慢措辭道：「其實當我娘跟我提起這事的時候，我就跟她說過，我對妳只有兄妹之情。來京城的路上我一直在想，到了京城後該怎麼跟舅祖母和表舅舅、表舅母說清楚，沒想到倒是妳先來問我了。」

聽了這話，滿滿有些小小的失望，畢竟她之前覺得跟長生表哥訂親也不錯。這會兒忽然聽說人家只把她當妹妹，還是有些不得勁。

不過她本來就不是非他不嫁，很快便釋懷了。「我也覺得我年紀還小，不必急著訂親。既然長生表哥無意，不如我們找個機會跟我祖母和爹娘說清楚吧。」

長生點了點頭。「多謝滿滿能夠理解我。」

滿滿想起好姐妹張玉瑤，試探的問道：「那……長生表哥喜歡什麼樣的姑娘？」

賀長生無預期她會問起這個，頓時有些臉熱。「我沒想過，在考中進士之前，我不會考慮自己的親事的。」

滿滿繼續問：「若有個姑娘很喜歡你，又是書香世家出身，表哥會動心嗎？」

賀長生搖了搖頭。「目前不會。」

他的語氣十分堅定，彷彿是不達目的絕不甘休。

滿滿替好姐妹感到可惜，她一腔熱情如火，人家卻壓根沒有考慮過自己的終身大事。

與賀長生談了許久，最後兩人約定，只要找到合適的時間，就跟長輩們坦白兩人對彼此都無意的事情，免得他們亂牽紅線。

眼看端午節就要到了，天氣也漸漸的熱了起來。文博和文硯打算去博陵王府看望衛枳，去之前還特意問了滿滿有沒有東西要帶給他。

滿滿從櫃子裡拿出一個精緻的五毒香囊遞給文博。「喏，你幫我把這個帶給王爺吧，就說祝他端午安康。」

文博點了點頭，還未仔細看清香囊上的繡紋就被文硯搶了過去。「姐姐真偏心，我們都沒有，只王爺哥哥才有。」

滿滿沒好氣的瞪了他一眼。「誰說你們沒有了？」說完拉開櫃子，只見裡面放了一堆不同顏色的香囊和荷包。「不光你們有，祖母和爹娘都有。」

文硯嘿嘿笑了笑。「我就是胡說的，姐姐不要生氣。」

滿滿搖了搖頭。「我才不跟你一般見識。」她又看向文博。「早去早回，不要在王府待久了，畢竟王爺還在孝中呢。」

「我曉得。」

文博點了點頭，與文硯一起往博陵王府去了。

博陵王府就是原先的恭王府，衛枳降級承爵後，顯慶帝沒有收回王府大宅，而是降低了宅院的規格配置，另賜了博陵王府的匾額給他。

兄弟倆輕車熟路的來到博陵王府，王府的守衛沒有通報便放他們進去了，因為衛枳吩咐過，只要是姜家來人皆不必通報。

衛枳與衛杉正在下棋，衛枳的白子已經將衛杉的黑子逼到了絕路，衛杉見獲勝無望，乾脆直接認輸。

衛枳收起棋子，搖頭道：「進金吾衛幾個月，你的脾氣是越來越急躁了。」

衛杉往後一仰，雙手枕在腦後。「天天跟一幫粗漢子混一起，都是被他們影響的。」

衛枳輕笑。「不管在哪裡都不能心浮氣躁，冷靜沈著，才能看清事情根本。」

「三哥說得對。」

五年前鎮國將軍衛錦誠死在一名舞女的肚皮上後，沒過多久衛楮也跟著去了，自此鎮國將軍府只剩下鎮國將軍夫人翁氏和衛杉兩個主子。

直到顯慶帝收回了鎮國將軍的爵位，衛杉就成了普通無爵位的宗室子弟，恭王臨終前上封陳情摺子，想替衛杉謀一個官職，不知顯慶帝是如何想的，最後將衛杉安排進了金吾衛。兒子有了去處，翁氏也搬離了鎮國將軍府，再次住到了自己的陪嫁莊子上。

衛杉想到自己剛進金吾衛的時候，被那些眼高於頂的混蛋們排擠，確實歷經了一段辛苦過程。因為那些人都是武驍侯一手訓練出來的親兵，個個勇猛善戰，看不起嬌生慣養的世家子弟。

當時他受了氣回來訴苦，衛枳只告訴他兩個字：忍耐。他只能照做，直到漸漸地在金吾衛裡站穩了腳跟，現在回頭一想，才算理解了衛枳的用意，如果當初一受氣就退出，他就永遠還是一個長不大的孩子。

衛枳看著這個長得越來越高大結實的堂弟，道：「對了，你娘來信了，說要讓你告假回江東一趟，好像是要定下你的親事。」

聽了這話，衛杉連連搖頭。「我才不回去呢，我娘想為我跟堂舅舅家的表妹訂親，那表妹從小就刁蠻無理，聽說長大後更加過分，我可不要，就算一輩子不成親，我也不娶那樣的媳婦兒。」

說到這事，衛杉神色變得不悅。那表妹正是宋休的姪女，正因他娘出閣前曾與宋休有過一段情，可惜無緣結為夫妻，便想撮合他和表妹二人，也算是全了她的心願。

可衛杉並不願意，婚配之事不能勉強，他並不想娶一個與自己沒有感情的妻子。

衛枳見他心情不好，也並未多說。

正好金管家前來通傳，說是姜家兩位小公子來了，衛枳眼睛亮了亮。「趕緊請他們進來。」

兄弟倆進來後，衛杉圍著他們打量了一番道：「這才幾日未見，你們倆長高了不少。」

文硯有些得意。「那當然了，最近我們都跟著表哥練拳呢，飯量都吃得比以前多了，能不長個兒嗎？」

「你們的表哥是誰？我怎麼沒聽說過？」衛杉有些疑惑的問道。

文博和文硯還未回答，衛枳開口了。「文硯說的表哥，應該是虞城縣姓賀的親戚吧？是不是姜大人表姐的兒子？」

衛杉更疑惑了。「三哥為何知道得那麼清楚？」

文博和文硯也是一副吃驚的樣子。

衛枳笑了笑。「當然是滿滿告訴我的。咱們在竭綏那會兒，滿滿就跟我說過，說老家還有一個對她很好的長生哥哥，那會兒他們還經常通信，她回信時有不會寫的字，都是我教她的。」

文硯一時口快道：「長生表哥對我們都很好，說不定日後還會成為我們的姐夫呢。」

一旁的文博急忙打了他一下，他才知道自己說錯了話，訕笑道：「王爺哥哥、衛杉哥哥，你們就當我什麼也沒說。」

衛枳臉上的笑容淡了下來，衛杉十分好奇的問：「你姐姐才多大，你們家就要給她找婆家了？」

這一次文硯閉著嘴巴一個字也不肯說，文博也是一樣。他們不是小孩子了，知道這種事情隨便說會對姐姐的名聲有影響。

衛杉見問不出來什麼，也就不再問了。

倒是衛枳一直關心著這事兒，不著痕跡的套了兩兄弟許多話，每套出一句，他的表情就凝滯幾分，直到文博將滿滿託他帶的五毒香囊遞給衛枳後，他的神色才柔和了許多。

「你們姐姐才十三歲，不用那麼急著許人，看你們衛杉哥哥，快二十了也沒成親，他才應該著急。」衛枳對兄弟倆道。

文博文硯齊刷刷的看向衛杉，衛杉後退了兩步，擺手道：「你們別看我，你們的王爺哥哥可比我還大一歲呢。」

衛枳苦笑。「你跟我不一樣，我這個樣子，何必去禍害好人家的姑娘呢？再說了，就算我喜歡人家，人家也不一定能看上我。」打從他得知自己永遠也站不起來時，他就絕了娶妻的心思。

文硯立即安慰道：「王爺哥哥，你可不能妄自薄菲，你是王爺啊，只要勾勾手指頭，指不定多少姑娘想跟你成親呢。」

文博白了弟弟一眼。「是妄自菲薄，不是妄白薄菲。讓你平日好好讀書你不聽，當著兩位哥哥的面鬧笑話，回去後我必定會跟爹爹說的。」

文硯急忙求情。「哥，我的好哥哥，你可千萬不要告訴爹爹，不然我又要被罰了。」

兄弟倆的插科打諢逗得衛枳和衛杉笑了起來，笑過後，衛杉問文硯。「你真的就那麼不喜歡讀書？」

文硯苦著臉道：「我一見著先生就頭疼，聞到墨汁的味道就眼花。在我看來，讀書有什麼好的？還不如練武來得有趣。」

衛杉點了點他的額頭。「你這小子，真對不起姜大人給你起的名字。」

文硯的苦瓜臉拉得更長了。

這時衛枳開口了。「你長大後想做什麼？」

文硯脫口而出。「我想當大將軍，上戰場殺敵立功。」

衛枳又道：「可現在的大宴海清河晏，百姓安居樂業，並沒有戰亂。」

「我現在還小，等我長大說不定就有了。」

衛枳詫異的看了他兩眼，不知道該說他是魯莽還是自信，笑著勸道：「當大將軍也得好好讀書，不然以後連行軍佈陣圖都看不懂，豈不是鬧笑話？」

第二十二章

每年的端午，富成河上都會舉行龍舟比賽，金吾衛年年都奉命參賽，今年也是如此，衛杉很榮幸的成為金吾衛隊划龍舟的主要成員，並提前告訴了文博和文硯兩兄弟。

文博和文硯高興道：「今年我們一定會去給衛杉哥哥打氣。」

衛枳因在孝中，不會去參加這樣的活動，只是提醒道：「人多擁擠，你們可要當心。」

兄弟倆齊齊點頭。「我們知道的。」

衛枳又問：「你姐姐也會去嗎？」

文硯答道：「應該會吧，姐姐每年都跟張家的玉瑤姐姐一塊。」

衛枳笑了笑，沒說什麼。

端午節當日，張家、姜家和郭家依舊是三家人一起租了一個涼棚，只不過比起五年前的那個要大得多。

張家這邊，來的是大房亨氏及她的兩個女兒，還有二房文氏和一雙約莫七、八歲的兒子；郭家這邊，郭雪瑩和郭紅纓相繼出嫁後，每年陪著郭夫人來看龍舟比賽的，只有她的小兒子郭子睿。

姜家可熱鬧多了，因著今年端午不怎麼熱，姜母也想出來湊湊熱鬧。於是他們這邊的位置坐得滿滿當當的，加上三個男孩子又是坐不住的年紀，看著十分熱鬧。

文氏羨慕道：「顏娘嫂嫂有兒有女真有福氣，不像我，就生了這兩個臭小子，每天嘴皮子都磨破了。」

聽了這話，亭氏冷聲道：「有些人不是常在我面前說自己是婆婆命嗎，志源、志傑才多大點嘴皮子就磨破了，等日後娶妻生子了，妳豈不是嘴巴都沒了？我覺得呀，人的福氣是天生的，不是羨慕就能有的。」

文氏被噎得說不出話來，訕訕的笑了笑便不再作聲。

亭氏與妯娌文氏不對頭，亭氏嫁到夫家一連生了兩個女兒才得了一個兒子，而文氏呢，一進門就接連生了兩個兒子。妯娌倆有時候鬧口角，文氏總愛拿亭氏的兩個女兒說事，亭氏向來討厭她得很。

郭夫人和顏娘有些尷尬的相視一眼，她們都沒想到，亭氏會在這個地方跟文氏嗆聲。好在她們沒有繼續，過了一會兒，四人又說起其他的事情來。

這時文硯跑過來對顏娘道：「娘，我和哥哥一會兒想去外面看龍舟比賽。」

顏娘皺了皺眉。「外面太危險了，棚子裡也能看。」

文硯撇了撇嘴。「棚子裡哪有外面看得清楚，今天衛杉哥哥也要出戰呢，我們答應了要為他打氣鼓勁的。」

文博也乞求道：「娘，讓我們去吧，如果您不放心，可以讓柳叔和虎叔跟著我們。」

柳大自從上一次跟著姜裕成從九溪回來後，姜裕成問清楚了柳大的底細，就將賣身契還給了他。柳大不肯走，就留在姜家當了護衛。後來柳大一個叫胡虎的兄弟來投奔他，姜裕成也將胡虎留了下來。

原本今日柳大應該跟在姜裕成身邊的，只是姜裕成擔心母親和妻兒，便讓柳大和胡虎跟來保護家眷。

雙生子抬出柳大和胡虎，顏娘想了想沒再拒絕，但對兄弟倆提出一個要求，兩人必須緊跟著柳大，不能擅自跑遠。

兄弟倆開心極了，一溜煙的跑了出去，柳大和胡虎連忙跟了上去。

文氏兩個兒子羨慕極了，扭頭對文氏道：「娘，我們也想出去看龍舟比賽。」

不過文氏並沒有答應，兒子是文氏的心頭肉，只是家裡沒有姜家那樣得力的護衛，她哪敢讓兒子去冒險。畢竟每年端午節，富成河邊都有人被擠得掉落河中喪命。

另一邊，滿滿正跟張玉瑤說話，張玉瑤的妹妹張瓊英安安靜靜的坐在一旁聽著姐姐們說話。亨氏的目光從大女兒身上略過，最後落到了沈默寡言的小女兒身上，眉頭皺成了川字。

郭夫人注意到她的神色不對，心裡對張瓊英充滿了憐惜，顏娘也是如此。在她們看來，張瓊英這小姑娘實在是命不好，才投生在亨氏的肚子裡。

當初亨氏生下長女後，過了兩年才開懷，原本以為第二胎是個兒子，哪裡想到生下來竟又是一個女兒。亨氏的婆母當場拉下臉走了，亨氏的丈夫雖然沒說什麼，但臉上也是明晃晃的失望。

從那以後，亨氏就十分討厭這個女兒，女兒生下來後幾乎從未抱過，都是交給丫鬟和乳母照顧。小女兒跟她也不親，母女倆一年到頭很少坐在一起說話。

亨氏這個當娘的也是奇葩，她忽視自己的女兒也就罷了，還不允許長女與次女多接觸，雖然是同個爹媽生的，姐妹倆的關係卻連陌生人也不如。

當時顏娘從郭夫人那裡聽來緣由後，回來還曾跟滿滿提起，讓她以後去找玉瑤玩時，也多照看一下瓊英。滿滿答應了，所以只要瓊英在，滿滿做什麼也都會拉著她一起，比玉瑤這個親姐姐還要周全些。

在滿滿的調和下，張玉瑤和張瓊英姐妹倆的關係也沒之前那麼生疏了，要是有人欺負張瓊英，張玉瑤也會站出來替妹妹出氣。

這一次出來觀看龍舟比賽，亨氏原本沒打算帶張瓊英來的，是張玉瑤磨了母親許久，亨氏才勉強答應了。

趁著大人們不注意，張玉瑤又跟滿滿打聽賀長生。「滿滿，妳表哥今日怎麼沒有來看比賽啊？」

滿滿想起賀長生之前的話。「長生表哥明年要參加春闈，所以在家用功呢。我祖母和爹娘都勸他出來走走，也被他婉拒了。」

聽到心上人如此努力，張玉瑤心裡又是開心又是擔憂。「他這樣用功，萬一把身子熬壞了怎麼辦？」

「不會的。長生表哥每天早晨都要花一個時辰練拳，身子結實得很。」

聽了這話，張玉瑤實在想像不出來，那樣一個溫潤如玉的人，練起拳來會是什麼樣子呢？真想親眼看看啊。

看著好姐妹漸漸癡迷的表情，滿滿怕引起大人們的主意，趕緊扯了扯她的袖子。張玉瑤這才回過神，臉上升起了一片熱意。

張瓊英目不轉睛的盯著姐姐，她似乎知道了姐姐的小秘密。她又去看滿滿，滿滿對著她做了個噤聲的手勢。她點了點頭，表示自己不會出去亂說的。

端午節過後，亨氏的婆婆張夫人六十壽辰，作為張元清的嫡傳弟子，姜裕成和妻兒早早的攜壽禮給師娘拜壽了。

經常被爹娘帶著來張家拜見師祖，張家對孩子們來說，熟悉得不能再熟悉了。拜見過張夫人後，顏娘和姜裕成便不再拘著他們。

張玉瑤今日很忙，沒有時間跟滿滿閒聊，滿滿便去找其他相熟的小姐妹說話。天氣有些熱，她與徐氏的小女兒于文錦一起往張家荷塘邊的亭子走去，打算去那裡坐一會兒。

走到半道上，同一個穿著鵝黃裙衫的清秀少女撞了一下，對方沒有站穩踉蹌了幾步。

「實在是對不住，姑娘妳沒事吧？」見自己撞了人，滿滿連忙跟她道歉。

那少女沒有答話，直直的盯著滿滿看了好一陣。

于文錦湊到滿滿耳邊。「她該不會被妳撞傻了吧？」

「妳胡說什麼呢。」滿滿心裡也十分忐忑，她再一次問道：「姑娘，妳要是不舒服直接跟我說吧，妳要是一直不說話，我也不知道撞到妳哪裡了。」

這時那少女終於開口了。「姐姐，不礙事的。」

說完後笑著離開了。

滿滿和于文錦有些驚訝，兩人站在原地目送著她的背影消失不見，過了好一會兒，于文錦忽然大聲道：「我知道她是誰了！」

「是誰？」

「她就是柳椿兒那個姓凌的表妹，從小被送到宮裡陪伴二皇子的凌琬琬。」

滿滿驚訝的望向于文錦。「妳說她是誰？」

「我說她就是柳椿兒那個姓凌的表妹，從小被送到宮裡陪伴二皇子的凌琬琬。」于文錦又複述了一遍。

滿滿愣住了，她沒想到會在這裡碰見凌琬琬。雖然這幾年她們都在京城，但因為兩家分屬的陣營不同，再加上凌琬琬一直在宮裡，所以她們從未見過。

她不知道凌琬琬長什麼樣，更不知她為人如何。但經過剛剛短暫的接觸，凌琬琬看起來比她妹妹凌珺珺要溫柔有禮一些。

心裡雖然起了波瀾，面上卻絲毫不顯。滿滿和于文錦在荷塘邊的亭子裡歇了一會兒，直到張府的小丫鬟過來請兩人去前廳。

另一邊，凌琬琬也一直在回想與滿滿的相遇。她從小就知道自己有個同父異母的姐姐，也知道當初曾外祖父原本是打算將這個姐姐送進宮去的。雖然後來自己在宮裡受盡了折磨，她卻從未恨過滿滿。她知道，這種事情根本不能怪一個孩子，這一切都是因為大人的貪欲在作怪。

想到這裡，她的眼前又浮現二皇子陰鬱的臉和妹妹凌珺珺跋扈的神情。原本以為回到家裡就能解脫，沒想到二皇子一樣難纏。

在家裡比在宮中更令人頭疼，妹妹年齡那麼小就知道爭風吃醋，父母又一心希望她能跟二皇子在一起，祖父母則希望她能夠為凌家帶來榮耀，就連只見過兩次面的大姑姑都巴望著她能替她撐腰。

整個凌家，除了三弟凌曜會關心自己，其餘的血脈親人與自己相處時，或多或少都帶了自己的目的。她覺得很累，害怕哪一天沒有精力再堅持下去。

凌琬琬非常羨慕那個只見過一面的同父異母的姐姐。她聽凌曜說過，她的繼父和祖母待她如親生，她的母親疼她如珠如寶，底下還有三個處處維護她的親弟弟。自己跟她比起來，簡直是天壤之別。

也許是心裡藏著事，在壽宴開始後，凌琬琬也一直心不在焉的。坐在她旁邊的凌珺珺跟其他小姐妹正說著話，小姐妹也是第一次見凌琬琬，隨口誇道：「珺珺，我覺得琬琬姐比妳更好看一些。」

凌珺珺臉上的笑容一下子凝固了，瞥了一眼凌琬琬。「她比我大了兩歲呢，我十二歲的時候說不定比她還好看。」

小姐妹知道她不開心了，連忙轉移了話題。凌珺珺卻因此記恨上了親姐姐，認為親姐姐搶了自己的風頭。

壽宴結束後，還沒走出太傅府，凌珺珺就藉故對凌琬琬發了一通火，正好被滿滿和張玉瑤、于文錦三人看到。

看著凌珺珺盛氣凌人的樣子，性子最直的于文錦看不下去了。「凌二姑娘未免也太過分了吧，凌大姑娘再怎麼說都是妳姐姐，這天下哪有妹妹吼姐姐的。」

凌珺珺看著突然冒出來的人，想也沒想就回擊道：「我們凌家的事跟妳一個外人有何關係，我看妳莫不是壽宴上吃撐了吧，多管閒事。」

「小小年紀嘴巴那麼刁，怪不得在別人家裡就敢欺負自己親姐姐。」于文錦氣得皺眉。

「妳算什麼東西，有什麼資格評判我？」凌珺珺咄咄逼人道。

「妳……」于文錦氣極，正要跟凌珺珺理論，一旁的凌琬琬開口了。

「多謝姐姐替我說話，我妹妹年紀小不懂事，一時言語不當，還請姐姐見諒。」

于文錦覺得凌琬琬比凌珺珺順眼多了，點了點頭不打算再多管。這時凌珺珺卻忽然推了凌琬琬一把，紅著眼道：「我才不稀罕有妳這樣的姐姐，只會幫著外人欺負自己妹妹！」

凌珺珺顛倒黑白的話讓滿滿和張玉瑤也忍不住了，兩人從假山後走出來。

滿滿開口道：「凌二姑娘，明明是妳欺負妳姐姐，這會兒卻顛倒是非反說妳姐姐欺負妳，有妳這樣當妹妹的嗎？」

看清楚來人後，凌珺珺的火氣轉移到了滿滿身上。「怎麼，妳想管我們家的事？」一面帶嘲諷的看了她一眼。「如果妳還姓凌，說這話我不會反駁。可惜啊，妳已經不姓凌了，如今的妳不過是一個被親娘帶著改嫁的拖油瓶，有什麼資格來指責我？」

凌珺珺的話讓滿滿臉色變得十分難看，張玉瑤和于文錦都有些摸不著頭腦，滿滿不是姓姜嗎，為何又跟姓凌的扯上關係了？

其實她們不知道很正常，因為除了跟姜、凌兩家關係近的人家，沒有多少人知道他們的關係。張家的亨氏倒是知道，但從未跟女兒提起過。徐氏是後來認識的，自然也不知道這事。

「我爹待我如親生，從未嫌棄過我。他從小教育我，不懂得尊重別人的人，也不會得到別人的尊重。」滿滿平復心情後道：「花開兩朵，各表一枝，一個爹媽生的也不見得全是好人，在我們這些外人眼裡，妳姐姐真是比妳好了千百倍。」

「賤人！」凌珺珺氣得大聲罵道：「怪不得我爹要休了妳娘不要妳，因為妳們都是賤人！」

「啪！」一聲清脆的巴掌聲響起，凌珺珺臉上瞬間多了五道指印。打她的不是別人，而是她的親姐姐凌琬琬。

「快道歉！」凌琬琬厲聲道：「妳的家教哪裡去了？」

凌珺珺捂著臉頰，像看仇人一樣盯著凌琬琬。「祖母說得對，妳就是個養不熟的白眼狼，竟然胳膊肘往外拐，聯合起外人來欺負我。妳等著，我不會放過妳的。」

說完後就哭著跑開了。

凌琬琬充滿歉意的看向滿滿。「我妹妹不懂事，請兩位姐姐見諒。」說完也急匆匆的離開了。

假山旁邊只剩下滿滿三人以及她們各自的丫鬟，于文錦好奇的問道：「滿滿，凌珺珺說的話是真的嗎，凌大人真的是妳的親生父親？」

見她沒有眼色，張玉瑤連忙點了她一下，她才悻悻的閉了嘴。

滿滿搖了搖頭。「沒關係的，這又不是見不得人的事情。」她笑了笑。「凌珺珺說得沒錯，我娘在嫁給我爹前，與凌大人是夫妻，只是後來因為一些原因，他們和離了，我爹和我娘是在我祖母的撮合下結為夫妻的。」

聽了這話，于文錦驚訝的瞪大了眼睛。「怪不得我看到凌琬琬時覺得有些眼熟，她的眼睛和鼻子跟妳有些相似，原來妳們竟是親姐妹。」

滿滿聽了笑了笑，沒有作聲。

張玉瑤怕氣氛僵了，連忙道：「咱們快走吧，不然一會兒大人們該著急了。」

于文錦還想再問，這時也只得打住，三人帶著丫鬟離開假山旁，去了張夫人的院子跟自己的母親會合。

回去的路上，于文錦興致勃勃的跟自己的母親徐氏分享了這件事，徐氏聽聞後也驚訝了好一陣。

「滿滿那丫頭厚道，沒多說她娘與淩績鳴和離的原因，我看吶，八成是范氏不要臉，勾引有婦之夫。」徐氏一時口快，罵完才發現女兒正盯著自己。

她急忙道：「呸呸呸，剛剛娘說的話妳就當沒聽到，這事妳知道就行了，別到外面去說。」

于文錦點了點頭，心裡那股好奇的火苗卻更甚了。

張夫人壽宴過後不久，京中開始流出了一些傳言，說刑部員外郎淩績鳴淩大人，原先與翰林院侍讀姜大人的妻子是夫妻，後來因范氏女插足，淩績鳴拋棄妻女娶了范氏女。

范瑾這幾日因外面流言滿天飛而氣得心口疼，就連平日裡交好的夫人太太邀她去做客，都被她一一婉拒了。她知道那些人表面同她要好，其實私底下還是想看自己的笑話。

她有些搞不懂了，來京城這麼多年都沒人提起這事，為何張夫人的壽宴過後就傳出了這麼不堪的流言？想到這裡，她將兩個女兒喚到了身邊。

「張夫人壽宴那日，妳們在張家可有得罪什麼人？」

凌琬琬剛要說話，就被凌珺珺搶了先。「娘，我可沒得罪人，肯定是姐姐無意間得罪了誰。」

凌琬琬瞥了她一眼。「我向來是見人三分笑，從未對別人說過一句重話，試問這樣也會得罪人？」

范瑾知道兩個女兒的性子，一個看著溫和實則主意頗大，一個看著機靈其實心思簡單，若說得罪人的事情，八成應該是二女兒做下的。

只是二女兒從小被她捧在手心疼寵慣了，大女兒雖然也是自己的親骨肉，畢竟分離了那麼多年，她不忍心苛責凌珺珺，反倒對凌琬琬道：「琬琬，妳是長姐，珺珺還小，若有做得不對的地方，妳這個當姐姐的應當提醒她才是。」

凌琬琬正要爭辯，又聽范瑾憤憤道：「想必今日外面的流言妳們也聽說了吧。明明當初是聶氏貌醜體胖配不上妳爹，妳祖父母逼著她與妳爹和離，怎麼反倒成了我插足了他們，才讓他們和離的？傳出這樣流言的人心思真是狠毒，存心想毀了咱們凌家的聲譽，我看多半都是聶氏搞的鬼。」

「娘，我覺得一定是她們母女沒錯。在張夫人壽宴那一日，那個姜清芷平白無故的跑出來指責我，我氣不過罵了她兩句，姐姐還打了我一巴掌。」凌珺珺嘟著嘴氣道。

凌珺珺那日挨了打，本想找母親告狀，誰知臉上的巴掌印消得太快，回來還沒見到娘，臉上又恢復原狀。於是就將這一巴掌記在了心裡，自此時不時的在爹娘和祖父母面前給凌琬琬上眼藥，凌琬琬因此受了不少訓斥。

「還有這事？」范瑾臉色有些難看。「琬琬，妳和妹妹才是嫡親的姐妹，妳為何要幫著外人來欺負珺珺？」

凌琬琬解釋。「娘，事情不是妳想的那樣。當時妹妹與我起了爭執，于大姑娘和姜姑娘過來勸說，妹妹不分青紅皂白罵了人家，為了維護咱們家的聲譽，我才……」

「別說了！」范瑾有些生氣。「那小賤人是聶氏生的，妳妹妹罵得好。」說完又狠狠的戳了戳凌琬琬的額頭。「妳呀妳，真是白在宮裡待了那麼久。這下不用猜了，流言肯定是聶氏和姜家的人放出去的。」

「娘……」凌琬琬欲言又止。

范瑾看都沒看她，不耐煩道：「一會兒我帶妳妹妹去趟勇毅侯府，妳就別去了，留在家裡把《孝經》給我抄一遍，什麼時候抄完了，什麼時候才許出門。」

凌琬琬低下頭應了聲：「是。」抬頭時范瑾已經帶著凌珺珺走了出去，凌珺珺還不忘回頭對著她露了一個得意的笑臉。

凌琬琬捏著帕子嘲諷的笑了笑，根本沒將她放在眼裡。

范瑾帶著凌珺珺到了勇毅侯府，她與勇毅侯世子夫人說事時，凌珺珺熟門熟路的跑去春暉院找柳椿兒了。

一進門她就不停的抱怨。「椿兒姐姐，妳都不知道凌琬琬有多過分，幫著外人來欺負自己的親妹妹，我一點也不想有這樣的姐姐。」

「妳姐姐又惹妳生氣啦？」柳椿兒面上帶著笑，心裡卻十分鄙視凌珺珺。

凌珺珺氣哼哼道：「自從她回來後，沒有哪一日不惹我生氣，真是討人嫌的東西。」

柳椿兒安撫了她幾句，隨即又裝作無意地提起二皇子來。

「也不知上一回凌琬琬跟二皇子殿下說了什麼，他已經好幾日不來我家了。」凌珺珺想起二皇子來，不由得有些悵然。

柳椿兒表情微微變了變。「那妳覺得，妳姐姐還會回到宮裡去嗎？」

「回宮？」凌珺珺嗤笑道：「她以為她是誰？皇宮又不是她家，想去就去啊。」

聽了這話，柳椿兒笑容深了一些。祖母已經跟她說過她與二皇子的親事，一開始她不願嫁給一個廢人，但祖母跟她說了日後的前程，她也有幾分心動了。

再說二皇子長相俊美，雖然腿廢了，卻是皇上唯二的兒子之一。如果她成了二皇子的正妃，皇上一定會對侯府另眼相看。

柳椿兒已經將自己代入二皇子正妻的身分上，從那以後就格外關注二皇子的舉動。每一次二皇子去凌家，她都十分揪心，害怕二皇子會不管不顧的將凌婉婉又帶回宮，好在她擔心的事情都沒有發生。

她跟祖母商量過，原本想讓祖母出面為凌婉婉定一門親事。但她那表姑范瑾好幾次都以凌婉婉年齡太小而拒絕了。她知道，范瑾是不願意放走二皇子這個乘龍快婿而已。

只能說祖孫倆都是一樣的心思，勇毅侯世子大人也正在跟范瑾說這事。

范瑾還是原先的態度。「舅母，您也知道琬琬離家這麼多年，好不容易回家了，我和她爹打算多留她幾年，待及笄後再替她相看。」

勇毅侯世子夫人見她油鹽不進，心中有些惱怒，面上卻沒表現出來，笑著道：「按照咱們京中的規矩，姑娘家十二、三歲正是相看婆家的時候，若真等到及笄，好男兒都被別家挑走了，別的不說，就說我那大孫女椿兒，當初她娘也是捨不得早早定下她的婚事，如今都十五歲了還沒著落，我說這些，也是為了妳和琬琬好。」

范瑾當然知道，勇毅侯府留著柳椿兒是為了宮裡的二皇子，她不肯定下長女的親事也是如此。現在的她已經不是當初剛隨夫進京的她，不會再被她這好舅母忽悠了。

「舅母若為椿兒的親事煩惱，我倒是能替您解憂。」她笑著道：「前些日子在張夫人的壽宴上，就有夫人向我打聽椿兒呢。」

勇毅侯世子夫人笑容淡了。「哦，是哪家的夫人啊？」

「不是別家，是住在東育街的陽林伯家，陽林伯夫人看上了咱們家的椿兒，想要聘她回去當世子夫人呢。」

「哼，就憑陽林伯家那平庸粗俗的兒子也想娶我侯府的嫡長女？癩蛤蟆想吃天鵝肉。」

見勇毅侯世子夫人動了氣，范瑾連忙替她倒了杯熱茶。

「舅母消消氣，可不要為那不值的人氣壞了身子。」她接著道：「那陽林伯夫人向我打聽椿兒的時候，我就按照舅母平日裡說的告訴她，表嫂捨不得椿兒，還想多留她兩年。」

勇毅侯世子夫人點了點頭。「這事妳做得對，以後若還有人向妳打聽，妳還是照這話說就是。」

范瑾應道：「我聽舅母的。好女不愁嫁，尤其是我們家的姑娘，哪裡是那些阿貓阿狗能配得上的。」

聽她說完這一句後，勇毅侯世子夫人回過味來，不由得在心中嗤笑。原來范瑾繞了這麼大一個圈子，是在暗中提醒自己，她那女兒日後是有大作為的，她介紹的那些人家配不上凌琬琬。

原先還有些惱怒的世子夫人忽然一點也不氣了，這人啊，若是沒有自知之明，走到哪裡都會惹人笑話。

姜母最近心神不寧的，晚上也總是作噩夢，好幾次都被噩夢嚇醒，姜裕成請了大夫來家裡，大夫看過後說她是年紀大了氣血有些虛弱，才導致夜間睡不安穩，於是開了幾副安神的方子。

顏娘命人按照方子煎藥，但姜母服用後沒有什麼起色就算了，反而情況還更糟，剛開始只是睡到半夜才作噩夢，現在是一閉上眼睛，眼前全是青面獠牙的惡鬼在飄蕩，嚇得她連眼睛都不敢閉了。

為了讓姜母能更安心一些，負責服侍老夫人的桃兒和吳嬤嬤每日都守在她床前，幾天下來，兩人也憔悴了許多，但姜母還是睡得不怎麼安穩，姜裕成這個做兒子的自然擔心，直到休沐前一日的夜裡，他屏退了桃兒和吳嬤嬤，親自守著母親。

也許是因為兒子守在床前，姜母覺得心安了許多，閉上眼後竟沒有看見前幾天夜裡的恐怖情形，她鬆了一口氣，漸漸地睡了過去。

姜裕成見母親呼吸平穩，輕輕地替她掖了掖被角，然後坐在床邊看起書來。到了半夜，他有些睏了，準備在床邊的軟榻上將就一晚。

這時，正在熟睡的姜母忽然全身抖動起來，嘴裡一直喊著「不要過來！不要過來！」姜裕成急忙跑過去，發現母親的臉色變得有些青白。

姜裕成焦急道：「娘，您怎麼了？」

聽到兒子的聲音，姜母抖動得沒那麼厲害了，慢慢的平靜下來，可隔了不到半盞茶的時間，她又開始不停的尖叫，手腳也在不停的胡亂揮動著。

姜裕成怕母親出事，搖晃著將她叫醒。姜母醒來後還是一臉驚恐，身上的衣衫已經濕透。

「成兒，有鬼，好多鬼，他們全部都要來吃我，我怎麼趕都趕不走！」她驚慌的跟兒子說起夢境來。

姜裕成安撫她道：「子不語怪力亂神，娘，世間沒有那些東西，您不用害怕。」

姜母卻死死捏著他的手，瑟瑟發抖道：「有的，有的，我看見了，我都看見了。」

姜裕成看著受驚的母親，又是心疼又是無奈。

這時睡在外間的吳嬤嬤聽到動靜進來了，她對姜裕成道：「大人，老夫人這模樣怕是沾上什麼髒東西了，不如將佛堂裡的觀音大士請到屋裡來鎮一鎮邪。」

姜裕成剛想呵斥她胡說八道，誰知姜母卻十分贊同，乞求道：「成兒，就聽吳嬤嬤的吧，你快去焚香淨身，將觀音大士請來保護娘。」

姜裕成無奈，只得回主院洗浴。

他一回房，顏娘也醒了，連忙問起婆婆的情況。姜裕成嘆氣道：「不太好，剛剛又被嚇醒了，聽了吳嬤嬤的話，讓我回來洗澡焚香，要去佛堂請觀音大士。」

聽了這話，顏娘道：「先將就一晚吧，明日我去慈恩寺求幾枚安神符，也許戴了安神符，娘就會好轉。」

姜裕成正想說什麼，但張了張嘴後又閉上了。

他洗完澡焚了香，然後去小佛堂將觀音像搬入姜母的屋子裡。吳嬤嬤在姜母的示意下，已準備好供品和香爐。

姜母起身對著觀音像拜了拜，嘴裡不停的念叨著：「菩薩莫怪，菩薩莫怪，信女一時夢魘，須得菩薩坐鎮，待此事了結後，信女必定日日禮佛，從不怠慢。」

「娘，我覺得……」

他才說了幾個字，吳嬷嬷道：「大人，您還是回去歇著吧，有觀音大士在，任憑什麼髒東西都近不了老夫人的身。」

姜裕成轉頭看了吳嬷嬷一眼，直直對上她那雙有些渾濁的眼睛，心裡總覺得有哪裡不對，一整個晚上每件事都像是安排好的一樣。

「我就在這裡陪我娘，嬷嬷要是睏了就先去歇著吧。」他實在是放心不下娘親。

吳嬷嬷見狀只得退了下去。

說也奇怪，下半夜也許是有觀音像坐鎮，姜母竟沒有再作噩夢，一覺睡到了天亮。

第二日一早，姜裕成回到主院，第一件事就是跟顏娘說吳嬷嬷的怪異之處。

顏娘道：「吳嬷嬷來咱們家也一年了，人是老老實實的，沒見她做過什麼奇怪的事情，夫君為何會突然懷疑她？」

姜裕成神色有些複雜。「這些天娘一直被噩夢困擾，昨夜吳嬷嬷提議請觀音像坐鎮後，娘竟然一覺睡到了天亮。或許妳們相信鬼神之說，但我是絕不信的，所以才覺得這事蹊蹺怪異。」

與姜母遇到的情況一樣，同樣的一幕也在東宮上演。

傅良娣、郭雪瑩、吳承徽以及雍奉儀四人，都在同一個夜裡夢到了撞柱而亡的太子妃。

她們夢裡的太子妃臉上依舊是那副端莊不可侵犯的神情，額頭上卻有著一個碗口大的血洞，那血洞還在不停的滲著血，那血沿著她的臉頰一滴一滴的往下落，看著實在可怖。

她的旁邊站著董姑姑和棉蕊，兩人同樣滿身是血，其中董姑姑的脖子上有一條黑色的印痕。東宮的人都知道，董姑姑是被顯慶帝下令勒死的。

四人被同樣的噩夢嚇醒了，醒來後都有些萎靡不振。郭雪瑩強撐起精神準備去給傅良娣請安，誰知還沒出門就聽傅良娣宮裡的小太監來傳信，說傅良娣身子不適，今日免了東宮眾人的請安。

過了一會兒，吳承徽身邊的紅雅面帶急色的跑了過來。「郭承徽娘娘，請您幫幫我們主子吧，我們主子昨夜作了噩夢，被嚇得動了胎氣。」

郭雪瑩看向她。「妳主子動了胎氣，應該去請太醫啊，妳跑我這裡來幹什麼？」

紅雅急道：「太醫都被請到了傅良娣那裡，奴婢想著雪盞姐姐懂藥理，所以才來請承徽娘娘幫忙。」

聽了這話，郭雪瑩道：「好吧，妳先回去，我和雪盞準備一下就來。」

紅雅還想說什麼，但想到自家主子的情況，怕得罪了郭雪瑩，便又吞下話，行了禮後便回去了。

紅雅走後，雪盞問：「主子，咱們要幫吳承徽嗎？」

郭雪瑩道：「幫啊，怎麼不幫。人家可是幫我把昭兒要了回來，我要是不幫，未免太不近人情了，妳去準備一下，辰初三刻咱們再出門。」

「可吳承徽她……」雪盞欲言又止。

郭雪瑩瞥了她一眼。「妳是主子還是我是主子？」

雪盞只得退下。

辰初三刻，主僕倆慢悠悠的離開沉香殿，朝著吳承徽的寢宮走去。而此時的吳承徽已經疼得沒有力氣了，她一隻手扶著肚子，一隻手抓著紅雅，痛苦的問道：「郭承徽和雪盞怎麼還沒來？」

「主子，她們應該快來了，您先躺著好不好？」紅雅急得滿頭大汗。

吳承徽慢慢躺了回去，她像是猜到了什麼一樣，臉上忽然迸出一個嘲諷的笑容。她喃喃道：「我原以為她是不一樣的，沒想到還是看錯了人。」說這話時，她明顯感覺到下身有什麼東西流了出來。

紅雅看她有些不對勁，徵詢她的意見。「主子，要不奴婢再去沉香殿一趟吧？」

吳承徽搖了搖頭。「算了吧，這個孩子保不保得住，得看天意。」

「主子……」紅雅聞言鼻頭一酸，眼淚接著落了下來，內心為主子感到憤憤不平，卻絲毫無能為力。

沒想到主子帶頭揭發太子妃的罪行，並沒有為自己帶來什麼好處，反而太子將東宮死氣沈沈的樣子及太子妃之死都怪罪於她，從此再沒來過夕顏閣。

吳承徽也無心辯駁，她知道，太子是恨上自己了。因為太子親口說過，若她當初老老實實的，東宮還是原來那個平靜的東宮，不會變成現在這樣。

郭雪瑩帶著雪盞抵達時，吳承徽的夕顏閣安靜得像一座廢棄的宮殿。她們剛進去，就與紅雅打了個照面。

「紅雅，妳家主子如何了？」郭雪瑩關切的問道。

紅雅盯著她，努力按捺住心中的憤怒。「有勞郭承徽娘娘惦記了，我家主子已服了藥正在靜養，不能招待您，還請您先回去吧。」

顏娘一大早就去了慈恩寺，恰逢遊歷在外的彙善法師歸來，慈恩寺比往日還要熱鬧許多。顏娘當初聽姜母講過，她與姜裕成的姻緣也是彙善法師促成的。

也許是彙善法師名氣太大，慈恩寺的香客比平時多了好幾倍。顏娘與戚氏擠在人群中，好不容易才進了正殿。

她先在正殿拜過菩薩，才去偏殿抽籤，這一次的籤文倒不像上回那麼不吉，只是也好不到哪裡去。

解完籤後，顏娘憂心忡忡的求了幾枚安神符，因擔心姜母和孩子們，她沒有在慈恩寺逗留，求了安神符後就立刻返家。

回到家後，還未走近姜母的院子，就聽見裡面傳出一陣咿咿呀呀的聲音，接著一股刺鼻的焚燒紙錢的味道撲面而來，她快步走了進去，見到裡面的情形還以為自己走錯了。

姜母的院子裡多了六個穿著黑色法師袍的中年男子，每個人手裡都拿著一根花花綠綠、類似法棍一類的東西。

他們圍成一個圈，姜母閉著眼睛坐在圈內的椅子上，任由他們往她身上灑水、撒符紙灰，一邊撒還一邊口齒不清的唸著什麼，一看就是在裝神弄鬼。

「你們在幹什麼？」顏娘看不下去了，厲聲喝道：「立刻給我停下來！」

吳嬤嬤急忙上前。「夫人，法師正在給老夫人驅邪呢，您可不能中途打斷，不然老夫人會被反噬的。」

顏娘看向吳嬤嬤，頓時想起丈夫昨夜的話來，這會看著她，越看越覺得可疑。

「是誰將這些人請來的？」她盯著吳嬤嬤問道。

吳嬤嬤僵了一下。「夫人，老夫人被邪物折磨這麼久，老奴實在不忍她受罪，所以在徵得老夫人的同意下，請了法師過來驅邪。」說完看了顏娘一眼，添了句：「這是南疆來的法師，比咱們京城的法師還要厲害些。」

顏娘聽了十分惱怒。「妳不過是個奴才，誰允許妳將這些亂七八糟的人放進府裡來的？」

吳嬤嬤又爭辯了幾句，顏娘吩咐戚氏道：「將這老貨給我綁了扔進柴房裡，等大人回來處置。」說完又將柳大喚過來，指著還在裝神弄鬼的法師道：「將他們給我轟出府去，若是反抗，就捆送官府，說他們訛詐官員家眷！」
聽到顏娘的話後，那些法師立即停了下來，其中一個留著八字鬍的法師橫眉豎目道：「無知婦人，中斷了我們兄弟做法，邪物定會反噬到老夫人身上。」
聽到「反噬」二字後，顏娘怒氣更甚。「哪裡來的妖人，竟敢在我姜府作亂，柳大，將他們捆了。」
柳大應了聲是，帶著其他家丁一起，將那些法師圍了起來，有人想跑，被柳大和家丁們合力抓住，然後一個一個捆了起來。
一旁的吳嬤嬤見狀大聲道：「夫人不孝，竟然欲害老夫人性命。老夫人您快醒醒，有人要害您啊！」
顏娘瞥了她一眼。「將她的嘴巴堵上。」
戚氏立即照做。
顏娘又吩咐青楊和桃兒。「妳們將老夫人扶到屋裡去，馬上去請大夫。」
「是。」兩人異口同聲道。
吩咐完這些，顏娘又讓人去翰林院喊姜裕成回家處理那幾個法師的事情。
姜裕成剛到家，正好碰上送大夫出門的戚氏，急忙問道：「我娘怎麼樣了？」
戚氏道：「老夫人身子無大礙，就是喝了符水人有點不清醒，又受了吳嬤嬤的蠱惑，一直說夫人要害她，這會正鬧著呢。」

聽了這話，姜裕成快步去了母親那裡，此時的姜母正在罵顏娘。「妳這個心思狠毒的女人，原先我還沒看出來，今天才識破妳的真面日。妳就是想害死我，我沒了以後，就沒人壓制妳了，妳就可以在姜家為所欲為。」

「娘，您在說什麼，我從未有過這樣的心思。您看，這是我一早去慈恩寺為您求的安神符。」顏娘將安神符拿給姜母看。

姜母不肯信她，往後退了幾步。「妳做的那些事情，吳嬤嬤都告訴我了，妳休想再騙我。」

顏娘此時恨不得將吳嬤嬤拉來對質，聽了她們對話的姜裕成走了進來。

「娘，妳不相信自家人，反倒去信一個可疑的奴才，這不是讓人寒心嗎？」

見到兒子，姜母立即跑到他身邊。「成兒，聶氏不是好東西，她要害我性命，你趕緊休了她。」

姜裕成擰眉。「娘，您在胡說什麼，顏娘怎麼會害您？這都是那個吳嬤嬤在搞鬼。」

「是真的、是真的，就是她要害我，昨天晚上我都看到了。」姜母忽然變得驚恐起來。

「聶氏張著血盆大口要吃我，要不是我跑得快，興許就被她吃了。」

見母親越說越荒唐，姜裕成氣不打一處來。「娘，您能不能不要胡說八道了，您不肯信顏娘，反倒信個外人的話，您等著，兒子立即提審那奴才，看她究竟是受了何人指使。」說完吩咐桃兒和另一個健壯的婆子。「看好老夫人，不要讓她出這個門。」

姜裕成與顏娘從姜母院子裡出來後，姜裕成帶著歉意道：「讓妳受委屈了，娘一時魔障了，說的話妳不要放在心上。」

顏娘點頭。「我知道，娘是受了吳嬤嬤的蠱惑，好在我回來得早，我已經讓青楊去搜吳嬤嬤的住處了，也許會有什麼發現。」

姜裕成道：「妳做的很對。我現在就去提審那老貨，看看她究竟有何目的。」

夫妻倆分開前，姜裕成又問起幾個孩子來。顏娘道：「娘將孩子們支走了，說是在雲姨家裡呢。」

「先讓他們回來吧。」

「我馬上讓人去接。」

滿滿帶著弟弟們回來時，姜裕成正在審問吳嬤嬤，一開始，吳嬤嬤什麼都不肯說，還一直聲稱自己是冤枉的，直到青楊從她房裡搜出了一包還未用完的迷藥，她才停止狡辯，但仍是一句話也不肯交代。

直到姜裕成對她用了刑，吳嬤嬤終於承認，這些日子姜母精神不濟是被下了藥，她裝神弄鬼的，就為了從姜母身上謀取錢財。

沒想到府內竟有人如此膽大包天，還險些挑撥了顏娘和他娘的婆媳關係，以後府中用人著實要多斟酌了，姜裕成立即讓人將吳嬤嬤綁了，準備扭送官府治罪。

而後他看向那六個法師，也許是對吳嬤嬤用刑之故，他們一個個都害怕極了。

「大人，我們只不過是吳嬤嬤請來做戲的，我們什麼都不知道啊！」

姜裕成面無表情的盯著他們。「說實話。」

「我們真的不認識她。」之前罵過顏娘的八字鬍說道：「我們是南疆賣藝的雜耍團，今年年初來京城謀生。前些日子，吳嬤嬤找到我們兄弟，說是只要跟她去姜府演一場戲，就能拿到一百兩銀子酬勞，那是我們掙一年也掙不到的數目，為了一百兩銀子，我們才答應她。」

姜裕成不知這幾人身分真假，索性將他們一併送到順天府，順天府知府查閱了京城暫住人員冊子後，證實這幾人確實是南疆來的雜耍團。但不知情不代表無罪，一干人等全部收押等候處置發落。

姜家被吳嬤嬤鬧得雞犬不寧，東宮也沒好到哪裡去。

一開始只有傅良娣幾個作噩夢，後來演變為全東宮的女眷都夢到了慘死的太子妃主僕三人，每個人的夢境都是一模一樣。

發生了這樣的事情，自太子妃死後一直逃避現實的太子終於肯回東宮了。當他回到東宮的第一天夜裡，吳承徽再次動了胎氣流血不止，太醫趕來時，孩子已經保不住了。

顯慶二十一年的秋天，注定是一個風雨交加的季節。很多醞釀在暗處的陰謀漸漸浮現，將朝中局勢攪得翻天覆地。

「你說什麼，皇上欲廢太子？」郭侍郎一臉震驚的望向自己的師弟。「這怎麼可能，太子是皇上唯一的繼承人，皇上絕不可能廢太子。」

說完這句，他焦急的問道：「你從哪裡得來的消息？」

「我從承暉殿出來後，一個眼生的小黃門塞到我手裡的。」

姜裕成從袖子裡掏出一個小紙團遞給他，郭侍郎趕緊接了過去，打開後只見上面寫了一行歪歪扭扭的小字：「皇上欲廢太子，源於巫蠱之禍。」

郭侍郎看完後將小紙團撕碎。「如果這不是有人惡作劇，那事情就嚴重了，咱們趕緊去找老師商量。」

姜裕成點了點頭，與郭侍郎心急火燎的往太傅府趕去。

等他們趕到時，張太傅卻不在家，據門房說他一早就進宮了，現在還沒回來。兩人不知道的是，張太傅正在承暉殿跟顯慶帝爭論著——

顯慶帝的案桌上擺著一封已經擬定好的廢太子詔書，只是上面還未蓋下玉璽，殿內站著一眾以張元清為首的老臣，他們都是為了顯慶帝廢太子一事而來。

「皇上，太子乃儲君，輕易廢除恐會動搖國本啊，臣懇請皇上收回旨意。」

今日一早，顯慶帝就將他們這些老臣叫到宮裡，原以為是有什麼事情商議，等他們到齊以後，梁炳芳在顯慶帝的示意下，唸了欲廢太子的詔書。

這道詔書驚得一眾老臣差點背過氣，誰也沒想到顯慶帝會有這樣的想法。二皇子雙腿已廢，大宴朝的帝位只能由太子繼承。

就在他們打算據理力爭的時候，顯慶帝又讓梁炳芳唸了第二道詔書，詔書中寫到，封太子為孝王，幽禁皇陵，另立太子長子為皇太孫。

顯慶帝的這一神來之筆讓人難以理解，所以才有了張元清之前那番話。

顯慶帝沒有說什麼，這時梁炳芳端了一個蓋著黃綢布的托盤上來。

「梁炳芳，將東西拿給各位大人看一眼，看看朕這位好太子到底做了什麼？」

梁炳芳奉命將托盤端到張元清等人面前，當著他們的面掀開黃綢布，看到托盤裡的東西後，所有人都倒吸了一口涼氣，有些年紀大的，差點暈厥過去。

「哼，都看清楚了吧。」顯慶帝忽然起身。「那團已經乾枯的東西是東宮吳承徽落下的死胎，死胎身上裹著的是從朕的龍袍上撕下來的布料。梁炳芳，你再把那東西翻過來，讓他們看看那背後都有什麼。」

梁炳芳遲疑了一下才照做。

只見那東西翻過來後，背後貼著一張紅紙，上面寫著一道生辰八字。張元清湊近看了一眼，頓時驚得後退了好幾步。

「看到了吧，那是朕的生辰八字。」顯慶帝的話語裡帶著一絲難以壓抑的怒氣。「朕生平最恨巫蠱，這孽障竟然把主意打到了朕的身上，朕絕不會容忍這不忠不孝的孽障做太子。」

就在這時，承暉殿外傳來一陣喧鬧聲，引起了眾人的注意。

「去看看是何人在外喧譁。」

梁炳芳去了很快就回來了。「皇上，是太子在外喊冤。」

顯慶帝臉色鐵青。「他還有臉喊冤，這東西是朕親眼看著從他身上掉下來的，難道還是朕冤枉了他不成？」

帝王盛怒，沒有人敢出聲，整個大殿靜得彷彿連空氣都凝固了一般，過了許久，才聽到顯慶帝道：「梁炳芳，讓他進來，朕倒要聽聽，他要如何替自己辯解。」

太子是一路磕著頭進來的，到了承暉殿，額頭已經磕破了。

「父皇，您聽兒臣解釋，那東西真的不是兒臣的！兒臣也不知道為何會在自己身上……」太子痛哭流涕道。

顯慶帝眼皮都未抬。「你覺得朕會相信？」

太子有些絕望，他根本不知道那東西是從哪裡來的，只記得那日他喝醉了酒，迷迷糊糊的走到了先皇后住過的宮殿，後來好像睡著了，醒來後就看見父皇一臉盛怒的看著自己，一旁的梁炳芳手裡拿著一個明黃色的東西。

當梁炳芳將那東西攤在他面前時，他幾乎快要吐了。

他敢發誓，他從未接觸過巫蠱之術，據稱這東西是從他身上掉下來的，但他真的不知道是從哪裡來的。他解釋了很久，父皇都不肯相信他，還將他禁足在東宮。

他在東宮想破了腦袋也不知道是誰在陷害自己，只能趁著父皇還未處置自己之前來承暉殿喊冤。

「父皇，兒臣真的是冤枉的！」這一刻，太子已經找不到話語來為自己辯白，只能一直重複這句話。

張元清上前一步道：「皇上，老臣以性命擔保，以太子的人品絕不會做出這樣的事情來，還請皇上能夠徹查，揪出幕後操縱之人。」

他話音落下，吏部尚書也站了出來。「皇上，老臣附議，張太傅言之有理。」

在他二人之後，又陸陸續續有人為太子求情，請求顯慶帝徹查此事。

「看來你們都很看好太子啊，還沒登基便如此擁護他。」顯慶帝似笑非笑道：「你們是沒把朕這個皇帝放在眼裡嗎？」

顯慶帝一意孤行堅決要廢太子，誰也攔不住，連傅太后前來為太子求情，結果也被顯慶帝軟禁在壽安宮。

第二日早朝，廢太子的詔書便當著文武百官的面宣讀了，朝臣被這個消息震傻了，反應過來後紛紛出言勸他三思，顯慶帝不為所動，廢太子成了定局，甚至半點父子情面都不留，將太子圈禁在皇陵。

廢了太子之後，接著又宣讀了好幾則拔官的聖旨，太子太傅張元清、吏部尚書陳金來，兵部左侍郎方文清等都在此列。除此之外，還有一部分官員被貶謫，幾乎都是晉陽侯陣營的。只有一人例外，那就是翰林院侍讀姜裕成。

姜裕成被顯慶帝貶到了西南邊陲的梁吉縣做知縣。姜裕成被貶，是誰也沒有料到的，有人便猜測他是受了張元清的連累，連張元清自己都這樣認為，因此而自責。

姜裕成卻不這麼想，顯慶帝此番一連串的行動來得突然，也許有著外人不知的安排。

他抱持著既來之則安之的心態欣然接受，與老師和師兄道別後，聽從旨意帶著家人去梁吉縣上任了。

第二十三章

當姜裕成再次回到京城時，已經是二年後。

在梁吉縣的三年，姜裕成一直關注著京中的動態。自廢太子後，顯慶帝忽然加大了對晉陽侯一系的打壓，不斷的抬舉勇毅侯陣營的官員，導致勇毅侯一派氣焰大漲，朝中漸漸形成了勇毅侯一家獨大的局面。

年初皇太孫生了一場重病，最後沒能熬過來，顯慶帝痛失長孫，病了一場。大病癒後上朝，有人提出國無儲君國本不穩，提議立二皇子為太子，被顯慶帝以居心叵測之罪處死。

過了幾日，又有人提出為二皇子選妃，日後生下皇孫可立為太孫。顯慶帝沈思良久，同意了這個提議。

壽安宮，傅太后一臉病容的躺在床上，錦玉姑姑正在伺候她喝藥。喝完藥後，錦玉姑姑捧了蜜餞過來，傅太后搖了搖頭。「撤下去吧，哀家不想吃。」

錦玉姑姑只得將蜜餞端走。

過了一會兒，傅太后問：「去皇陵的人回來了嗎？」

錦玉姑姑道：「剛回來，正等著跟您稟報呢。」

「讓他進來吧。」

「是。」

錦玉姑姑出去了一趟，一個面容清秀的小太監跟在她身後進了傅太后的寢殿。

甲寶是壽安宮的灑掃太監，錦玉姑姑覺得他機靈聰慧，稟明了傅太后後，將他調進了內殿做事。

太子被廢了三年，傅太后就病了三年，尤其是看到顯慶帝不留情面的打壓晉陽侯府時，她的病就沒徹底好過。

太醫醫不好傅太后，顯慶帝於是下旨讓蔣釗進宮為傅太后診治。蔣釗看過傅太后的脈案後，道明了太后的病實為心病，心病還需心藥醫，他是無能為力。

聽了蔣釗的話後，顯慶帝哪還有不明白的？傅太后最看重的就是廢太子和晉陽侯府，恰恰兩者都被他處置了。

讓晉陽侯府重回往日榮光是不可能的，但倒是可以讓傅太后派人去皇陵看看廢太子的情況。

所以當傅太后派人去皇陵時，顯慶帝便睜一隻眼閉一隻眼，暗中默許了。

甲寶就是傅太后派去皇陵的人，他在皇陵待了三日，將廢太子的生活情形記得清清楚楚的，一回來就馬上向久等的太后稟報。

傅太后心急的問：「孝王可好？」

甲寶答道：「孝王殿下一切安好，每日寅末起身沐浴焚香、抄寫孝經，白日裡看些志怪奇談和山河志，戌時一到就入寢。」

傅太后聽了鼻尖有些發酸。「他原先哪裡像這樣，做太子的時候，一個時辰恨不得掰成兩個用，如今這般清閒，他心裡必定十分難過。」

錦玉姑姑連忙勸道：「太后娘娘，奴婢覺得孝王如今過得十分安寧，也許這也是種解脫呢。」

傅太后沒有說話，長嘆一聲後吩咐甲寶記得每隔半旬就去皇陵一趟，而後便讓甲寶退下了。

顯慶二十四年，姜裕成在梁吉縣三年任滿，回京後被顯慶帝任命為刑部左侍郎，師兄郭侍郎則由暫代吏部尚書一職轉正。

而此時任刑部右侍郎的，正是從員外郎升上來的凌績鳴。

姜裕成上任後不久，顯慶帝便採納了朝臣的提議，為二皇子選妃。

顯慶帝下旨，凡十四歲至十八歲未訂親的京官千金必須參選，這樣一來，滿滿也在名單之中。

除了滿滿外，與姜家相熟的人家裡，張玉瑤和于文錦的妹妹于文瑕也在參選之列。

還有凌家，不知道凌績鳴是怎麼想的，竟然將兩個女兒都報了上去，那凌珺珺才剛過了十四歲生日不久。

得知女兒得參選後，顏娘愁得睡不著覺，對姜裕成道：「早知如此還不如留在梁吉縣呢，滿滿也不用去參加那勞什子選秀。」

姜裕成知道妻子不願女兒參選，但這事不是他們能夠左右的，只能寄望滿滿能落選。

從梁吉縣回來後，他就察覺如今的顯慶帝變得越加獨斷專橫了，若是符合他心意的諫言他會採納，若是違背他心意的諫言，進諫的官員輕則會被降職或罷黜，重則入獄流放。

「別擔心了，參選那天，只要滿滿表現平庸一些，也許會被當場刷下。」他只能如此安慰妻子。

顏娘點頭。「早知道當初就該聽娘的，讓滿滿與長生訂親，今天也不會有這些煩惱了。」

姜裕成道：「兩個孩子彼此都無意，勉強撮合也不好。而且長生那孩子太倔了，竟對著賀家先祖發誓，不考中進士就堅決不考慮自己的終身大事，他與滿滿做兄妹還好，若是做夫妻，難免會委屈咱們女兒。」

滿滿要參選一事不能更改，但只要表現差一點就不用進宮，為了這事，顏娘決定尋求郭夫人的幫助。

郭夫人道：「若是想要選中怕是得費一些心思，至於落選嘛，這就容易多了。」

顏娘急忙問：「那我們該怎麼做？」

郭夫人朝顏娘招了招手，顏娘湊了過去，她壓低聲音在她耳邊說了幾句話。

顏娘聽後有些猶豫。「若是這樣做了，我擔心會影響滿滿日後的親事。」

郭夫人卻自信的搖了搖頭。「不會的，滿滿日後的婆家定要找個和善好相處的，怎麼會在乎這一點小事呢？」

顏娘還是不能認同，這當母親的，哪裡會捨得女兒受罪呢？

就在顏娘猶豫不決的時候，出孝不久的衛枳進宮了。

自恭王去世後，顯慶帝還是第一次見到這個隔房的姪兒。他關切的詢問了幾句衛枳的生活狀況，衛枳都一一回答了。

顯慶帝嘆氣道：「一轉眼皇叔去了三年了，他在世時最放心不下的就是你。」說著又問：「如果朕沒記錯，你今年二十四了吧？」

衛枳答道：「二十四整了。」

顯慶帝道：「該成家了。朕在你這年歲時，太……孝王都已經下地跑了。」

衛枳朝金一伸了伸手，金一立即上前扶著他站起來。衛枳咬牙努力控制搖晃的身體，在金一的攙扶下，跪在大殿上。

「枳兒，你這是……」顯慶帝被他這一跪弄得一頭霧水。

衛枳伏下身子。「臣衛枳有一事相求，望皇上答應。」

「枳兒，有什麼事起來說吧。」

衛枳搖頭。「這事關乎臣的終身大事，臣要虔心求得皇上的應允。」

聽他如此說，顯慶帝問道：「到底是何事？」

衛枳深吸了一口氣，緩緩道：「臣看中了刑部左侍郎家的千金，想跟皇上求一道賜婚聖旨。」

顯慶帝聞言，轉頭看向梁炳芳，梁炳芳立即道：「刑部左侍郎就是姜裕成姜大人，他家的千金此次也在二皇子妃參選之列。」

「朕似乎記得他家女兒是他夫人與前夫所生？」

「正是。」

顯慶帝了然，對衛枳道：「朕記得皇叔還在時，與姜家關係不錯。沒想到你這小子竟看上了人家的女兒，那姑娘年紀比你小了一大截吧？」

衛枳微微紅了臉。「臣比姜姑娘大了七歲。」

顯慶帝笑了笑。「年紀大才懂得疼人。就是大公主日後選駙馬，朕也會替她找大多幾歲的。」

「皇上是同意臣的請求了嗎？」衛枳滿臉期望的看向上首的帝王。

顯慶帝頷首。「你這小子從未求過朕什麼，就這麼一個小小的請求，朕若不答應，那未免也太不近人情了。」

聽了這話，衛枳大喜，急忙拜謝顯慶帝成全。

顯慶帝笑道：「朕都答應了，這下可以起來了吧。」

衛枳在金一的攙扶下坐回輪椅上。

隨後，顯慶帝當著衛枳的面擬定了賜婚的聖旨，還下了一道口諭，免了姜裕成之女姜清芷參選。

衛枳離宮前，顯慶帝問他：「出了這個門，就沒有後悔的機會了，你真的想清楚了嗎？」

衛枳堅定道：「臣不會後悔的。」

顯慶帝笑了，擺了擺手讓他離去。

聖旨是衛枳親自帶到姜家的，姜裕成正在刑部，顏娘讓柳大去刑部將他喊了回來。

等姜家所有人都到齊後，衛枳宣讀了聖旨——

「奉天承運，皇帝詔曰：茲聞刑部左侍郎姜裕成之女姜氏清芷嫻熟大方、溫良敦厚、品貌出眾，朕躬聞之甚悅。今宗室博陵郡王年二十四，適婚娶之時，當擇賢女與配。值姜氏清芷待字閨中，與博陵郡王堪稱天設地造，為成佳人之美，特將其許配博陵郡王為正妃。一切禮儀，交由禮部與欽天監監正共同操辦，擇良辰完婚。欽此！」

窗外小雨淅淅瀝瀝的下著，滿滿托著腮望著院子裡的芭蕉樹發呆，連雨飄到了臉上都未察覺。

梳著婦人頭的木香從外面進來，見狀輕聲責怪小苗道：「外面下著雨呢，妳怎麼不勸著姑娘一些？」

小苗努了努嘴。「我已經勸過了，可姑娘說這樣才能讓自己清醒幾分。」

木香擺了擺手，示意小苗先下去。

等小苗走後，木香拿著一件外衣輕輕披在滿滿身上。「姑娘，這裡飄雨呢，咱們還是去裡間吧。」

滿滿回過頭。「木香妳回來了啊，妳家小寶好了嗎？」

木香點頭。「多虧了姑娘體恤，請大夫替小寶醫治，如今高熱已退，只剩點小咳嗽，大夫說過幾日就能痊癒。」

聽了這話，滿滿道：「為何不等孩子好了再回來？」

「家裡有我婆婆呢，小寶也是她的命根子，她會好好照看的。」說到這裡，木香皺了皺眉。「姑娘是奴婢照看大的，小苗那丫頭粗心大意的，哪裡能照顧好姑娘。」

小苗在外面聽到這句話，探頭進來爭辯：「木香姐姐可別胡說，姑娘前幾日才誇我細心呢。」

木香瞥了她一眼。「若妳真細心，還能讓姑娘對著窗子吹風？」

小苗縮回頭不說話了。

滿滿見狀不由得笑了。「好啦，妳也別責怪她了，是我自己想吹吹風的。」

木香知道滿滿是在為婚事煩惱。原本姜家上下都以為自家姑娘要去宮裡參選，沒想到橫空降下一道聖旨，將姑娘賜給了博陵郡王當王妃。據說，這道賜婚聖旨還是博陵郡王親自跟皇上求來的。

「木香，妳說兄妹之間能做夫妻嗎？」滿滿仰著頭問道。

木香想了想。「親兄妹自然是不能做夫妻的，可姑娘與博陵郡王並無血緣關係，當然是可以做夫妻的。」

「可是我不明白他為什麼會去求賜婚聖旨，明明在這之前，他都一直當我是妹妹的啊。」滿滿嘆氣。「我從未想過會跟他成親，過了這麼多天，我連面對他的勇氣都沒有。」

自宣讀完賜婚聖旨後，滿滿就再也沒見過衛枳。

這道聖旨在姜家掀起了軒然大波，顏娘和姜裕成震驚的同時，還有些不能接受，反倒是雙生子文博文硯十分開心。

顏娘不能接受衛枳作自己的女婿，一是因為衛枳不良於行，二則因為衛枳作為郡王，日後少不了側妃妾室，她不願意讓自己的女兒跟其他女人爭奪夫君的寵愛。

姜裕成這邊的理由更簡單了，衛枳大了滿滿七歲，以前從未表露過喜歡，突然求旨賜婚，讓作為父親的姜裕成覺得心裡不舒坦。

衛枳知道，要想娶滿滿，還是必須過姜裕成與顏娘這兩關才行，但是好幾次上門都被拒之門外，無奈之下，只好藉著雙生子的門路求姜母替自己說情。

姜母倒是一直都挺喜歡衛枳的，打從得知他日後會成為自己的孫女婿後，開心得不得了。

這一日，文博文硯將衛枳偷偷帶進了姜母的院子，姜母對衛枳道：「只要你能保證一輩子好好待我們滿滿，老婆子就替你在滿滿爹娘面前說情。」

衛枳正色道：「祖母放心，衛枳對天發誓，若讓滿滿受了一點委屈，衛枳便不得好死。」

他這誓言讓姜母聽得心驚膽戰。「你這孩子，幹麼要發這種毒誓？」

衛枳道：「祖母不用擔心，若衛枳沒有違背誓言，這毒誓自然不會應驗。」

姜母讚許的點了點頭，隨後讓人將顏娘和姜裕成喚了過來。

夫妻倆以為姜母有急事，放下手頭的事情就趕了過來，到了後發現衛枳也在，兩人的神色變了又變。

「衛枳拜見兩位長輩。」衛枳無視他們難看的臉色，恭敬的跟他們見禮。

顏娘道：「王爺身分貴重，這禮我不敢受。」

衛枳也不惱，笑著道：「夫人為長輩，小輩之禮當然受得。」

顏娘一時找不到話反駁，乾脆將頭偏向一邊。

這時，姜裕成問：「王爺上門不知有何事？」

衛枳求助的看向姜母，姜母瞪了姜裕成一眼。「還有臉問？這孩子上門拜訪，你竟不讓人進門，若不是被我知道了，不出幾日，這滿京城都要傳你看不上博陵郡王這個女婿了。」

「娘，您說什麼呢，我沒有看不上王爺，我只是……」
「你只是什麼？成兒，娘從小就教育你，做人不能忘本，那恭王爺以前救過你的命，衝著這救命之恩，我們也不該將郡王拒之門外。」
見姜母斥責丈夫，顏娘連忙道：「娘，夫君不是這個意思，他是……」後半句還沒說完，就被姜母打斷。
「我知道你們心裡在想什麼。顏娘，今天當著郡王的面，我問妳，妳這個當娘的盼不盼著自個兒的閨女嫁個好人家？」
顏娘點頭。「當然希望。」
姜母又道：「既然希望，為何不能接受郡王呢？」
顏娘欲言又止。
「我知道妳在想什麼，但我要告訴妳，女人嫁人就是第二次投胎。家世、樣貌都是次要的，最重要的是兩個人是否能心意相通、相互扶持，當然還有最最重要的一點，做丈夫的是否能全心全意的對待妻子，不讓妻子受委屈。
「當年我被親爹娘賣給妳公公，他那會兒病懨懨的躺在床上，我跟一隻公雞拜了堂，被送入婚房後害怕極了。他拖著病體起身，對我說不要害怕，他一時半會兒還死不了，還說若自己真的撐不下去了，也會放我走，不會留著我在家裡替他守著。
「他說完那些話後，我忽然就不害怕了。我那時被爹娘賣了，也沒別的去處，於是就盡心盡力的照顧他，後來他竟慢慢的好了，雖然身子骨還是虛弱，卻不必躺在床上。他們一家都對我很好，沒有因為我是花銀子買來的而看輕我。

「他病好後在鎮上的學堂裡教書，每次回家都會買一些小玩意給我，有時是飴糖，有時是髮簪，就算去朋友家吃酒席，有好吃的也會偷偷帶回來給我吃。後來他過世後，別人都勸我改嫁，不過被我拒絕了，我不單單是為了三個孩子，更重要的是我知道，除了他，再也不會有人對我那麼好了。」

姜母的臉上滿是懷念的神情。「人生在世，尤其是女人，一輩子要遇到一個真心相待的人不容易。我呢，有幸遇到了妳公公，妳呢，也遇到了成兒。滿滿那丫頭，從小就是在蜜罐子裡泡大的，若有人願意如此對她，妳願意將她交給那人嗎？」

這人是誰，在場的人都心知肚明，顏娘看向衛枳，衛枳立即道：「若夫人願意將滿滿嫁予我，我絕不會讓她受絲毫的委屈。」

衛枳的人品顏娘還是瞭解的，聖旨已下，她再不願意也不能抗旨，衛枳完全可以帶著欽天監監正來直接商量婚期，而不是恭恭敬敬的徵求他們的同意。

「記住你說的話，如果你讓我女兒受了委屈，就算抗旨，我也要帶走我的女兒。」

衛枳拱手。「衛枳不會讓夫人有這個機會的。」

顏娘看了他一眼。「如此最好。」

顏娘這邊搞定了，姜裕成還沒答應呢，他對衛枳道：「我們去書房談談。」

衛枳點頭。「小姪正有此意，還請大人帶路。」

姜裕成與衛枳去了書房，金一和止規留在外面守著。

止規看了金一一眼，笑著道：「金一大哥，你家王爺娶了我家姑娘，以後咱們也算是一家人了。」

金一沒有看他，只輕輕的說了個「嗯」字。止規覺得無趣，索性不再跟他搭話。

這時，書房內傳來姜裕成的罵聲伴隨著摔瓷器碎裂的脆響。「你竟然……」後面說了什麼，兩人沒有聽清。

金一欲推門進去，卻被止規攔住了。「哎，金一大哥放心吧，不會有事的，我家大人做事自有分寸。」

金一眉頭緊皺，止規又道：「這是我家大人與他未來女婿的家事，你摻和進去不好吧？」

聽了這話，金一只得忍了下來。

書房內的姜裕成為何要摔杯子？這還得從兩人開始談話時說起。滿滿雖不是姜裕成親生，但他一直視如己出，衛枳突然求娶，他肯定是要問清楚是不是真心實意的。

這不問還好，一問他就氣不打一處來。據衛枳所說，從前在虞城縣時，他的確把滿滿當妹妹看。是在滿滿十二歲那年，他對她的感情漸漸發生了變化。

看著自己一直視如親妹的小姑娘漸漸長成了少女模樣，他覺得自己心裡起了波瀾，那時他還不懂自己為何會有這樣的改變。

直到賀長生來了京城，他從文硯那裡得知，姜家的長輩欲撮合二人，那時他的心裡多了一種嫉妒的情緒。他將自己關在房裡，苦思許久才恍然覺悟，他已經喜歡上了滿滿，那個原本被他視作妹妹的小姑娘。

他雙腿有疾，本打算這輩子不娶妻。原想著以後她若是要嫁人了，他就作為她身後的後盾，永遠為她撐腰。誰知發現自己感情有了變化後，他幾乎沒有一個晚上能睡著，只要一閉眼，眼前浮現她穿著嫁衣與其他男子拜堂成親的情形，他內心就湧上醋意。

他被折磨得無法安眠，直到近日得知她必須入宮參選時，心中忽然有個聲音對他說，若她被選中成了二皇子的女人，她真的會幸福嗎？

不，她不會幸福的。二皇子的品性如何，他是知道的。也許是這個聲音點醒了他，為了不讓事情進展到無法挽回的地步，來不及徵得她與她家人的同意，他立即進宮找顯慶帝求了賜婚聖旨。

聽完衛枳剖解心意後，姜裕成有些好奇。「我女兒十二歲那年發生了什麼事，你為何會突然轉變心思？」

衛枳臉上升起熱意，不知道該怎麼跟他講。

見他這副模樣，姜裕成心裡有了一個大膽的猜測。「莫不是你對滿滿做了什麼？」

衛枳急忙道：「沒有，沒有。」

姜裕成一臉不信的看著他，在他凌厲眼神的注視下，衛枳只得實話實說：「那時我不小心看到她裙襬上有血漬，以為她受傷了，便急著要讓大夫替她看傷，結果被她堅決拒絕了。後來我不放心去問了大夫，大夫告訴我，那不是受傷，而是女兒家的月事。那時我才知道，原來女兒家來了月事，就是大姑娘了。也就是從那時起，我意識到她是大姑娘了。」

聽了這話，姜裕成的臉色已經不能用難看來形容了。「你竟然……」他鐵青著臉將杯子砸向覬覦自己女兒的衛枳，只是扔杯子的時候故意扔偏了幾分。

這就是止規和金一他們在外面聽到的瓷器碎裂的聲音。

等自己心情平復下來後，姜裕成問：「你如何保證讓我女兒一輩子都不受委屈？」

衛枳正要回答，又聽他道：「你們宗室子弟，歷來就有娶妻納側的傳統，就算你祖父對你祖母那般好，除了你祖母外，也還有過兩個側妃，你是你家唯一的血脈，恭王去世前，還交代你要擔起繁衍香火的重任，你日後必定是要納側妃的吧？」

「祖父納側妃時還未娶我祖母，而且在娶了我祖母後，就再未碰過那兩個側妃，不然我們這一脈也不會只剩我一個了。」說到這裡，衛枳深吸了一口氣。「姜大人，我可以跟你保證，這輩子除了滿滿，我不會再有其他女人。」

姜裕成哼笑。「口說無憑，我不能信你。」

衛枳道：「我可以寫承諾書，並加蓋博陵郡王印章。」

姜裕成還是搖頭。「承諾和誓言隨時都有可能變，你是宗室子弟，婚配嫁娶還須得皇上同意。若皇上覺得你只娶一個王妃太不像話，到時候賜下側妃妾室，你當如何？」

「我絕不會同意。」衛枳正色道：「若真有那麼一天，就算不做博陵郡王，我也不會任由別人主宰我的命運，哪怕那人是皇上也不行。」

「你真那麼喜歡我的女兒，喜歡到即使不要爵位也要娶她？」姜裕成問道。

衛枳搖頭。「其實也不光是為了滿滿。」他指了指自己的雙腿。「自從這雙腿廢掉以後，我就發過誓，絕不讓自己再次陷入被動的境地。」

他對姜裕成道：「我之所以會從馬上摔下來，表面上是衛樁所害，但經過調查之後發現，我騎的那匹馬事先就遭人動過手腳，那匹馬是宮裡賞賜的，出事那天是我第一次騎那匹馬。」

衛枳說得輕鬆，姜裕成卻心中大驚。「王爺的意思是……」

衛枳笑了。「沒錯，即使沒有衛樁，我這雙腿也注定會廢，因為我擋了別人的道。現在那人已經達到了目的，所以不再防備我，現如今我也不過是個普通的宗室。但是經此教訓，我已不再像當時那樣會輕易中暗算了。」

衛枳能將這些秘密告訴自己，姜裕成知道他是真的信任自己。他重新仔細將對面這個年輕人打量了一番，發現從前那個被傷痛折磨的瘦弱少年，已經長成一個堅毅的青年。

過了許久，他終於開口：「滿滿日後就交給你了，希望你能好好的對她。」

衛枳鄭重的點了點頭。「請您放心，無論如何，我都不會辜負她，更不會讓她陷入危險的境地。」

姜裕成想聽的就是這句話，他起身走向衛枳，輕輕地在他肩上拍了拍。「你是個好孩子。」

衛枳內心湧出狂喜，未來岳父已經認同了他，是不是表明，他可以請欽天監上門商量婚期了？

不過在這之前，他徵求姜裕成的意見，想要見滿滿一面。

姜裕成略微思索過後答應了他，既然兩人的婚事已成定局，是該讓他們培養培養感情了。他從來不是古板之人，只要兩個孩子不在婚前做什麼出格之事，其他的他睜一隻眼閉一隻眼就行。

汀蘭院裡，滿滿正在給三弟文瑜繡筆袋，木香在一旁做繡活陪著她。小苗急急忙忙的從外面跑進來。「姑娘，姑娘，博陵郡王來了。」

滿滿被嚇了一跳，趕緊放下手中的針線。「妳說誰來了？」

小苗急紅了臉。「是咱未來姑爺來了，姑娘妳還是快收拾一下吧，總不能穿成這樣去見客啊。」

因在家裡，滿滿穿得都比較隨意，身上穿的都是半舊的衣裙。其實她自己覺得沒什麼，只是在小苗看來有些舊了，與她家姑娘一點也不搭。

木香也道：「今日不同以往，姑娘還是換一件衣裳吧。」

被人眼也不眨的直盯著看，滿滿有些忍不住了，問道：「你到底還要看多久？」此時的她臉上熱意滾滾，心裡像是裝了一隻小兔子一樣，怦怦的跳個不停。

衛枳用炙熱的眼神包裹著心愛的姑娘。「不夠，不管看多久都不夠。」

滿滿瞪了他一眼，轉過身不讓他再看。「你什麼時候變得如此油嘴滑舌了？」

衛枳輕聲笑了笑，轉動輪椅到她面前。「沒有油嘴滑舌，我說的都是真心話。」

滿滿狐疑的盯著他，他繼續道：「我從未對妳說過一句假話，因為我不願意騙妳。」

滿滿輕咳一聲，不自在地道：「你跟我說這些幹什麼？」

衛枳輕輕拉過她的手。「我只是想讓妳知道，對於妳，我不願意有任何隱瞞，因為我們還有一輩子的時間要在一起，希望餘生都能坦誠相待。」

「你都還沒解釋求親的事呢。」滿滿盯著他道：「我從未想過會跟你成親，你之前明明說過把我當妹妹的。」

衛枳握著她的手。「那是我不好，我沒有勇氣正視自己的感情，但是當我知道妳要去參選時，我好怕妳被選中，怕妳受到傷害，也怕失去妳，所以才進宮求皇上給我們賜婚。」

他目光灼灼的盯著心愛的女孩。「滿滿，我想知道，妳願不願意嫁給我？」

滿滿從他手中掙脫，背對他道：「你都已經有賜婚聖旨了，我還能不答應嗎？」

「不一樣的。」衛枳語氣急了些。「如果妳不願意，等大選過後，我還是可以想辦法取消這個婚約。但如果、如果妳願意，我明日就與欽天監監正上門跟妳爹娘商量婚期。」

滿滿覺得心裡的小兔子跳得越來越快了，嘀咕道：「好壞都讓你決定了，我的意思真的重要嗎？」

「重要！非常重要！」

「那好吧，我現在就告訴你。」滿滿轉過身來。「雖然我現在不知道自己是否喜歡你，但我可以試著好好做你的妻子。我從小看著我爹敬重愛慕我娘，我也希望我的夫君能這樣對我，衛枳哥哥，你能做到嗎？」

聽到自己想要的答案後，衛枳一時以為出現了幻聽，直到滿滿輕敲了輪椅一下，他才回神。「當然！我會做得比姜大人更好。」

「吹牛。」滿滿輕聲嘟囔。

衛枳再次拉過她的手。「我可以用一輩子的時間來證明，妳願意給我這個機會嗎？」

滿滿不敢與他直視，偏著頭道：「我剛剛已經回答了你的問題，同樣的話我不想說第二遍。」

衛枳狂喜。「那我明日就與妳爹娘商量婚期。」

滿滿看了他一眼，輕輕的點了點頭。

第二日，衛枳果然帶著欽天監監正上門了，姜裕成特地請了一天假，在家接待他們。

互相客套了一番後，欽天監監正武大人進入正題。「姜大人，想必您已經知道郡王與下官今日為何事而來吧？」

姜裕成瞥了他一眼。「我能說不知道嗎？」

武大人嘿嘿笑了笑。「姜大人別跟下官開玩笑了，今日郡王與下官是專程來貴府商量郡王與令嬡的婚事的。」

姜裕成點了點頭，然後問衛枳：「不知郡王覺得婚期定在何時為好？」

衛枳心想自然是越快越好，嘴上卻道：「晚輩聽從大人的安排。」

姜裕成哼了一聲，沒有說話。

這時武大人拿出一本紅色冊子。「這上面是今明兩年的全部吉日，還請姜大人過目。」

姜裕成接過冊子翻了翻，然後遞給顏娘。

「沒有其他日子了嗎？這些日子也太趕了些。」顏娘擰眉道。

武大人道：「姜夫人，下官也知道日子很趕，但這幾個日子是欽天監結合郡王與姜大姑娘的生辰八字推算出來的，都是十全十美的好日子。若在這幾個日子成親，他二人定會夫妻恩愛、多子多福、福壽雙全。」

雖然知道欽天監說得未必作準，顏娘的臉色卻好看了許多。她的要求不多，只希望女兒過得幸福就夠了。

她壓低聲音對姜裕成道：「就選最後那個日子吧，總得給咱們一些準備的時間。」

姜裕成也是這個意思，他合上冊子，對武大人道：「就明年的三月初六吧。」

武大人看向衛枳，衛枳道：「就依姜大人的。」

姜家夫妻的選擇正在他的意料之中。自賜婚聖旨宣讀後，他就特地去了一趟欽天監，給欽天監監正武大人送了一份厚禮，武大人聞弦歌而知雅意，連夜推算了幾個日子出來。

如果可以，他希望今年年底就能與滿滿成親，但姜家的長輩絕對不會同意。好在明年三月初六很快就到了，那時他就能得償所願。

自博陵郡王和姜家長女的婚期定下後，這個消息瞬間就跟長了腿似的傳了出去。

身在凌府的范瑾正讓繡娘給兩個女兒量尺寸，準備年底進宮參選時要穿的衣裳，聽到梅枝稟報的消息後，臉上的笑容深了些。「哼，還算知道自己的斤兩，沒有送進宮去讓人笑話。」

梅枝道：「夫人說的是，那聶氏的女兒名不正言不順，合該配一個不良於行的廢人。」

說完這句話後，她忽然感覺到周邊多了一股涼意，一抬頭就瞧見范瑾冷眼盯著自己。

梅枝心裡一驚，急忙跪下。「夫人息怒，是奴婢胡言亂語，還望夫人饒恕奴婢。」

她在心裡不停的罵自己，怎麼只顧著罵人而忘記二皇子也是一個廢了雙腿的！

范瑾的確是這樣想的，但梅枝跟了她二十多年，她非常瞭解她，知道她說那話沒有別的意思，就是為了討自己歡心。只是她很厭惡有人提起「不良於行」四個字，因為她的兩個女兒都要去參選，而爭奪的對象就是那個不良於行的二皇子。

自從他們將兩個女兒都寫在參選名單上後，外面的人都在嘲諷凌家想要權勢想瘋了，用兩個女兒去博富貴，也不怕兩個一起折了進去。就連外祖父勇毅侯還專門上門將她和夫君斥責了一頓，但他們仍舊沒改變主意。

二皇子對長女琬琬有情意，琬琬當選應該是十拿九穩。至於次女珺珺，一心戀慕二皇子，非要進宮參選，原本他們並不同意，後來她說了一番話改變了丈夫的想法，最後就將她的名字添了上去。

用丈夫凌績鳴的話來說，不管哪個女兒選上，只要能得到二皇子的寵愛，再生下他的長子，凌家的榮華富貴唾手可得。

范瑾這邊陷入了沈思，梅枝戰戰兢兢的跪了許久得不到回應，她偷偷抬起頭看向主子，只見她眼神迷離，明顯是走神了。

梅枝不敢打擾她，只得繼續跪著。過了約莫一盞茶的樣子，內間忽然傳來一陣爭吵，接著就聽到繡娘勸解的聲音。

梅枝終於找到機會。「夫人，兩位姑娘吵起來了，您快進去看看吧。」

范瑾回過神來，果然聽到兩個女兒爭吵的聲音，她急忙起身去了內間。

「好好的怎麼又吵起來了？」范瑾嚴厲的眼神不停地在兩個女兒身上掃來掃去。

凌珺珺跑到母親身邊，搶先告狀。「娘，姐姐太過分了，故意搶我看中的料子。」

范瑾看向被凌琬琬捏在手中的布料，當即便知道小女兒在撒謊。她皺了皺眉。「都什麼時候了，還在為一疋布料爭執，娘跟妳們說過，妳們是一母同胞的親姐妹，不管什麼時候都要相互扶持。珺珺，妳從來不穿橘色的衣裳，今日為何要同妳姐姐爭？」

聽到母親責怪自己，凌珺珺撇了撇嘴。「誰說我不喜歡橘色了？我就喜歡橘色。」說完趁著凌琬琬不注意，一把將那塊橘色的料子搶了過來。「姐姐一向大方又友愛弟妹，這次也做個好姐姐，這個就給了我吧。」

見次女當著自己的面搶長女的東西，范瑾眉頭皺得更緊了。「珺珺，妳還有沒有一點規矩，快跟妳姐姐道歉。」

「娘偏心，只疼姐姐。」凌珺珺不高興的哼了一聲，將頭偏向另一方。

范瑾有些惱了，凌琬琬卻道：「娘，既然妹妹喜歡這料子，不如給了她吧，我另選其他的就是。」

長女懂事，范瑾總算舒心了許多。「妳妹妹年紀小不懂事，妳別跟她計較。」

凌琬琬點了點頭，重新挑起料子來。用餘光看了凌珺珺一眼，輕輕勾起了嘴角。

她原本出於好意才選走那塊橘色的料子，為的是幫凌珺珺一把，沒想到她自己要作死，那就由她去吧。

凌琬琬的視線在面前這堆華麗的料子上略過，不著痕跡的搖了搖頭。凌家也不知從哪裡打聽來的消息，光這堆料子就犯了好些禁忌。

就拿凌珺珺搶去的那塊橘色料子來說，二皇子生母祥妃最討厭穿橘色衣裳的人，因為二皇子出事時，照看他的貼身宮女就是穿橘色的宮裝。因為宮女失責，沒有照看好主子，二皇子出事後，祥妃當場將那宮女杖斃後扔進了亂葬崗。

從那以後，興慶宮再也沒有人敢穿橘色的衣裳在祥妃面前晃悠，別的宮裡有穿的，只要被祥妃逮到機會，必定會好好招呼一番。

凌琬琬隨手拿起一塊紅梅映雪的料子，又想起了碧霞宮的蘇貴妃。

蘇貴妃長得國色天香、冰肌玉骨，卻有個土到掉渣的名字——沈梅花。她最討厭的就是有人穿繡了梅花的衣裙，因為那樣會讓她覺得，那人是在嘲笑她。

其他的料子或多或少都有些不妥，凌琬琬不打算跟范瑾說這些，因為她壓根不想被選上。至於凌珺珺，她也懶得再提醒她，一切就看她自己的運氣吧。

大選的日子定在冬月二十五到臘月十五，一共二十天的時間。現在是十月初，參選的貴女們還有約四十天的準備時間。

全京城的人都在關注大選，傅太后卻念著囚禁在皇陵的長孫。十月初五，甲寶奉傅太后之命去皇陵探望孝王，孝王一反往常的冷漠，問起宮中近來之事。

甲寶一五一十的說了，當說到大選時，孝王的神色變得有些深沈了。「這才過了幾年，原本屬於孤的風光卻要被一個廢人佔有，孤不服啊。」

甲寶聽得戰戰兢兢，「孤」這個字只有儲君才能用，孝王已經不是太子，卻還自稱孤，明擺著是對顯慶帝不滿。

孝王若是知道甲寶心裡所想，定會毫不猶豫的承認。他就是不服，憑什麼他的父皇不信他？他從未做過與巫蠱有關的事情，為何連查證都不肯就廢了他的太子之位，還將他囚禁在這個地方？

他的妻妾死的死、囚的囚，他唯一的兒子也沒了，現在他只剩下女兒這條血脈，卻連女兒的面都見不著。

父皇還真是心狠啊！

也許因為甲寶是傅太后的人，孝王在他面前說話時沒有那麼多顧忌，等發洩完後，孝王又恢復冷情的模樣。

「你回去告訴皇祖母，本王一切都好，讓她老人家保重身體。」說到這裡，他起身進了書房，一會兒後出來時手上捧了兩卷金剛經。「這是我親筆抄寫的，你帶回去，就說是本王這個做孫兒的一點心意。」

甲寶連忙上前接過。「奴婢一定將殿下的心意帶到。」

孝王點了點頭。「你回去吧。」

等甲寶走後，孝王呆呆的坐回椅子上，雜亂無章的案桌上擺著一幅嶄新的畫卷，若有人看了，定會十分駭然。

那幅畫上畫的是東宮的全家福。

若是正常的全家福還沒什麼，但孝王面前這一幅就有些可怕了。

畫卷上，先太子妃坐在圈椅上，維持著死時的可怖容貌；吳承徽站在她右後側，懷裡抱著一團暗紅色的人形血肉團；先太子妃左側坐著還是太子時的孝王，他懷裡抱著大郡主和皇長孫。孝王的旁邊是笑得十分詭異的傅良娣，她身後還有一群穿著宮裝的女人，全都沒有畫五官。

孝王盯著畫看了許久，忽然一把將它揉成一團，案桌上的東西也被掃落到地上，發出噼噼啪啪的響聲。

聽到屋裡的動靜，守在門口的護衛跑了進來，孝王陰沈著臉吼道：「滾出去！」

那護衛看了他兩眼又退了出去，囑咐同伴好好守著，轉身去跟皇陵的統領李昊志報告。

「統領，屬下覺得孝王越發奇怪了，會不會受了刺激，腦子……」

他這話還未說完，李昊志便斥道：「你小子是嫌命長了，孝王也是你能議論的？」

護衛立即低頭認錯。

李昊志擺了擺手，讓他回去繼續守著，若有異常馬上來報。

護衛走了幾步後又折了回來。「統領，剛才屬下進入孝王書房時，看到了一幅很可疑的畫。」

李昊志聽了，皺眉道：「你說說看。」

護衛將畫中的內容描述了一遍，李昊志聽了，心裡有種不好的預感。他讓那護衛回去後閉緊嘴巴，一個字也不要往外說，然後立即寫了一封密信讓人送進宮裡。

送走密信後，李昊志心緒不寧的等了兩天，第三日一早，便有人來了皇陵。

來皇陵的不是別人，而是顯慶帝本人。他看了李昊志送來的密信後，憂心孝王便悄悄出宮前來，與他一道來的還有蔣釗和國師。

說來也是蔣釗運氣不好，剛回京不久，就被國師忽悠去了天極宮，哪知顯慶帝忽然要去皇陵看孝王，下令讓他和國師跟著。

蔣釗心裡苦啊，他壓根不想參與皇室這些危險的事情。

顯慶帝與孝王父子二人三年未見，孝王見到顯慶帝的時候，依舊端坐在椅子上，沒有絲毫行禮的意思。

顯慶帝也不惱，一步一步慢慢走近，盯著孝王道：「皇兒，父皇來看你了。」

說完這句話，顯慶帝感覺自己的眼睛濕了。

孝王嘲諷的看向他。「您的皇兒還在宮裡待著呢，不要喊錯人了。」

原本他是不敢同自己的父皇這樣說話的，但在這皇陵行宮中待了三年，他已經沒有什麼好怕的了。

顯慶帝閉了閉眼，今天他來這裡，就是要為三年前的事情畫上句號。三年前撒下去的誘餌，也該到了收網的時候了。

他不能讓他的兒子一直誤會他。

顯慶帝將國師留了下來，命其餘人退下。梁炳芳遵從顯慶帝的命令，守在門口不讓任何人進入。

「國師，煩請你給皇兒講一講三年前的原委吧。」顯慶帝開口道。

國師頷首。

「孝王殿下，可否聽老朽一言？」國師看向孝王，輕聲徵求他的意見。孝王當然同意，他也迫不及待的想要知道，自己為何會落到如此地步。

國師先提了個問題。「殿下不知是否知道，皇上為何要為殿下取『孝』字為封號？」

「還能有何意？不就是斥責我不忠不孝，讓我淪為全天下的笑柄唄。」孝王冷聲嘲諷。

一旁的顯慶帝聽了有些坐不住，國師用眼神示意他稍安勿躁。

國師搖了搖頭。「非也，非也，皇上為殿下取『孝』字為封號，其實是為了昭示天下，殿下是一個孝順仁義的好儲君。」

聽了這話，孝王忍不住拍案大笑，笑到最後竟然笑出了眼淚。

「這是我這三年來聽過最好笑的笑話，國師，你的理解能力堪憂啊。三年前我就不是什麼太子了，如今的我只是一個被親父囚禁的囚徒，請問，你口中那個孝順仁義的好儲君在哪裡啊？」

面對孝王的冷嘲熱諷，國師絲毫不生氣，他只是微笑著等孝王笑夠了，才繼續道：「一百年前大宴初建國，天極宮觀天象卜吉凶，第一任推演者天機子預言，大宴百年之後必有一劫，若劫難不解，皇權必定旁落。

「二十年前逆王謀逆一案，幾乎折光了大宴宗室，天極宮本以為已應此劫，誰知十年前紫微星附近再現殺星，其方位直指恭王府。皇上仁慈，不願恭王府血脈凋零，只奪了博陵郡王一雙腿。博陵郡王雙腿既殘，殺星也隨之消失。

「原以為紫微星不會再受威脅，但二年前，西南方向殺星又一次出現，與紫微星幾乎並肩而立，只是這一次的殺星周邊圍繞了一圈模糊的星雲，天極宮的推演者也不能推算出它的身分。天極宮宮人們翻遍了天機子留下的手冊，最終才查到了『非流血殺嫡長不可解』之八字密言。

「在大宴皇室中，殿下既為嫡又為長，所以推演者推算，這一次的殺星很有可能是殿下。殿下是皇上親子，皇上不願殿下應劫，於是便演了一場戲，廢了殿下的太子之位，並且讓殿下避居皇陵行宮，為的就是避劫，好藉大宴皇室祖宗陰魂之力隱瞞天道。」

國師的話讓孝王覺得十分可笑，他非常不能理解父皇為何會相信這些怪力亂神的話，在他看來，天極宮就是一群領著皇糧裝神弄鬼的騙子！

他不能認同，也不願意認同。

孝王心裡發生了翻天覆地的變化，這一瞬間覺得他的父皇一點也不英明神武，反而是一個糊塗荒唐的君主。

「國師今日告訴我這些，該不會想說劫難已解，我可以離開這裡了吧？」他似笑非笑的問道。

國師還未說話，顯慶帝出聲道：「現在還不行，在你避劫期間，那些不安分的全都跳了出來，朕得將他們一一解決了，再迎皇兒回宮。」

孝王問：「晉陽侯府也是其中之一嗎？」

顯慶帝搖頭。「晉陽侯府並不是，但他們權勢太大了，朕百年之後你恐無法掌控，朕要趁此機會一併先解決了。」

孝王愣了一下，隨即又大笑起來，笑過後問：「父皇做這一切，當真是為了兒臣嗎？」這是他三年來第一次喊父皇，也是第一次自稱兒臣。

顯慶帝聽了有些激動，沒有留意到他眼底的那抹冰冷。

「當然，父皇的江山本就是留給你來繼承的，朕做這一切都是為了你好。」

孝王深深的看了他幾眼，忽然起身走到顯慶帝面前跪了下去。「兒臣多謝父皇，先前因怨恨蒙蔽了內心，誤會了父皇的一片苦心，兒臣有愧。」

顯慶帝親自將他扶起來。「這有什麼，父子之間沒有隔夜仇，只要你不再記恨朕，朕就十分欣慰了。」

「父皇說的是。」孝王眼睛紅了，一副非常感動的樣子。

父子倆和解後，顯慶帝便命蔣釗前來為孝王診脈。

蔣釗診過脈後向顯慶帝稟報：「回皇上，孝王殿下只有輕微的肝氣鬱結，其他方面並無不適，待草民開一副疏肝解氣的方子，殿下照著方子連喝三副藥就能痊癒。」

聽了蔣釗的話後，顯慶帝非常滿意。「皇兒無大礙，朕就放心了。」

這時梁炳芳在一旁提醒道：「皇上，已經酉時初了，該擺駕回宮了。」

顯慶帝看了一眼外面的天色，嘆氣道：「朕怎麼感覺才剛來就要走了？」

其餘人都不知怎麼回話，孝王笑著道：「父皇，時候不早了，您早些回宮吧，兒臣在皇陵等您。」

顯慶帝再次嘆了嘆氣，拍了拍孝王的肩膀，對他說了「等著朕」三個字後，就回宮去了。

孝王望著一行人遠去的身影，臉上的笑容轉為冰冷的恨意。

他怎麼可能如此輕易的原諒他呢？

第二十四章

顯慶帝從皇陵行宮歸來後，當即展開了一場雷厲風行的收網計劃，首當其衝的就是氣焰囂張的勇毅侯府。

顯慶二十四年十月，顯慶帝當著滿朝文武的面嚴厲斥責勇毅侯三大罪狀。

勇毅侯倚靠祥妃與二皇子之勢，驕橫跋扈之風日甚一日，御前箕坐，無人臣禮，眼中無君，心中無國，此為第一罪。

結黨營私，排斥異己，任用私人，朝廷內外朋黨人數多達千人，有亂朝亂政之勢，此為第二罪。

聚財斂富，勇毅侯府受賄、侵蝕錢糧，顯慶十二年至顯慶二十四年，累計達數千萬兩之多，實乃國之大蛀，此為第三罪。

顯慶帝絲毫不顧君臣情誼，立即下了聖旨，將勇毅侯關入大牢，勇毅侯府男丁全部流放，女眷無罪者可得豁免，所有資產全部上繳國庫。

聽了聖旨的內容後，勇毅侯當場癱軟在地，連喊冤的力氣都沒有，腦海中只有三個字一直浮現——全完了，這下真的全完了。

接著顯慶帝又處置了勇毅侯的朋黨以及其他不安分的官員，這樣一來，朝中大半官員都遭了殃。

凌績鳴原本也屬於勇毅侯陣營，顯慶帝卻沒動他，原因在於凌家和勇毅侯府因為大選一事鬧翻，就連顯慶帝也有耳聞。想到凌績鳴還算是個比較得用的人，顯慶帝便沒有在此時動他。

凌績鳴得知勇毅侯被奪爵下獄後，當場軟了腿腳，緩過來後得知自己沒有被牽連，不由得喜極而泣。

當天回家後，他嚴厲警告妻子范瑾，日後與勇毅侯府的人斷絕關係，不許再與他們來往。

勇毅侯倒臺後，與侯府有姻親關係的人家幾乎都逃不過，罷官的罷官、流放的流放，那些自認為受了牽連的人，在被治罪之後都紛紛咒罵勇毅侯給他們帶來災難，卻完全忘記了他們之前靠著勇毅侯這棵大樹乘涼時也曾得了不少好處。

范玨就是這樣的人。范玨與范柳氏成親快三十年了，沒少被勇毅侯訓斥責罵，范柳氏仗著勇毅侯女兒的身分在范家作威作福，范玨忍了幾十年，終於在這個時候忍不下去了。

范玨是勇毅侯的女婿，自然也受到了牽連。但因勇毅侯之前不怎麼待見他，所以很多事情都沒有讓他參與，他又是個膽子小的人，所犯之事都不大，所以范玨只是丟了官，家財卻保住了。

沒了勇毅侯府的壓制，范玨漸漸對范柳氏有些厭煩起來，尤其是因此丟了官後，范柳氏在他面前說話也沒有之前管用了。

范柳氏很快便察覺丈夫的變化，原本還想像以前那樣壓制他，但轉念一想，她如今比不得以前了，娘家敗落，父親已死，在丈夫面前再也沒有了之前的底氣。

好在她還有個當官夫人的女兒，看在女兒的面子上，范玨雖然不會折磨范柳氏，但對她再也不像以往那樣聽之任之。尤其是范玨七十八歲的老娘來到京城後，在范老娘的挑唆下，他對范柳氏的態度越來越差。

范玨出生於農家，他是長子，底下還有一連串的弟妹。當初范老娘和范老爹舉全家之力送范玨上學讀書，為的就是想要他有出息後幫襯底下的弟弟妹妹。

誰知范玨考中進士後被勇毅侯招為女婿，范柳氏不想與丈夫老家的親戚扯上關係，強迫丈夫也不許與他們多聯繫，只能偶爾寄點銀子回去。

范老娘不甘心自己養大的兒子成了白眼狼，於是帶著范玨的弟妹來京城找過他們，彼時范玨已經帶著范柳氏去虞城縣上任去了，范老娘他們撲了個空，一氣之下就當沒有這個兒子。

相安無事過了幾十年，沒想到勇毅侯居然在這個時候倒臺了。勇毅侯的罪狀被顯慶帝命人刊印了無數份，張貼在各個州縣的衙門處。范老娘的孫子在趕集時得知這個消息，立即回家告訴她，范老娘開心的多吃了一碗飯。

范老娘雖然年紀大了，但精神和身體卻好得很。她與二兒子、大孫子三個來了京城後，按著打聽來的地址找上了兒子家。

剛進門就與范柳氏吵了一架，范老娘中氣十足的將范柳氏罵了個狗血淋頭，氣得范柳氏一陣一陣的發暈。范玨回來後，范柳氏剛想找丈夫做主，誰知三十年來丈夫頭一次站到了自己的對立面。

范柳氏一氣之下跑去了女兒家。

「瑾兒，那老虔婆太可恨了，妳爹也偏幫他們，我的命怎麼那麼苦啊！」當著女兒的面，范柳氏表達了對丈夫的強烈不滿。

范瑾做了多年人家的兒媳婦，知道有個不講理的婆婆多難纏，她勸道：「娘，您先喝口茶緩緩。」

范柳氏接過茶杯，咕咚咕咚的灌了一肚子熱茶。

「瑾兒，妳說娘該怎麼辦，妳外祖父已經沒了，妳爹還怨恨被他牽連丟了官。哼，他卻不想想，這幾十年若不是靠著妳外祖父，他能有現在這樣的生活嗎？」抱怨起丈夫，范柳氏一時停不下來。

「妳知道那老虔婆來京城幹什麼嗎？她說妳爹沒有兒子，要嘛過繼老二家的，要嘛讓妳爹納妾，趁著還能生，早點生個兒子繼承香火。」

看著親娘憤憤不平的表情，范瑾道：「娘，千萬不能過繼，過繼來的孩子養不熟。」說著頓了頓。「娘不如親自給爹納一房妾室，等她生了兒子後抱去您那裡養著，那妾室可以打發出去，日後您就好好撫養那個孩子，有了他，也算是堵了那家人的嘴。」

聽了這話，范柳氏騰地一下起身，指著范瑾道：「妳還是不是我的親女兒，怎麼能勸我去給妳爹納妾呢？不行，我堅決不同意，妳爹想要納妾，除非我死了！」

「娘，您能不能不要任性了。」范瑾有些頭疼，她嘆氣道：「這些年您強勢慣了，爹怕是積了一肚子怨氣。今時不同往日，您還這般強硬，爹勢必會不滿，加上范家人的挑唆，您的處境只會越來越難。」

范瑾搖了搖范柳氏的胳膊。「您就聽女兒一句話，往後對爹的態度軟和些，免得吃虧。」見娘盯著自己，范瑾繼續道：「我是您生的，難道還會害您嗎？」

范柳氏不說話，又坐回椅子上去，不過神情緩和了許多。

「娘，我在凌家的處境也只比您好了一點。」范瑾苦笑。「若不是我為夫君生了三個孩子，手上又有大把嫁妝，凌家那老倆口可能早就變臉了。勇毅侯府沒了後，那老婆子話裡話外都是一個意思，讓我日後放乖順些，不然就要讓他兒子休了我。」

「那老虔婆居然敢說這話，女婿是什麼意思？」一聽這話，范柳氏將自己那點煩心事丟到了腦後，連忙關心起女兒來。

范瑾道：「夫君還好，從未表露過對我的不滿，不過卻嚴厲禁止我與柳家的人來往。前些日子，他在老婆子的挑唆下將凌元娘也接了回來，家裡一時間變得烏煙瘴氣的，珺珺已經發了好幾回脾氣了。」

聽了這些，范柳氏不由得冷哼。「他也不算什麼好東西，跟妳爹一樣都是忘本的白眼狼。勇毅侯府風光時，都湊上去借光，現在勇毅侯府沒了，一個兩個的就翻臉不認人了。」

她拉著女兒的手道：「當初我就不該將妳嫁給他，妳本是我和妳爹捧在手心裡養大的，卻被他家欺負了這麼多年，一想到這裡，娘這心窩子就疼得厲害。」

范瑾安慰親娘道：「娘，您就別擔心了。我還有三個孩子，琬琬和珺珺年底就要去參選，若是選中了，我就是貴人的母親，到時誰敢給我臉色看？曜兒也是個懂事聽話的孩子，頭腦聰明，日後若是考中進士做了官，我還能靠著兒子當個老封君呢。」

范柳氏點了點頭。「妳呀，還是比妳娘我強了不少。我呢是不指望妳爹了，如今就指望著妳，指望著我的外孫外孫女們。」說完這話，又問：「我來了這麼久，怎麼都沒看到孩子們？」

范瑾道：「曜兒去學堂了，琬琬和珺珺姐妹倆正在跟教養嬤嬤學規矩，中午吃飯時就能見著了。」

「是該好好學學規矩，宮裡是最講規矩的地方。」范柳氏聞言後十分贊同。

母女倆正說著話，氣氛也慢慢好了起來，這時溫氏卻帶著凌元娘找上門來了。

溫氏來范瑾院子，不為別的，是聽說范柳氏來了，特地來找自己的親家要說法的。

凌元娘由范柳氏保媒嫁到了柳家，在柳家受了八年的磋磨，從一個尖酸刻薄的潑辣模樣，變成了一個瘋瘋癲癲、頭腦不清的女人。

溫氏心疼女兒，找范瑾鬧了好多回，弄得整個凌家每日都不得安生。凌績鳴斥責了母親幾句，溫氏才忍了下來。

既然范瑾是無辜的，范柳氏可不無辜。當初若不是她保媒，元娘又怎麼會嫁到柳家去。所以，今天范柳氏無論如何都要給她們母女一個交代。

范柳氏最厭惡溫氏這樣的人，張口就道：「當初是你們自己說的要找一個規矩嚴的人家，你家凌元娘和柳十九相看過，也是她自個點頭同意的，我可沒逼著她嫁人。」

溫氏可不管這個，指著范柳氏鼻子罵：「那柳家是妳的娘家，我就不信妳不知道柳家那老婆子的為人，妳明明知道還坑我女兒，不是故意的誰信吶？妳這個惡毒的女人，生了一個同樣惡毒的女兒，跑來禍害我凌家！今天妳要是不給我個交代，就別想出這個門。」

范瑾有些惱了，正要開口時卻被范柳氏一把攔住。「好啊，正好我也打算在我女兒女婿家住幾日，就算妳讓我走我也不走。」

「妳……」溫氏氣得一時不知道該怎麼回擊。來京城這麼些年，當初那些村婦的行徑也被逼著改了許多，這會兒竟然連罵人的話都想不起來了。

見溫氏閉了嘴，范柳氏十分得意。她從來沒看得起溫氏過，明明靠著她女兒的嫁妝過活，還好意思擺婆婆的款。

溫氏狠狠的剜了她們母女一眼，氣沖沖的走了。等到凌績鳴下值回來，拉著凌元娘又哭又鬧，非逼著兒子給她們做主。

凌績鳴在衙門裡受了一天的氣，回來還要被老娘和姐姐煩，腦仁疼得一跳一跳的。

「娘，有什麼事情不能好好說嗎，非得要鬧得這麼難看？」

溫氏哼了一聲。「你現在是官老爺了，就不聽你娘我的話了，我看你就是偏心范氏，不想管我和你姐姐的死活。」

凌績鳴心裡很是失望，他不明白，為什麼他的父母家人都是這副德行。父母姐妹說他偏幫妻子、妻子又說他只顧父母姐妹，弄得他兩邊都受氣。

尤其是自己才避過了一場大劫，他們不體諒他也就算了，反而成天找事情讓他煩心。想到這裡，他語氣重了一些。「娘說這話時摸著良心想想，我若是不管你們的死活，你們還能在京城的宅子裡住著，吃穿住行都有丫鬟婆子伺候？」

「這不是你應該做的嗎？姓姜的那老娘不是一樣跟著兒子享福，他兒子可沒偏心眼只曉得對媳婦好。」溫氏大聲道。

提起姜裕成，凌績鳴又是嫉妒又是羨慕。人家家裡婆媳和睦、家宅安寧，兒女又乖巧聽話。哪像自己家裡，亂七八糟的事情一大堆，這個家他一刻也不想多待。

溫氏的話成功的惹惱了凌績鳴，他甩下一句：「您要鬧就鬧吧，我累了。」然後頭也不回的走了。

溫氏不敢相信的望著他的背影，一旁的凌元娘一邊捋著自己的頭髮，一邊自言自語說著什麼。

溫氏見她那瘋傻樣，氣得一巴掌拍在她背上。「要不是因為妳，老娘哪會受這麼多氣，真是上輩子欠了妳的！」

范瑾跟溫氏鬥法這麼多年，早就料到她會跟丈夫告狀。她知道丈夫最近有些不順，所以溫氏是撞到槍頭上了。等凌績鳴回來時，她準備了一些他愛吃的酒菜，親自為他斟酒夾菜，絕口不提與婆婆的矛盾。

妻子的乖順懂事讓凌績鳴的心情平復了許多，他拍了拍范瑾的手，道：「瑾兒，我娘脾氣不好，還請妳多擔待些。」

范瑾露出微笑。「夫君就算不說，我也會這樣做的，畢竟天下無不是的父母，公公婆婆對夫君有生養和培育之恩，我作為夫君的妻子，自當將他們視做親生父母一樣敬愛。」

聽了這話，凌績鳴心裡十分舒坦，又問起范柳氏來。「聽說岳母也來了，怎麼沒見到人呢？」

范瑾道：「我娘許久沒見三個孩子了，這會兒正跟他們說話呢。」

說完後她的情緒變得低落起來。

「我爹受外祖父牽連丟了官，一腔怨恨都堆在了我娘身上。我爹的娘和兄弟姪子都來了京城，逼著我娘過繼兒子，我娘不同意，又挑唆我爹納妾，我娘一時不忿，所以才來了我們家。」

她看向凌績鳴。「夫君，我娘只得了我一個女兒，除了我，沒人站在她那邊。等你休沐的時候，能不能陪我一起送她回家，震懾我爹和那些范家人？」

這原也不是什麼難事，凌績鳴當即便答應了。於是范柳氏就在凌家住了下來，等到凌績鳴休沐的時候，范瑾與丈夫將她送了回去。

范瑾是范玨與范柳氏成婚兩年後生的，活了快三十歲，卻從未見過范家人，但小時候沒少聽娘親描述過他們，所以在范家看到范老娘幾個後，臉上不由得多了幾分嫌棄。

范老娘得知親孫女嫁了個當官的丈夫，原本還想跟她親香親香，好讓她幫襯幾個孫子，不過當她看到范瑾臉上的嫌棄後，心裡便知這個孫女是靠不住的。

她冷眼看著范柳氏。「喲，還知道回來啊，老婆子還以為妳看不上我兒子，另尋他人去了。」

范柳氏氣極。「這裡是我家，我不回來難道還等著你們這些帶著土腥氣的鳩占鵲巢？」

范瑾也道：「這位老婆婆，我娘是我爹三媒六聘娶回家的，妳剛才那句『另尋他人』，不僅侮辱了我娘，還侮辱了我爹。」

范老娘瞪了范瑾一眼。「什麼老婆婆，我是妳親祖母，真是沒有教養，要是在我們鄉下，妳這樣的生下來就該掐死。」

一旁的范二叔也憤憤道：「娶妻娶賢，我那大哥就是因為娶了個不賢的妻子，結果活了大半輩子連個繼承香火的人也沒有，全都是妳們母女的錯！」

范柳氏將女兒拉到身後，對上范老娘和范二叔。「這些年范玨那老東西沒少瞞著我給你們送銀子吧？你們一家吃我的喝我的，反而還來罵我和我的女兒，今天我就要讓你們見識見識，老娘也不是好惹的。」

說完，命人將他們按住，把他們身上的綢緞衣裳扒了，就連范老娘頭上的金釵頭飾也被拔了個一乾二淨。

范老娘三個沒想到范柳氏這麼潑辣粗魯，反應過來後，范老娘一下子倒在地上，不停的乾嚎。「我的天老爺呀！祢快睜大眼睛看看吶，不孝的惡媳婦欺負我這個老婆子啊，兒吶，老娘把你養那麼大，你就由著你媳婦作孽啊……」

范玨原先在茶樓與人喝茶，聽說女兒女婿來了忙往家趕，誰知一進家門就看到自家老娘滿地打滾的樣子。

他連忙上前去扶范老娘，范老娘卻掙脫了他的手。范玨這才發現弟弟和姪子都穿著中衣瑟瑟發抖的依偎在牆邊，妻子和女兒女婿一臉冷漠的站在那裡。

「這是怎麼回事？」他大聲問道。

范二叔和姪子想要告狀，但又害怕范柳氏身後那幾個強壯的護衛。

范柳氏冷聲道：「還能怎麼回事，你娘與你弟弟正合謀要掐死我的女兒呢。你這個當爹要是心疼瑾兒，就立刻將他們送走。」

范老娘一聽這話趕緊爬了起來。「兒呀，你可不要聽她胡說八道，我和你弟弟這是被她欺負了呀。你看，你買給我的金釵都被她給搶走了，還把你弟弟和姪子的衣裳扒了，這樣不賢不孝的婦人，咱家可不能要。」

「爹，當著我們的面她就挑唆你休妻，這些天我娘不在家裡，怕是在你面前說了不少壞話吧。」范瑾面無表情的質問范玨。

范玨下意識的搖頭。「沒有，沒有，瑾兒，他們再怎麼說也是妳的祖母和叔叔，妳就不要再添亂了。」

范瑾嗤笑。「剛剛說要掐死我的時候，他們可沒當我是孫女和姪女。」

范玨一向拿這個女兒沒辦法，他看了看老娘和弟弟，又看了看女兒和女婿，腦子漸漸混沌了起來。

范家這邊的親緣關係剪不斷理還亂，姜家這邊也沒好到哪裡去。冬月初，與顏娘早已斷絕關係的聶家人找上門來了。

顯慶帝給滿滿和衛枳賜婚一事，被一個來姜家打秋風的姜家族人傳了回去，姜家村與聶家村只隔了兩個村子，這個消息很快就被聶家人知道了。

聶老爹與聶大娘聽了，心裡雖然波瀾頓生，卻沒有一個明確的表態。聶大郎這邊，上一次去找顏娘要鋪子要錢已經鬧翻，聽到滿滿要當王妃後，臉上一點笑意也無。

聶大嫂柳氏又是嫉妒又是羨慕，對丈夫道：「沒想到那丫頭命這麼好，竟然還能當王妃。咱們是她的大舅大舅娘，她成婚我們不能不去。」說完又表達對顏娘的不滿。「顏娘也真是，一家人打斷骨頭連著筋，她倒是個心狠的，說斷親就斷親，一點也不念咱爹娘的養育之恩。當初她做姑娘時，我們是怎麼對她的，從來不要她下地幹活，跟個千金小姐似的成天待在家裡繡花，現在發達了，就不肯認我們這些窮親戚了。」

聶大郎覺得她十分聒噪，乾脆扯過被子捂著頭不聽。柳氏見狀，一把掀開被子。「我說你現在怎麼變成這副臭脾氣了，我們對顏娘付出了那麼多，沒得讓她忘了本。」

「她早就不是聶家人了，妳別再打她的主意行嗎？」聶大郎氣得大吼。

聶大嫂剜了他一眼。「什麼叫我打她的主意？要是你稍稍有些本事，我也不至於算計這算計那的。再說了，你以為老二兩口子是傻的啊，肯定這會也在盤算如何攀上顏娘呢。」

柳氏說的沒錯，于氏這會兒的確在跟丈夫商量去京城的事情。用于氏的話來說，當初要燒死顏娘母子的是聶老爹和聶大郎，與聶大娘一起去鎮上找顏娘要鋪子要銀錢的也是聶大郎，與他們二房沒有關係，顏娘要記恨也應該是記恨聶家爹娘與大房。

聶二郎有些猶豫。「與顏娘鬧翻的時候，我們與大哥又沒有分家。」

于氏沒好氣道：「那些讓人寒心的事又不是你做的，你有什麼好擔心的？顏娘如今是官夫人，她的女兒又要當王妃了，只要討好了她，她指縫裡漏出一點都夠咱們家嚼用好幾年。」

說到這裡，于氏提起了小兒子聶成才。「咱家老二都快二十了，這婚事還沒著落，倒不如進京去讓他姑姑給他尋摸個官家千金，我看誰還能嘲笑我兒子老大不小還娶不上媳婦。」

聶二郎看了她一眼。「妳可別忘了，當年那支撥浪鼓是誰帶回來的，要是被顏娘知道了，成才別說娶媳婦了，就連我們也要跟著遭殃。」

于氏不以為然。「這事都過去多少年了，只要我們不說溜嘴，誰會知道這事？」

聶二郎想了想也是，于氏見他有所鬆動，繼續遊說他，漸漸地聶二郎也認同了妻子的說法。

夫妻倆想要進京，必須要聶老爹和聶大娘同意。誰知他們才剛開口，就被聶老爹厲聲打斷。「不許去，誰都不許去。」

聶大娘也是同樣的態度。「今天我把話撂這裡了，要是誰敢踏出這個家門一步，往後就不是聶家人了。」

于氏輕輕扯了扯丈夫的袖子，聶二郎道：「爹，娘，顏娘又不是別人，她是您二老的女兒，是兒子的妹妹啊。」

聶老爹橫了他一眼，氣得不停的咳嗽。聶大娘一邊替丈夫順氣，一邊道：「早在十幾年前她就不是我聶家的人了，你們還是死了這條心吧。」

緩過來的聶老爹也道：「如果你們敢去找她，就別認我和你娘。」

原本還在觀望的柳氏見公婆態度如此堅決，心裡雖然有些不甘心，卻不敢違背他們的意思。于氏和聶二郎表面答應了，卻趁著家裡沒人時，夫妻倆帶著小兒子聶成才偷偷去了京城，只留下大兒子看家。

見到多年未見的娘家人，顏娘的態度說不上熱絡，也說不上冷淡，只將他們當成普通的鄉親對待。

于氏一家三口起初還有些害怕顏娘當家夫人的氣勢，在姜家待了幾天後，見顏娘對下人和顏悅色後，慢慢的收起了害怕的心思。

夜間歇息時，于氏對丈夫道：「他爹，咱們違背了爹娘的意思，偷偷跑來京城，還不是想讓顏娘給咱兒子找一門妥帖的親事。可你也瞧見了，顏娘對我們一點也不親熱，這樣下去可不成。」

聶二郎也在煩心這個。「那妳覺得我們該怎麼做？」

于氏眼睛轉了轉，道：「這樣吧，明日我們去找顏娘直接說，若她不肯，我們就賴在姜府不走了。」

「妳這都是廢話，妳沒看見姜家還有護衛，如果她鐵了心要趕我們走，妳還能反抗？」

「那我就去街上哭訴，他們當官的不是最在乎名聲嗎，這樣一來她肯定不敢趕我們走了，還得乖乖的聽我們的安排。」

聶二郎覺得妻子的話說得在理，夫妻倆又暗戳戳的想了許多噁心人的法子，直到後半夜才慢慢睡去。

第二日一早，于氏和聶二郎用過朝食後，果然去找顏娘了。

顏娘聽了他們的來意，當即拒絕道：「二位還是絕了這個心思吧，京城裡的人家擇婿眼光高著呢，就算是那些不入流的微末小官，也看不上聶成才這樣的。」

聽她如此貶低自己兒子，于氏有些惱了。「妹妹這話是什麼意思，我們家成才哪裡差了？長得一表人才，又有個當官的姑父，怎麼就不能娶官家千金了？」

顏娘盯著她，不客氣道：「我與聶家早無瓜葛，我夫君自然也不是聶成才的姑父，妳要是覺得妳兒子樣樣都好，不如去官媒處自己尋摸吧。」說完後不想與他們繼續浪費時間，對戚氏道：「送客。」

戚氏對聶二郎夫婦做了個請的手勢，聶二郎先站了起來，于氏卻巋然不動。「聶顏娘，我告訴妳，妳今天必須得答應我們的條件，不然咱們走著瞧。」

聽了這話，顏娘似笑非笑。「我就不答應，妳能把我怎麼著。」說完這句話後，她的臉沈了下來。「你們還當我是原來那個任人欺負的聶顏娘嗎？當初我就是太念著親情血脈，才會差點連我們母女的性命都葬送了。看在你們當初沒有傷害我的分上，我才好心讓你們住了進來，現在竟然威脅起我來了，我倒要看看，你們能有什麼手段。」

聶二郎夫婦來姜家這幾日，還是第一次見顏娘發怒，兩人頓時有些慫了。聶二郎訕笑道：「顏娘妳別生氣，妳二嫂這張嘴不會說話，我替她向妳道歉。」

顏娘的視線在聶二郎身上掃了一眼，沒有應聲。

聶二郎又道：「當初爹娘要和妳斷絕關係，我和妳二嫂在家裡嘴皮子都磨破了也沒勸動他們，反而還讓爹娘覺得我們胳膊肘往外拐。這麼多年，我和妳二嫂在家也過得十分艱難，錢財都被爹娘和大哥大嫂把持著，就連妳大姪子成親的聘禮都是妳二嫂從娘家借來的，成才都這個歲數了還沒娶上媳婦，都是因為爹娘不肯拿銀錢置辦聘禮。」

說著說著聶二郎的眼眶漸漸紅了，他還想再說什麼，這時外面忽然傳來一陣吵鬧聲，戚氏看了顏娘一樣，急忙出去查看。

吵鬧聲越來越近，除了丫鬟婆子的聲音，還夾雜著男人的聲音。戚氏臉色難看的回來了，湊到顏娘耳邊說了幾句話。

顏娘的臉色立即變得鐵青，氣沖沖往外走。「畜生，看我不打斷他的狗腿。」

聶二郎和于氏還以為姜家發生了什麼趣事，秉持著有熱鬧不看是傻子的原則，也跟了上去。

看到顏娘出來，滿滿紅著眼眶撲到她懷裡。「娘，聶成才他欺負我。」

顏娘先安撫了女兒幾句，然後抬頭看向被兩個粗使婆子扭著的聶成才，大步朝他走去，一抬手就是一記響亮的耳光。

「姑姑，我沒有欺負表妹，我只是想跟她說說話。」看著顏娘狠戾的眼神，聶成才急忙解釋。

顏娘當然不信他，女兒一向大方得體，只有受了委屈才會跟自己哭訴。她指著女兒的丫鬟道：「小苗，妳來說。」

小苗義憤填膺道：「回夫人，奴婢陪著姑娘在連廊下看雪呢，這登徒子一上來就親親熱熱的叫姑娘表妹，還說姑娘大冷天的手冷，硬是要去握姑娘的手，說是要給姑娘暖手，還要去抱……」

「夠了！」聽到他對女兒動手動腳，顏娘恨不得將聶成才痛打一頓。

這時聶二郎和于氏也過來了，看到聶成才被人押著，臉上還有五道指印，于氏當場就怒了。「聶顏娘，妳憑什麼打我兒子？」

顏娘冷笑。「就憑這是我家，就憑這小兔崽子敢在我家欺負我的女兒，我不僅要打他的臉，我還要廢了他那雙招人厭的手。」

「妳欺人太甚，老娘跟妳拚了。」于氏朝著顏娘奔去，戚氏見不對勁，連忙擋在顏娘身前，重重的挨了于氏一巴掌。

顏娘怒火中燒，吩咐人去喚胡虎過來，今天她不會讓于氏和聶成才母子好過。

聶二郎見狀連忙勸道：「顏娘，妳二嫂護子心切，妳不要跟她一般計較，成才不懂事怠慢了滿滿，我來教訓他便是。」

「你來教訓？」顏娘瞥了他兩眼。「你要是能管住他們倆，今日也不會生這一場是非。什麼都不必說了，一會兒姜家的護衛來了，他聶成才用哪隻手欺負了我女兒，今天就留下哪隻手。」

聶成才聽了頓時臉都白了，想要掙脫箝制，無奈兩婆子的手勁太大，根本掙脫不了。他大喊著：「爹，娘，你們救救我！快救救我！」

于氏也慌了，指著顏娘大罵。「他不是別人，是妳的親姪子，妳要傷害他，不怕天打雷劈？」

顏娘充耳不聞。

聶二郎跑到顏娘面前。「顏娘，妳就放過成才這一次吧，我一定會好好管教他。」

胡虎來得很快，身後還跟了兩個高大的護衛。

顏娘指著聶成才道：「把他的左手給我打折。」

「是。」胡虎應聲。

聶成才見胡虎一臉兇惡相，嚇得大叫。「你別過來！別過來！」

于氏和聶二郎連忙擋在兒子面前，不讓胡虎靠近。胡虎回頭看了顏娘一眼，顏娘道：「若是有人擋道，不必客氣。」

于氏和聶二郎一聽這話，嚇得一下子躲開了，聶成才沒人護住，輕而易舉的被胡虎捏住了左手，只見他一使勁，哢嚓的聲響傳來，聶成才已經捂著胳膊滿地打滾了。

于氏被這一幕嚇得魂飛魄散，急忙去查看兒子的傷勢。「成才，你給娘看看你的胳膊，快給娘看看。」

聶二郎也連忙跑上去。

顏娘用眼神詢問胡虎，胡虎搖了搖頭，表示自己沒有下狠手。

第一波疼痛過去後，聶成才的左胳膊軟趴趴的垂在一側，于氏以為兒子手被廢了，衝顏娘大吼道：「聶顏娘，沒想到妳竟如此心狠手辣，老娘跟妳拚了。」

說完像瘋牛一樣朝著顏娘衝了過來，胡虎眼疾手快，一掌將她推開，于氏不慎摔了一個大跟頭。

聶二郎見狀，擺出一副痛心疾首的樣子。「顏娘，算我看錯妳了，原本以為妳還是以前那個心地善良的姑娘，沒想到妳已經變得如此不念親情骨肉，我真是太失望了。」

顏娘不屑的看著他。「我的心善只給對我抱有善意的人，像你們這種滿心算計、心思骯髒的人，我為何要對你們善良？」

說完也不想再跟他們多費口舌，直接吩咐戚氏。「妳帶著胡護衛幾個，去客房將他們的東西整理出來，然後讓他們三個立即走人。」說完後又添了一句：「凡是屬於姜家的，就連一絲灰塵也不能讓他們蹭走。」

戚氏領命。

一旁的于氏和聶二郎聽顏娘要趕他們走，當即不幹了。于氏罵道：「聶顏娘，妳這個忘恩負義的白眼狼，妳難道忘記妳自己姓什麼了嗎？我們千里迢迢來參加妳女兒的婚禮，妳就這樣對我們？」

顏娘沒有理她。于氏又罵：「我們家成才不就是摸了那賠錢貨的手一下，妳有必要趕盡殺絕嗎，那賠錢貨難道比公主還尊貴？我告訴妳，妳要是敢趕我們走，我就滿大街的吆喝，我看妳生的那賠錢貨還怎麼嫁給王爺。」
見于氏越說越不像話，顏娘吩咐：「給我堵了他們的嘴。」
先前押著聶成才的兩個粗使婆子不知從哪裡找來的布團，對著聶二郎和于氏的嘴巴塞了進去。
于氏和聶二郎被護衛箝制著雙手，此刻嘴巴又被堵上，只能嗚嗚的亂叫著。
戚氏帶著人從他們住的客房裡搜出很多姜家的東西，大到花瓶，小到茶杯茶壺，還有文瑜平日裡玩的九連環等，都被于氏用一個大籐箱裝著，看來都是這幾日從各處搜羅來的。
「真是丟人現眼。」戚氏一臉嘲諷道：「小偷小摸的行徑做得挺熟練，看來平日裡沒少做這事。」
隨後她遵從顏娘的吩咐，將屬於姜家的東西全部挑了出來，聶家三口人只有兩個裝著粗布衣裳的包裹。
一家三口被胡虎好好的警告了一番，然後帶著他們的兩個包裹滾出了姜家。看著人來人往的街道，于氏不停的咒罵顏娘，咒罵姜家。
聶二郎橫了她一眼。「妳先閉嘴行不行，成才都這副模樣了，妳還不消停一些。」
于氏剛想反駁，看到兒子的胳膊後，著急地說：「他爹，咱們還是先帶成才去醫館裡讓大夫治一治吧。」
聶二郎也是這個想法，夫妻倆帶著聶成才找了一處最近的醫館，大夫看過後。「令郎這手只是脫臼了，接一下便能好。」

說完，按著聶成才的手掰了一下，只聽咔嚓一聲響，伴著聶成才殺豬般的吼叫，大夫鬆開了手。「好了，已經復位了。」

聶成才動了動胳膊，果然不疼了。

聶二郎見兒子的手沒事，心裡的大石頭一下子落了地，他問大夫：「要付多少銀錢？」

大夫道：「也沒多大事，你給二十文就成。」

于氏聽了尖聲道：「什麼？就掰了一下胳膊，就要二十文，你這是搶錢啊。」

大夫有些不高興。「這是醫館，不是慈善堂，你們若是沒錢就不該進來。」

聶二郎瞪了于氏一眼，又轉頭跟大夫說好話。「大夫，你看這費用能不能再少點，我們身上也沒幾個錢了。」

那大夫哼了一聲。「就給十文錢吧，剩下的那十文算是我打發叫花子了。」

「你說誰是……」于氏又要嗆聲，被聶二郎打斷。「好好好，十文就十文，多謝大夫。」

從醫館裡出來，聶二郎將于氏訓斥了一頓，這要是在老家，于氏肯定又要跟聶二郎幹一架，但這是在京城，她只能默默忍著。

聶成才胳膊好了，人也精神了許多，他問聶二郎：「爹，咱們被姑姑趕了出來，現在去哪裡？」

于氏揪著他的耳朵道：「小兔崽子，要不是因為你，咱們會被趕出來嗎，你為什麼要去招惹那賠錢貨？」

「娘，痛痛痛。」聶成才齜牙咧嘴的叫道。

于氏這才鬆了手，聶成才說：「還不是怪表妹長得太好看了，我長這麼大都沒見過這麼好看的女子，要是她能嫁給我就好了。」

于氏又狠狠剜了一眼兒子。「還在作你的春秋大夢，你要是有本事娶她，我們一家三口也不會被趕出來了。」

聶成才這下不敢再說什麼了。

一家三口總不能一直在街上晃悠，留下吧，身上的銀錢也不夠住店的開銷。回虞城縣呢，連盤纏都沒有。于氏和聶二郎夫妻倆愁得頭髮都快白了。

這時于氏突然記起一件事情來，她拉了拉丈夫的胳膊，湊上去道：「你還記得當年給成才撥浪鼓的那個范家丫鬟不？」

聶二郎狐疑地看向她。「這都多少年的老黃曆了，還提這事幹麼？」他一想起那個帶有痘痂的撥浪鼓，心裡就直冒寒意。

于氏滿臉算計道：「要不是那丫鬟當年拿了撥浪鼓讓成才帶回來，你妹妹哪裡會跟家裡鬧翻，咱們又怎麼會被趕出來？不行，必須得讓那丫鬟負責。」

聶二郎像看傻子一樣看著她，于氏不滿的瞪了他一眼。「怎麼，我說錯了嗎？聽說那姓凌的也在京城當官，咱們去他府上把那丫鬟找出來，讓她給咱們一筆封口費，不然就把她和她主子暗害人命的事情捅出去，看那姓凌的還要不要名聲。」

「妳這樣能成嗎？」聶二郎有些不信。「事情都過了那麼久，那丫鬟要是不承認，反說我們訛詐她怎麼辦？」

這的確是個難題，于氏也沒先前那麼激動了。

想了許久都沒其他辦法，于氏乾脆不想了。「能不能成，咱們去試試就知道了。」

為了生存，聶二郎只好聽妻子的。他們一家三口在京城裡打聽了好幾日，身上的銀錢全都花光了，才終於打聽到凌家所在。

聶二郎在妻兒的注視下敲了敲緊閉的朱紅大門，很快便有人來開門了。

「我當是誰，原來是三個叫花子啊。」門房不屑的看了他們兩眼。「要討飯到一邊去，別在這裡礙眼。」

三人一連幾日都露宿街頭，看著確實狼狽了些，但還不至於像叫花子。

這分明是門房故意說的，于氏當場就要發飆，聶二郎攔住了她，好聲好氣的對門房道：「大哥，我們不是討飯的，我們是來找人的。」

那門房斜睨他道：「找誰？」

「我們找一個叫梅枝的丫鬟。」聶二郎如是答道。

那門房聽了。「叫梅枝的丫鬟沒有，你們去別的地方找吧。」

說完就要關門，于氏飛快的衝到他面前。「怎麼會沒有，她的主子叫范瑾，她是范瑾的貼身丫鬟。」

于氏不曉得哪來那麼大的手勁，門房關門受到阻礙，沒好氣道：「你們說的那是梅管事，是我們夫人身邊得力的心腹，看你們這樣也不像認識她的，識趣的趕緊給我滾。」

于氏和聶二郎相視一眼，均從對方眼裡看到了欣喜。沒想到梅枝混得這麼好，身上一定有不少銀子，這一次可大發財了。

聶二郎道：「麻煩大哥給她帶個話，就說虞城縣的故人來找她了。如果她問是誰，大哥就說姓聶，來還十多年前的撥浪鼓的。」

門房見他說得有根有底，心想這三個人難道真是梅管事的舊識？想到這裡，他的態度好了一些。「你們在這等著，我進去問問就來。」

「哎，好，多謝了。」聶二郎笑著點了點頭。

梅枝正在伺候范瑾，小丫鬟來報：「梅管事，府外來了三個人，說是您的舊識，文叔問您是否認識？」

梅枝很是不解，她是范家的家生子，從小就在主子身邊伺候，爹娘一直在莊子上，哪裡認得府外的人。

「我不認識他們，讓文叔趕他們走。」

小丫鬟又道：「文叔說那三人姓聶，好像是來還什麼撥浪鼓的。」

姓聶和撥浪鼓幾個字落入梅枝和范瑾耳裡，往事立刻浮上心頭。梅枝小心的朝著范瑾看過去，喚了一聲夫人。

「妳去見他們，看看他們到底想要幹什麼？」范瑾皺眉吩咐。

梅枝應了，立即去了前院。

凌府門口，于氏和聶成才等得都不耐煩了，這時梅枝終於出來了。

一看到聶二郎三人，她仔細打量了好幾眼才認出他們來。「你們不去姜家，跑來找我幹什麼？」

聶二郎正要說話，被于氏搶了先。「我們找妳自然是有重要的事情。」她的眼睛瞥向站在一旁的文叔。「但這事不好讓別人知道，妳還是另尋一處地方，我們好好說。」

這事確實不宜讓人知道，梅枝帶著他們去了一處僻靜的小巷子。

「說吧，你們到底想幹什麼？」她問。

于氏笑了笑，從包袱裡掏出一個破舊的撥浪鼓，拿在手上搖了搖。「不知道妳還認不認識這個東西？」

梅枝的視線緊緊盯著撥浪鼓，忽然笑了。「不曉得哪裡撿的破爛貨，我怎麼會認識？」

于氏臉上的得意之色沒了。「妳以為妳不承認，就能抹消妳當初用沾了痘痂的撥浪鼓暗害我外甥女的事實？」

梅枝沈了臉。「我可沒做過，妳不要冤枉好人。」

于氏不甘示弱道：「我呸，妳也算好人？妳跟妳那個不要臉的主子一樣，心比那鍋底還黑。自己做過的事還不承認，好啊，那咱們就撕破臉，不出三日，這滿大街的百姓都會知道妳和妳主子的德行，到時候我看姓凌的還要不要臉。」

「妳敢！」梅枝怒從心起。「要是妳敢出去亂說一個字，你們就別想活著走出京城。」

于氏心裡發怵，面上卻依舊一副天不怕地不怕的樣子。「妳是奴婢，我們是良民，我不信妳還敢害我們。」

見梅枝要說話，于氏又說：「不要以為姓凌的是官老娘就會怕他，光腳不怕穿鞋的。要是我們有個三長兩短，會有人去衙門替我們喊冤的，到時候不僅妳家主子名聲壞了，姜家那邊也不會放過妳。」

于氏這話讓梅枝有了顧忌，范瑾再三交代，現在正是大選的關鍵時刻，千萬不能出了紕漏。她問：「你們的條件是什麼？」

「很簡單，我們要五百兩銀子，在京城給我兒子說門好的親事，再給我們找個住處。」

于氏不客氣道。

聽了這話，梅枝暗罵于氏無恥，她道：「妳這些條件我做不了主，我要回去稟報我家夫人。」

于氏在提條件的時候就知道梅枝肯定做不成這事，她是想藉由梅枝給范瑾帶話。

梅枝經過她的同意回去了一趟，再次出來時道：「我家夫人說了，你們的條件她可以答應，不過你們得寫個保證書，保證這次拿了錢再也不會來找我們的麻煩，並且從此將撥浪鼓的秘密帶到棺材裡去。」

「當然，只要妳們答應那些條件，我們絕對會保守秘密。」于氏和聶二郎保證。

梅枝笑了笑。「跟我來吧。」

於是聶家三口便跟著梅枝走了，心裡正欣喜著馬上就要有大筆銀子到帳，壓根沒看到梅枝嘴角滲出的冷笑。

梅枝帶著聶二郎三人來到了一處小院子，于氏警戒的看著她。「妳帶我們來這裡幹什麼，妳主子呢？」

梅枝笑了笑。「妳別急呀，我家夫人說，這事不宜讓外人知道，所以讓三位先在這裡歇息，明日她會親自過來見你們。」

聶成才跟著爹娘在外露宿了幾天，早就想好好吃一頓、睡一覺了，他對于氏道：「娘，就先答應她吧，我現在又餓又累，快要堅持不下去了。」

梅枝道：「三位快進去吧，一會兒有人會給你們送酒菜過來。」

聽了這話，于氏不由得咽了咽口水，她望向聶二郎，只見聶二郎微微點了點頭。

三人跟著梅枝進了小院，梅枝交代了幾句就走了，過了一會兒，有人敲響了院門。

于氏和聶二郎開了門，外面站著一個店小二模樣的年輕男人。「客官，這是你們的酒菜。」說著，將一個四層的食盒遞了過來。

聶二郎接過食盒。「喲，還挺重的。」

年輕男人笑著說：「我們店裡的酒菜分量都足得很。」

聶二郎和于氏實在太餓了，食盒裡的飯菜香味又不斷傳出來，他們將年輕男人打發走後，迫不及待的進屋去了。

打開食盒後，只見裡面全是大菜，有紅燒蹄膀、醬牛肉、八寶鴨、獅子頭等，另外還有一壺味濃醇香的美酒。

看到這些，聶成才兩眼放光，筷子都不用，直用手抓了兩片醬牛肉往嘴裡塞。

于氏用筷子去敲他的手。「餓死鬼投胎啊，沒看到我和你爹還沒開動嗎？」

聶成才縮了縮手。「好幾天都沒吃東西了，娘妳就別打我行嗎？」

聶二郎道：「都趁熱趕緊吃吧，這些菜式，咱們這輩子還沒吃過呢。」說完給自己斟了一杯酒。「嗯，這酒也太夠味了，我還是第一次喝到這麼好的酒。」

于氏聽了也給自己倒了一點，聶成才見爹娘只顧著喝酒，忙不迭的大快朵頤起來。等于氏和聶二郎品完酒後，桌子上的菜都快少了一大半。

「哎喲，菜都被你給吃光了。」見兒子粗魯的往嘴裡塞菜，于氏心疼的直吆喝。「他爹，別顧著喝酒啊，快吃菜。」

她趕緊招呼丈夫，聶二郎點了點頭，夫妻倆也開始品嚐一桌的美味。

滿滿的一桌子菜讓三人吃得嘴角流油，酒足飯飽後，三人毫無姿態的癱在椅子上。

于氏滿足道：「哎，多少年沒吃過這些好東西了，今天真是好好的犒勞了我這五臟廟。」

聶二郎也道：「要是以後每日都能吃這些就好了。」

聶成才吃得最多，撐得十分難受。他摸了摸自己的肚子。「爹、娘，我怎麼覺得有些睏呢？」

說完，再也支撐不住睡了過去。

于氏罵了一句：「真是沒用的東西，吃飽了就睡那是豬，哎，我怎麼也想睡了呢？」

她的眼神變得迷離起來，狠狠的掐了自己一把，焦急道：「他爹，這酒菜是不是有問題啊？」

回答她的只有聶二郎響亮的呼嚕聲。這時候她再也忍不住了，頭一歪睡了過去。

等到屋裡沒有響動後，緊閉的大門被人從外面打開了，梅枝帶著一個年輕男人走了進來。如果聶二郎和于氏還醒著，肯定能認出這男人就是之前給他們送酒菜的那人。

「泥腿子就是泥腿子，好酒好菜白讓你們給糟蹋了。」梅枝鄙視的看了三人一眼，隨後對年輕男人道：「開始吧，要做得自然些。」

年輕男人應了，將油燈提到桌子上，然後從懷裡掏出一團棉線，三兩下揉搓成小指粗細的繩子。他將繩子浸了燈油，一頭插在油燈裡，用火將油燈點燃。

接著又在桌子上潑了一些油，棉線的另一頭拴在桌腿上，只要油燈那頭的棉線燃到另一頭，整個桌子都會燒起來。

梅枝看著他做完這一切，有些不放心的問：「你那迷藥管不管用？不要火還沒燒起來，他們就醒了。」

年輕男人拍了拍胸脯。「梅管事放心，我這迷藥可是連猛虎都能迷暈的，他們吃了我的迷藥，不睡到明早是不會醒的。這根棉線差不多到半夜就能燃完。」

聽了這話，梅枝放心了許多。「只要做好這樁差事，少不了你的好處。」

年輕男人欣喜道：「多謝梅管事，多謝夫人。」

梅枝擺了擺手。「廢話少說，趕緊做事，做完咱們好離開。」

年輕男人哈著腰點頭。「梅管事您先出去吧，我再檢查一下就好。」

梅枝看了他一眼。「我看著你檢查。」

年輕男人只好當著她的面檢查，見門窗關好，油燈和棉線也已經點燃，確認無誤後，兩人才從小院子離開。

他們離開後，一個圍著灰色斗篷的年輕婦人這才從拐角處走了出來，朝緊閉的院門望了幾眼後，急匆匆的進了隔壁的宅子裡。

第二十五章

那穿灰色斗篷的年輕婦人不是別人，正是勇毅侯世子夫人的嫡長孫女柳椿兒。

當初勇毅侯被處決後，勇毅侯府的男丁全被流放，女眷沒了男人靠著，又沒有錢財傍身，過得十分艱難，勇毅侯府的姻親大多遭了殃，沒受到牽連的也不願跟她們來往，更別說接濟她們了。

那些過慣了被人伺候的日子的姨娘妾室們首先熬不住了，連夜帶著錢財逃了，剩下的都是正室太太和姑娘們。

勇毅侯世子夫人是所有女眷中輩分最高年紀最長的，勇毅侯府的倒臺和丈夫兒孫們被流放，讓她受了刺激一病不起。

這可急壞了底下的晚輩們，尤其是她平日裡最疼愛的柳椿兒。眼看著祖母的病情越來越重，宮裡的祥妃不管她們的死活，母親和兩個嬸子毫無主見，妹妹們又小，柳椿兒做了個決定，她要代替祖母撐起這個家。

她去找了以前對她表達過愛慕之情的公子哥王明涯，表示自己願意做他的外室，只要他能幫自己養家。

那王明涯原本被家裡人囑咐過，不允許與勇毅侯府的人來往。但耐不住他色膽包天，見了柳椿兒那張芙蓉粉面就走不動路，於是答應了她的要求。

王明涯在槐樹巷買了一處小宅子，專門在此與柳椿兒幽會。今日就是他們相約的日子，柳椿兒趁著宵禁出了門，剛到槐樹巷時就看到了梅枝。

她怕梅枝知道自己如今的身分，於是便躲了起來，直到梅枝離開後才進了王明涯的宅子。柳椿兒在宅子裡等到酉時末，王明涯也沒來，按照兩人的約定，只要過了酉時他還沒來，那就是被家裡的夫人絆住了。

她又想起梅枝出入的小院子，隨即找來伺候的老婆子打聽。「嬷嬷可知隔壁住的什麼人家？」

婆子道：「原先住的是京城一小官的爹娘，後來他們兒子升官了，就將他們接去一塊住了，那房子一直空到了現在。」

結合婆子的話和自己看到的情形，柳椿兒推斷，隔壁就是凌家的院子。

想著想著，她有些好奇梅枝來這裡做什麼，於是披上斗篷打算去隔壁看看。

凌家小院院門緊閉，她推了幾下沒有推開，正打算回去時，忽然見不遠處來了一群人，正朝著她這個方向來。

她連忙躲了起來，只見那一行人徑直走到了她與王明涯幽會的宅子，暴虐的砸開了大門，隱約間還聽到有女人咒罵的聲音。

柳椿兒心跳個不停，唯一能想到的就是王明涯的妻子來捉姦了，慶幸自己及時躲開了。

等所有人都進去後，柳椿兒哆哆嗦嗦站了起來，思索著該怎麼脫困。

現在是宵禁時間，她一個無權無勢、弱不禁風的女子不能在街上亂走，王明涯的宅子也不能回去，只有隔壁凌家小院可暫時容身。

她又使勁推了推院門，院門似乎有些鬆動，她繼續推了十來下，門栓掉落，院門能打開了，柳椿兒趕緊跑了進去。

院子裡黑乎乎的，她緊緊的捏著斗篷，輕手輕腳的往唯一亮著燈的屋子靠近，從院門口到亮燈的屋子外，短短幾十步的距離，她用了差不多一炷香的時間才走完。

屋子裡靜悄悄的，不像有人在的樣子，但裡面卻點著燈，給人一種怪異的感覺。她悄悄的趴到門縫上聽了聽，聽到屋裡傳來一陣此起彼伏的呼嚕聲。

這屋裡有人，柳椿兒被嚇了一跳，她捂著胸口急急的往外走，就在快要到院門時，不小心將一塊石子踢到了門上，發出響亮的聲音。

她心裡咯噔了一下，連忙朝身後看去，只見屋子裡什麼動靜都沒有。難道是睡得太死了？她在心裡暗暗猜想，緊繃的心放寬了不少。

就在這時候，忽然發現屋子裡亮堂了不少，還有一股燒焦的味兒從門縫裡透了出來。

這是著火了！柳椿兒拔腿就要跑，卻記起屋子裡還有人，跑還是不跑，她一時有些拿不定主意。

她遲疑了一下，咬著牙往屋子的方向跑去，門上沒有上鎖，她用力推了幾下便推開了。

進到屋內後，看到三個人一動不動的趴在桌子上，桌腳和桌面有一部分已經燒著了，甚至有一個人的衣襬也被火星子沾到了，屋內還有一股濃濃的桐油味兒。

「喂！你們快醒醒，著火了！」她推了推其中唯一的女人于氏，于氏動都沒動一下。柳椿兒又去叫聶二郎和聶成才，兩人也是一副睡死了的樣子。

只見火勢越來越大，她從床上拿起枕頭，大力的撲打著越來越猛的火，可惜她力道太小，火勢不僅一點都沒有變小，反而越來越大了。

情急之下，她將三人依次推到地上，以免火焰燒到人身上，然後從床上抱起被子，蓋在燃燒的桌子上，一股濃煙從被子下冒出來，嗆得她眼淚鼻涕不停狂流。

「真是倒了大楣，就不該發善心救你們。」她瞪了地上三人一眼，氣道：「要不是為了弄清楚梅枝在搞什麼鬼，我才懶得做這事。」

火勢被棉被壓制了，她又去隔壁的灶房端了幾盆水澆在棉被上，火雖然暫時不會燃起來，卻有濃煙不停的往外冒。

她又端了一盆涼水，朝著于氏潑了過去，冬月的涼水冰冷刺骨，于氏被涼水一潑，掙扎了幾下才幽幽轉醒。

隱約間看到一個女人的身影正朝自己走近，她頓時清醒過來，奈何身子疲軟無力，只得罵道：「賤人，妳想幹什麼？」

被人平白無故罵，柳椿兒也來了脾氣，將盆子扔了。「原來竟是個瘋癲的潑婦，早知如此我就不該好心救妳。」

聽到柳椿兒的聲音後，于氏才看清那女子根本不是梅枝，她問：「梅枝那賤人呢，妳是她什麼人？」

聽到于氏對梅枝的稱呼後，柳椿兒心裡多了一些好奇和興趣。

「妳別管我是誰，反正不會害你們便是。」她問：「你們究竟如何得罪了她，讓她竟然要放火將你們燒死？」

于氏剛要罵人，忽然記起丈夫跟兒子來，急忙哭喊：「他爹！成才！」

柳椿兒不耐煩的皺眉。「別喊了，他們沒事，還在打呼呢。」

于氏細聽了一下，果然聽到了呼嚕聲，她這才鬆了口氣。

「恩人，多謝妳救了我們一家三口。」于氏支撐起身子對柳椿兒磕了個頭。

柳椿兒道：「我想知道梅枝為何要害你們，你們跟范家或者是凌家有何恩怨？」

見于氏驚訝的望著自己，她又道：「妳放心，我跟這兩家也有仇，妳告訴我，我絕不會去報信。」

聽了這話，于氏心裡的仇恨、憤怒全都被引了出來。「我們手裡握著她主子的一個秘密，她將我們安排在這裡歇息，說等到明日，她主子會親自來跟我們交涉，沒想到她們竟然如此狠毒。」

「秘密？」柳椿兒饒有興致的問道：「什麼樣的秘密？」

于氏不肯說了，柳椿兒笑了笑。「妳不說，我怎麼能幫你們呢？」

于氏低頭思索了一會兒，抬頭時，便一五一十的將范瑾當年指使梅枝欲害滿滿得天花的事情說了出來。

柳椿兒愣了一下。「你們拿十幾年前的把柄去要脅她們？」

「怎麼，十幾年前的把柄就不是把柄了？」

柳椿兒忽然覺得自己做錯了一件事，不該去救這蠢笨的一家人。

「我見過姜家大姑娘，不像是得過天花的。」

于氏眼睛轉了轉。「那都是她一歲時的事情了，長大了哪還看得出來？」

柳椿兒搖了搖頭。「我敢肯定梅枝她們的毒計沒有成功，所以你們的要脅壓根算不上什麼，她們之所以要悄無聲息的處理了你們，只不過是為了不影響她家的兩個女兒大選罷了。」

于氏問：「什麼大選？」

柳椿兒跟她解釋了一遍。

于氏吐了一口口水。「我呸！就她生的那個奸生女也好意思去參選，真是不要臉。」

「奸生女」三個字讓柳椿兒眼睛亮了亮。「妳說誰是奸生女？」

「當然是范瑾的大女兒，當初姓凌的還跟我小姑子成親不久，范瑾就勾搭上了姓凌的，後來大著肚子逼我小姑子與姓凌的和離，沒過幾個月就生下了那個奸生女。」

柳椿兒瞪大了眼睛，她怎麼都沒想到凌琬琬的出生竟然這麼不堪，又想起自己因勇毅侯府倒臺，只能偷偷摸摸的做人外室，而凌琬琬卻以官家千金的身分去宮中參選，最後還有可能成為二皇子的妻妾之一，她整顆心又酸又脹。

她凌琬琬憑什麼？柳椿兒在心裡這樣問自己，心裡的不甘瘋狂滋生。

「我有辦法幫你們報仇，只要你們按我說的去做，就算不能咬下范瑾一塊肉，也要讓她聲名掃地。」

她對凌琬琬的憎惡源於二皇子對她的喜歡，現在自己明擺著不能進宮，那些憎惡與嫉妒也就慢慢淡了。

她真正恨的是范瑾和范柳氏母女，凌家和范家當初靠著勇毅侯府提拔走到今天這一步，卻在勇毅侯府沒了以後，立刻與她們撇清了關係，連幫祖母尋醫問藥都不肯，還命人將她們趕了出來。對付這忘恩負義之輩，何須心慈手軟。

于氏此時也恨極了范瑾和梅枝，聽到柳椿兒要幫自己，她想也沒想就答應了。

天快亮時，聶家父子二人才醒了過來，當他們得知昨夜差點被火燒死時，頓時嚇得睡意全無。

于氏又將自己答應柳椿兒的事情給丈夫和兒子說了，聶二郎有些懷疑的看著柳椿兒。

「我們壓根不知道妳的身分，怎麼能相信妳的話？」

柳椿兒道：「就憑我一己之力救了你們一家三口，就憑我與范家、凌家有仇有怨。若你們不信我，我也不勉強，就當自己做了回善事不求回報了。」
她笑了笑。「我奉勸你們一句，此地不宜久留，若你們還想活命，立刻離開這裡。」
說完披上斗篷打算離開。
還未走出屋子，身後傳來聶二郎的聲音。「我們答應妳。」
柳椿兒帶著聶家三口找了間客棧住下，然後讓他們留在客棧等她的消息。
天大亮後，她悄悄的回家，問了她娘以後得知，王明涯的妻子並未找到這裡來，心裡的大石頭一下子落了地，看來王明涯的妻子並不知道昨夜與王明涯私會的是誰。
見女兒身上、頭髮上到處都是灰，錢氏心疼道：「椿兒，妳還是跟王家公子斷了吧，娘不想妳委屈自己。」
柳椿兒上前抱了抱母親。「娘，您放心，我們很快就能離開京城了，到時候去祖父、爹爹他們流放的地方生活，咱們一家也算是團聚了。」
聽了這話，錢氏充滿了欣喜，卻又隱約有些擔心。「不管做什麼，妳要顧好自身的安全。」
柳椿兒點了點頭。「放心吧，我有分寸的。」
就在柳椿兒想方設法報復范瑾時，參選的秀女們也被接到了宮裡。讓她們提前進宮是為了瞭解宮中的規矩，冬月二十五正式開始選拔。

凌琬琬在宮裡待了那麼多年，好不容易才逃離了這個地方，如今又被送了回來，她沒有一點開心。

所有的人包括她的父母都覺得她必定會被選中，但她卻不願意。她想了很多辦法，最後選了一個對自己最狠的。

她知道有很多人包括親妹妹凌珺珺，都將自己視為眼中釘，她們恨不得想要毀了她，這樣就能去掉一塊強有力的絆腳石，那麼她就如她們所願。

一連好幾日，她都要去清梧殿前的荷花池旁停留一會兒。她的貼身宮女芳禾總是不解，大冷天的荷花池都結冰了，沒什麼好看的，為何自己主子經常過來呢？

這天她照常到了荷花池旁，站了一會兒，就有兩個穿著斗篷、捂得嚴嚴實實的女子過來了，她們都沒帶伺候的人。

待兩人走近，凌琬琬笑著同她們打招呼。「原來是朱三姑娘和吳大姑娘啊，我本以為這大冷天的，只有我愛到這荷花池邊吹冷風，沒想到二位也有這樣的愛好。」

朱三姑娘面色不善的盯著她。「這荷花池又不是妳家的，為何妳來得，我們就來不得？」

吳大姑娘也道：「我們今天倒要看看，這裡到底有什麼吸引人的，凌大姑娘日日都要來。」

凌琬琬笑而不語。

朱三姑娘皺眉：「這裡該不會是妳與二皇子殿下私會的地方吧？」

凌琬琬瞥了她一眼。「是又如何，不是又如何，我做什麼，還輪不到朱三姑娘來管吧？」

「狐媚子，不要臉。」朱三姑娘憤憤罵道。

凌琬琬笑容不變，彷彿沒有聽到那幾個字，她身後的芳禾忍不住替主子抱不平。「朱三姑娘也太過分了些，我家主子好言好語與妳們說話，妳卻不分青紅皂白罵人，誰有理誰無理一眼就能看出。」

「妳這狗奴才，本姑娘……」

朱三姑娘惱了，正欲教訓她卻被吳大姑娘拉住了，她湊到朱三姑娘耳邊：「那宮女不是妳我府上的丫鬟，還是不要衝動，對付姓凌的才是正事。」

朱三姑娘這才忍住了怒火。

吳大姑娘對凌琬琬道：「凌大姑娘無事還是不要來這裡了，要是惹人誤會就不好了。咱們都是奉命進宮參選的，總得講個公平公正，若都抱著走後門的心思，那又何必參加選秀呢？」

凌琬琬笑了一下。「吳大姑娘這話真有意思。」她湊到她耳邊低聲道：「宮裡從來就不是講究公平公正的地方，這裡講的是寵、講的是愛，我有二皇子的寵愛，參加選秀，只不過是需要一個名正言順的由頭罷了。這點，妳永遠也比不上我。」

吳大姑娘臉色變了，凌琬琬卻輕笑了兩聲，準備走人。

這時，朱三姑娘攔住了她。「妳剛剛跟吳姐姐說了什麼，她臉色那麼難看？」

凌琬琬不理她徑直往前走，朱三姑娘氣急，扯住她的袖子。「不說清楚不許走。」

凌琬琬冷笑，惹得朱三姑娘更加憤怒，她使勁推了凌琬琬一下。凌琬琬往後踉蹌了一下，腰部撞到了荷花池邊的護欄上，只聽見哢嚓一聲，被撞到的那處護欄應聲而斷，接著凌琬琬撲通一下掉進了荷花池裡。

岸上的三人都被這一幕嚇得愣住了，最先反應過來的是芳禾，六神無主的大喊：「主子，主子！」

凌琬琬在荷花池裡不停的掙扎，身上穿的是厚重的冬裝，掙扎了幾下幾乎讓她耗盡了所有力氣。

一旁的朱三姑娘和吳大姑娘惹了禍，一溜煙跑了，只留下芳禾一個人無助的大喊呼救：「來人呀，我家主子掉進荷花池了，來人呀，救命呀！」

有離得近的內侍聽到呼救聲急忙跑了過來，芳禾立即道：「快救救我家主子！」

內侍朝荷花池看了一眼，之前結了冰的水面被砸出一個洞，裡面還浮著一個人。這麼冷的天，要是跳下去救人，得受多大罪啊。想到這裡，內侍有些遲疑了。

「你快救人啊，我家主子是凌家的大姑娘，要是她有個三長兩短，我和你都活不了。」

得知凌琬琬的身分後，內侍不敢猶豫了，脫掉厚重的外袍後，撲通一下跳進了荷花池。

凌琬琬最終還是被救了上來，由於在冰水裡泡得太久，不僅一直昏迷，還發起了高熱。

二皇子得知她落水的消息後趕了過來，看見因高熱一臉通紅的凌琬琬後，陰沈著臉衝進朱三姑娘和吳大姑娘的住所，命人將她們的雙手捆住，把人扔進荷花池。等到她們奄奄一息的時候，才讓人將她們撈起來。

另一邊，凌珺珺為了讓二皇子注意自己，忍著嫉妒跟憤恨親自照顧凌琬琬，沒人的時候，恨不得凌琬琬就此喪命。

顯慶帝和祥妃那邊也知道秀女這邊差點鬧出了人命，原本要重罰吳大姑娘和朱三姑娘。但知道二皇子將兩人弄了個半死後，只命人將她們送回家，同行的還有兩道申斥兩人父親管教不嚴的旨意。

凌珺珺知道這個處罰後，嘲諷的看向昏迷的親姐姐。「妳也就這點本事，命都差點沒了，只扳倒了兩個蠢貨。」說完又道：「還好二皇子還惦記著妳，每日都要來一趟，我也能跟他多相處一會兒。」

興慶宮

祥妃召來了給凌琬琬醫治的太醫，問起凌琬琬的病情。

太醫遲疑了片刻後道：「在冰水裡泡了那麼久，凌大姑娘的身子算是毀了，不僅於子嗣有礙，日後也會落下病根，影響壽元。」

聽了這話，祥妃立即變了臉色。等太醫走後，她對余姚姑姑道：「凌琬琬不能進我兒後院，妳去叫樺兒過來我這裡，就說我有急事找他。」

余姚姑姑道：「娘娘，這事若是被殿下知道了，定不會同意，不如先瞞著他。」

祥妃氣急敗壞道：「怎麼瞞？這幾日他連規矩都不顧了，日日往清梧殿跑，要是鐵了心只要凌琬琬一個，本宮這輩子還能抱孫兒嗎？」

「娘娘難道忘了，凌家有位二姑娘也在宮中，樣貌與凌大姑娘有四分像，讓她頂替她姐也是一樣的。」余姚姑姑道：「凌大姑娘小小年紀便如枯井無波的老人，失了姑娘家的鮮活。這方面，凌二姑娘比凌大姑娘更適合咱們殿下一些。」

祥妃仔細想了想余姚姑姑的話，覺得她說得有道理。「那就聽妳的，暫且不告訴樺兒，太醫那邊妳去打點一下，讓他不要亂說。」

余姚姑姑領命。出了興慶宮後，她朝著清梧殿的方向看了一眼，心中暗嘆：琬琬，我盡力了，接下來就看妳的命運了。

大選沒有因凌琬琬落水一事而耽擱，在蘇貴妃和祥妃的主持下井然有序的進行著。凌琬琬醒過來後，就被祥妃派人送回了家，只有凌珺珺留下來參選。

二皇子那邊還不知此事，因為顯慶帝下了令，大選結果出來之前，不允許他再往清梧殿跑。他派去探望凌琬琬的人也被祥妃警告過，禁止他們同二皇子說實話。

回到家的凌琬琬十分虛弱，范瑾得知她是被人推攘落水，一直鬧著要去找吳家和朱家要說法，卻被凌績鳴給阻止了。

「聽說二皇子當場將兩人扔進了荷花池，這都好些天了人還沒醒呢，皇上都只是下旨申斥了吳大人和朱大人。妳我現在找上門去，不是告訴其他人，我們對皇上處置的結果不滿嗎？」

范瑾忍不下心中的怒氣。「琬琬無辜被人推下水，本就受了天大的委屈，皇上卻對她們罰得如此輕，還不是因為你人微言輕。」

聽了這話，凌績鳴惱了。「我是沒本事，我要是像妳外祖父那般出息，妳還有機會站在這裡對我挑三揀四？」

「我什麼時候對你挑三揀四了？明明是你自己心眼小，我一句無心之言卻被你故意曲解，沒想到你竟如此狹隘。」

夫妻倆因為凌琬琬的事情吵了起來，消息傳到了溫氏那裡，溫氏十分開心的拍掌。「吵得越凶越好，最好讓我兒看清她的真面目，不然她還真以為凌家由她做主了。」

一旁的凌老爹皺眉。「妳能不能少說兩句，家和萬事興，他們要真鬧到不可開交，妳以為就是好事？」

被丈夫訓斥了，溫氏沒了先前的好心情。「你還幫她說話，我們凌家就是因為娶了她才事事不順。你瞧瞧別人家的兒媳婦，哪一個對公婆不是恭恭敬敬、晨昏定省的？只有她，藉口要管家養孩子，一個月下來也見不了幾面。

「這些都不說了，當初要不是她那死鬼外祖父要送人家的女兒進宮，三娘和女婿能受那麼大的罪，女婿的功名會弄丟？元娘這頭，要不是她娘作媒，元娘會嫁到柳家那個火坑去，會變成現在這副鬼樣子？」

當了十幾年的婆媳，溫氏對范瑾的怨念已經到了無法疏解的地步，她又提到了子嗣。「別人家的妻子，自己生不出兒子，也會賢慧的為夫君納妾添通房。她倒好，自己生不出還不許二郎納妾，眼看著二郎就要三十五歲了，膝下只有曜兒一根獨苗苗。」

凌老爹不耐煩溫氏的喋喋不休。「就妳話多，琬琬和珺珺不是咱凌家的孩子？琬琬先不說，就說珺珺，如果這回她被選上了，這是咱們凌家幾輩子修來的福氣。」

提起凌珺珺，溫氏是一百個不喜歡，覺得她跟范瑾的模樣和脾性一脈相傳，都是討人厭的那種。但凌老爹卻十分看重小孫女，溫氏怕被訓斥，也就不敢在他面前說凌珺珺不好的話。

凌珺珺說不得，她對凌琬琬可就沒那麼客氣了。「琬琬那丫頭生來就是個不祥的，在她娘肚子裡那會，每個大夫看了都說是男丁，結果生下來卻是個丫頭片子。我看吶，定是她將我的大孫子給剋沒了。那麼多人都在宮裡，偏只她一個人落水被送回來，大選的事情與她就無緣了，留在家裡，也不知會不會招來什麼不好的事情。」

溫氏在這抱怨了一通，她的話被一個灑掃的小丫頭聽了，轉頭就給凌琬琬院子裡的銀紅說了。

銀紅氣得跟凌琬琬的大丫鬟雪月抱怨：「老夫人也真是的，咱們姑娘這回受了多大的委屈啊，她不安慰也就算了，竟然還說這種誅心的話。」

雪月對她做了個噤聲的動作。「妳小聲一點，姑娘還在睡呢。」

銀紅點了點頭。「雪月姐姐，咱們去外面說。」

兩個丫鬟出去後，凌琬琬擁著被子坐了起來。銀紅的話她聽見了，心裡說不上來是什麼樣的感覺。

從宮裡回來後，她一直用真心去對待家人，也期待著家人能夠給她同樣的關愛和溫情，有過幾次失望後，她就再也不期待了。

祖父母對她的看重多建立在她與二皇子的關係，爹娘對她的關心是出於多年前的愧疚，親妹妹起初還是和善的，但久了也就不把她當一回事，只有幼弟凌曜才是這個家裡真心待她的人。

凌琬琬這輩子從未想過嫁人，進宮參選前她就為自己謀了一條後路。她想留在家裡照顧幼弟，待他長大娶妻後，若妻子是個和善寬容的，她就跟著他們生活，若他的妻子不是個好相處的，她就找個清靜的道觀或尼姑庵，青燈古佛了卻殘生。

就在她憧憬日後的生活時，坊間關於她是奸生女的傳言卻漸漸多了起來。有好事者在凌家打聽不到什麼有用的消息，竟然還厚著臉皮去姜家找顏娘詢問。

大理寺卿楊之望的夫人秦氏是一個非常喜歡打聽別人家事的女人，聽到關於凌琬琬是奸生女的流言後，迫不及待的給范瑾下了帖子，被范瑾用藉口拒了。她還不死心，在身邊人的提醒下，親自上門來找顏娘打聽。

顏娘雖然厭惡范瑾與凌績鳴，但覺得凌琬琬是無辜的，她又不能選擇誰來當她的父母，為何要為父母犯下的錯事受累？

對秦氏這種非要打聽的行為感到十分憎惡，但大理寺卿畢竟官職高於丈夫的官職，她也不好將人趕出去。

「夫人此言差矣，我與凌夫人的恩怨早已過去，這麼些年來，也沒有任何往來，他家的事情，我是一無所知。若夫人執意要問，我只能告訴妳，凌夫人如今才是凌大人名正言順的妻子，凌大姑娘亦是他們的嫡長女。至於外面關於凌大姑娘是奸生女的傳言，想必是有人故意抹黑凌家吧，畢竟凌二姑娘還留在宮中參選呢！」

秦氏對顏娘的答案非常不滿意，她不悅道：「我今日好心上門替姜夫人打抱不平，姜夫人卻用這樣的話來搪塞我，是不是太過分了些。」

顏娘實在不理解秦氏的想法，她上門來幹什麼自己還不知道嗎，說得大義凜然，其實私底下還不是長舌婦的行徑。

「楊夫人若是不滿意我的答案，那我也沒辦法了。」顏娘盯著她，一字一句道：「我總不能為了滿足妳的惡趣味，而胡亂編造不存在的事實吧？」

「妳這是什麼態度？」秦氏拉下臉質問。

顏娘也沈了臉。「對於那些不知自重的人，我做不來好言好語。楊夫人若是在我家待得不痛快，那就請回吧。」說完對著戚氏道：「妳代我將楊夫人送到門口，要親自看著她上馬車。」

戚氏應了，對著秦氏做了個請的手勢。

秦氏大怒，狠狠地瞪了顏娘一眼。「妳給我等著。」

說完氣鼓鼓的走了。

秦氏從姜家離開後，京中的傳言愈演愈烈，還有人傳出顏娘當著秦氏的面承認了凌琬琬好生女的身分，顏娘得知後，差點沒氣得吐血。

凌家這邊，聽了傳言的溫氏衝進凌琬琬的院子大罵：「妳這個不祥的災星，都是因為妳，我們凌家的名聲才被人踐踏得一文不值，妳為什麼沒被淹死，活著回來是為了禍害凌家嗎？」

凌琬琬一臉平靜的坐在窗邊，對溫氏的咒罵充耳不聞。溫氏氣急，咒罵的話語越來越狠毒。

「祖母是要逼我去死嗎？」

凌琬琬的神情十分淡漠，彷彿在說一件很微不足道的事情。

溫氏被她的冷靜嚇得後退了兩步。

凌琬琬從一旁的繡筐裡拿起剪刀，對著耳邊的頭髮剪了下去。「恕我不孝，不能滿足祖母的意願，因為我還不想死。我想活著，沒有束縛的活著。」

每說一句話，她就剪一縷頭髮。范瑾趕到時，看到長女的一頭青絲已經被剪到了肩膀的長度，地上全是散落的長短不一的頭髮。

凌琬琬決絕的舉動讓溫氏落荒而逃，范瑾抱著女兒慟哭不已，她卻不知道，自己的眼淚已經不能打動心如死灰的少女了。

凌琬琬要出家，范瑾以死相逼都沒能阻止。從凌琬琬院子裡出來那一刻，她對溫氏的痛恨已經達到了極致。

她領著幾個腰圓臂粗的粗使婆子闖進了公婆的院子，無視凌老爹的呵斥和溫氏的咒罵，親自帶頭將他們房間裡的東西砸了，砸不動的就用斧子砍。

「瘋了，范氏瘋了！他爹咱們該怎麼辦啊？」

溫氏看著自己的東西被砸壞，心疼的直跳腳。

凌老爹橫了她一眼。「誰叫妳去找琬琬麻煩的？」

「我還不是怕她留在家裡招來晦氣。」溫氏心虛的辯解。

凌老爹道：「讓她砸吧，琬琬被妳逼得出家，若不讓她發洩一番，二郎那裡怕是不好交代。」

聽了這話，溫氏心裡有些忐忑不安，就怕兒子回來找自己算帳。

凌績鳴回來時，凌老爹和溫氏的院子已經變得一片狼藉，連踩腳的地方都沒有。他還不知道凌琬琬要出家的事，聽了溫氏添油加醋的說辭後，狠狠的打了范瑾一巴掌。

范瑾被打懵了，不敢置信的望著他。「你竟然打我？」

凌績鳴臉色鐵青。「妳對我爹娘做的事情，就算休了妳也使得。」

范瑾眼眶紅了。「你不問緣由就打我，還說要休了我，就因為我砸了你爹娘的院子？」她突然朝著凌績鳴嘶吼道：「你知道你娘做了什麼嗎？她逼得琬琬、你的親女兒要出家！」

「妳說什麼？」凌績鳴以為自己聽錯了。

范瑾又哭又笑。「你那狠毒的娘，逼著自己的親孫女無法在這個家裡立足，被迫剪了頭髮要出家。」

凌績鳴受了刺激。「不可能，我娘不會這麼做的。」

范瑾冷笑。「那滿地的頭髮都還沒掃呢，你可以親眼見識見識你娘的惡毒。」

凌績鳴立即轉身往凌琬琬的院子跑去，當看到滿地斷髮和一臉淡漠的女兒時，他忽然不敢往前走了。

「琬琬。」他輕輕喚了女兒一聲。

凌琬琬面無表情的盯著他。「父親請進來說話吧。」

凌績鳴怔怔地跟著進去了。

待他坐下後，凌琬琬親自倒了一杯茶給他。「長這麼大，從未為您沏過茶，今日是第一次，也是最後一次，您請喝茶。」

凌績鳴不接茶杯。「琬琬，不要任性，妳祖母她……」

凌琬琬把茶杯擱在桌上，認真道：「我沒有任性。」

她深吸了一口氣，將心裡的想法講了出來。

「從我回到這個家裡，就感覺到格格不入。您和娘不是只有我一個女兒，你們的愛女之心全部給了珺珺，於我只有愧疚。

「您知道嗎，在宮裡那些年，不知有多少個夜裡我從夢中醒來，圍繞在身邊的只有絕望和無助。我日日盼望著您和娘來接我回家，沒想到你們卻讓我好好的伺候那個廢物，當時我的心就像快死了一樣。

「後來我終於有機會回到家裡，卻感覺到現在這個家不再是我離開時的那個家，沒了我記憶中的溫暖與疼愛。再後來，您把祖父祖母接了過來，讓我再一次感受到來自血脈親人的惡意。在宮裡，我也受到過無緣無故的惡語相向，但都沒有他們的話讓我寒心。

「我並不願入宮參選，但我不想違背你們的意思，所以我去了。我不想回到那令人窒息的地方，被推入荷花池都是我的謀劃，有人想在初選前解決掉我，我只是順著她的心意走了一步死棋。

「您知道我為什麼會被送回來嗎？並不是祥妃娘娘體恤我，而是我在冰冷的池水裡泡得太久，日後再也無法孕育子嗣，所以我沒有資格再參選。」

凌琬琬平靜的訴說著心中藏了許久的話，彷彿在講述別人的故事。

凌績鳴第一次仔細打量這個不在他們身邊長大的女兒，覺得她是如此陌生，陌生到她的面容都有些模糊不清了。

「妳為何不早些跟我們說？」過了許久，他才艱難的開口。

凌琬琬盯著他。「因為我知道，有些事情不是說了就能順著自己的心意發展。如果回到參選前，我如實的跟你們坦白心中的想法，你們會怎麼做呢？」

凌績鳴一時不知道該怎麼回答，凌琬琬道：「你們會斥責我不懂事，斥責我任性，你們還會覺得嫁給那個廢物是多少人求也求不來的好事，我有這樣的機會卻不知道珍惜。」

凌績鳴無法反駁，因為她說的都是真的。他的確想讓凌琬琬進宮為家裡博富貴，因為他急著改變自己的身分和地位。

范瑾在門外聽了這些話，早已淚流滿面，此刻她的心裡有兩個聲音在不停的吵鬧著。

一個聲音說她沒做錯，送長女去宮裡陪伴二皇子，她沒有做主的權力。長女從宮裡回家後，是她自己不願與他們親近，怪不得他們。

一個聲音說她錯了，應該不顧一切將女兒接回來，讓她與小女兒珺珺一樣在爹娘的身邊嬌養長大，更不應該不顧及她的想法，逼著她去參選。

兩個聲音吵個不停，范瑾的心亂成了一團，最後她沒有推門進去，而是掩面離開了。

凌績鳴也待不下去了，他害怕看長女枯井無波的神情，害怕她平靜冷淡的講述自己的苦悶，他忍不住落荒而逃了。

凌琬琬站在門口，目送著他的背影漸漸消失。

過了許久，她將雪月和銀紅叫了進來。

「我明日就要去慈心庵了，我走後，妳們就去曜兒那裡伺候吧。」她一邊說著，一邊從桌上抽出一封信。「曜兒該有半句才會回來，到時候妳們幫我把這封信交給他。」

銀紅哭著道：「姑娘，能不能不去慈心庵？您還這麼年輕，不應該去那裡的。」

雪月也哽咽道：「銀紅說得是，姑娘若是心裡難受，不如由奴婢們陪著您去莊子上住一陣子吧，就當是去散心了。」

凌琬琬搖了搖頭。「妳們不要傷心，很久以前我就有出家的念頭了，如今我就要離開束縛我的牢籠，去過我想要過的生活，妳們應該為我感到開心才是。」

聽了這話，兩個丫鬟忍不住痛哭起來，凌琬琬怔怔的看了她們一會兒，轉身收拾行李去了。

她要帶的東西並不多，兩套中衣、一套外穿的襖裙、一雙棉鞋，還有一支刻著她生肖的玉簪，那是余姚姑姑送她的十歲生辰賀禮。

她將玉簪握在手心，在宮裡那些日子，余姚姑姑是第一個對她抱有善意的人，也是唯一一個憐憫她的人。這次能夠順利脫身，也都多虧了余姚姑姑暗中相助。

她會記得她的好，會在佛祖面前為她祈福，讓她能夠早日出宮與親人團聚。

宮內的這次大選，初選過後篩掉了一批不合格的秀女，第一次複選後又篩掉了一半人數，進入最終複選的時候，只留下了二十個秀女。

前兩輪只需蘇貴妃和祥妃篩選便可，最後一輪複選卻要顯慶帝和二皇子點頭才行。

臘月十五是複選的最後一日，當天需要定下二皇子正妃、側妃等一系列人選。辰時一到，參加複選的秀女全都被帶到秋意殿等待顯慶帝的召見。

凌珺珺雙手攏在寬大的袖子中，殿內溫暖的炭火也緩解不了她的緊張。她既期待見到二皇子，又害怕見到他，為了不被人看穿，面上依舊是一副平靜淡漠的表情。

旁人不知道她有這樣的心思，跟她走得較近的秦舒怡見了她這副模樣，大驚道：「凌二妹妹這樣倒讓我產生了錯覺，還以為是凌大姑娘又來參選了。」

沒錯，凌珺珺之所以害怕見二皇子，是因為她今日的服飾與妝容都是仿照凌琬琬來的，她害怕二皇子因為她不是凌琬琬而棄選。

秦舒怡的聲音將其他人的視線都吸引過來了，大家都紛紛議論起凌珺珺的裝扮來。

「哼，不過是東施效顰罷了，有什麼值得驚豔的？」

一道嘲諷的聲音穿插進來，凌珺珺不由得變了臉色，其他人也都噤聲了。

說這話的是一個身材高䠷、面容清秀的女子，她是武驍侯傅雲集的妻妹竇嵐依，平素最看不慣有人在自己面前炫耀。

她見到凌珺珺第一眼就非常討厭，覺得其心術不正，不及其親姐萬分之一。若今日站在這殿上的是凌琬琬，她絕不會出聲嘲諷。

凌珺珺再也維持不了淡然的神情，反譏道：「我與我姐姐本就長得相像，不用刻意效仿也能看出是親姐妹。倒是妳嘛，要是想讓人另眼相待，怕是得重回娘胎裡養養了。」說完，還忍不住捂嘴輕笑。

一旁的其他人也有偷笑的，被竇嵐依瞪了一眼後立即止住了。

竇嵐依冷哼。「我是不如妳長得好看，但我的心比妳乾淨。至少我與我的姐姐關係親密，不像有些人踩著自己的親姐上位，還怕被別人說道。」

「我沒有，妳胡說！」凌珺珺下意識的反駁。

竇嵐依嗤笑。「到底有沒有，妳自己心裡最清楚。」說完朝著其他人大聲道：「妳們心真大，離她這麼近也不怕被她害了。」

這話一出，好幾個秀女都退後了幾步，彷彿凌珺珺真會害了她們一樣。凌珺珺氣極，為了不影響複選，她強忍了這口怒氣。

凌珺珺不搭腔了，竇嵐依覺得無趣，索性也不說話了。先前還熱鬧不停的大殿，變得落針可聞。

這時有內侍來了。「請各位小主做好準備，一炷香後正式進入複選，到時候請聽到名字的小主去前頭覲見。」

說完後，內侍點燃了一旁的香爐。一炷香盡，有內侍拿著名冊前來宣讀。

「輔國大將軍鄭容之女鄭蟬衣，兵部侍郎荀卿之女荀亦雯，光祿寺卿吳敬和之女吳雨薇，恒陽郡君之女邵婉容前去覲見。」

被唸到名字的既緊張又興奮，排成一列跟著宣讀名冊的內侍出去了，其餘人都目送著她們離開。

過了一會兒，宣讀名冊的內侍又來了，這次又帶了四個秀女走。凌珺珺煎熬的等待著，直到第四次才輪到她。

好巧不巧，她和竇嵐依被分到了同一組。到了地方，她與另三個秀女齊齊向顯慶帝等行禮。在顯慶帝讓她們起身時，她偷偷的抬了抬眼，發現二皇子就挨著傅太后坐著，傅太后的另一邊搭了一架屏風，隱約能看到屏風後面坐了個人。

雖然心裡有些好奇，但想到今天的目的後，立即將心思收回到複選上來。

複選是要表演才藝的，為了今天，她苦練了多年琴藝，希望藉此機會能在顯慶帝和二皇子面前好好展示一番。

內侍唸出她要彈奏的曲目後，排在她後面的竇嵐依卻開口了：「稟皇上、太后娘娘，臣女今日要表演的才藝是劍舞，凌二姑娘的曲目正適合臣女的劍舞，不如由臣女和凌二姑娘一同展示吧？」

顯慶帝看了兩人一眼，問蘇貴妃：「愛妃覺得這個主意怎麼樣？」

蘇貴妃捂嘴輕笑。「皇上這話可問錯了人，今日要選兒媳婦的是祥妃妹妹。」

祥妃立即道：「前面的都是單獨展示，到她們這裡忽然要兩人合作，會不會有些不公平？」

顯慶帝點了點頭。「那就還是讓她們分開表演吧。」

他話音剛落，傅太后開口了。「哀家覺得兩個人一起表演才熱鬧。」

傅太后說話了，顯慶帝只好道：「那就准許妳二人一起表演。」

竇嵐依連忙謝恩，凌珺珺慢了一步。她在心中怒罵竇嵐依，竟然敢將她當做踏腳石，這個仇她一定會報的。

一個彈琴一個舞劍，原本屬於兩個人的風光卻被竇嵐依一個人占了去，彈奏結束後，凌珺珺差點沒繃住，好在兩人都被留了牌子。

後頭的秀女陸陸續續表演完，最終只有十一個人被留了牌子。

留牌子的十一人還需要二皇子這個主角再甄選一遍，贈牡丹者便是中選。

就在二皇子推著輪椅往前時，顯慶帝道：「樺兒且慢，待你皇兄選過後你再選。」

不光是二皇子，在場的所有人都被震驚了。大家都知道，能被二皇子稱為皇兄的，只有還在皇陵行宮的孝王。

眾人的視線朝著傅太后旁邊的屏風看去，只見上來兩個內侍，將那屏風撤了後，孝王出現在所有人面前。

「父皇，這是……」二皇子面色大變。

顯慶帝道：「三年前的巫蠱之案朕已命人查清，孝王是無辜的，所以朕將他從皇陵行宮中接回，並打算恢復他的太子之位。」

這話一出，打了在場眾人一個措手不及。祥妃更是失態大聲道：「皇上，您不是說要讓樺兒……」的子嗣當儲君的嗎？

顯慶帝當然知道她想問什麼，給了她一個警告的眼神，祥妃頓時就不敢再問了。

二皇子恢復平時桀驁的樣子。「既然皇兄回來了，那就請你先選吧。」

太子笑了笑。「多謝二弟，本王就不客氣了。」

說完從一旁宮女端著的托盤上拿了三支牡丹花，他慢慢地走近站成兩排的待選秀女們，沈思了片刻，將其中的一支牡丹花插在了竇嵐依的頭上。

竇嵐依心中狂喜，面上升起了一抹紅霞。

太子又繼續看了看，最後將剩下的兩支牡丹插在了竇嵐依身後的兩名秀女頭上。

顯慶帝看了太子選中的秀女，滿意的點了點頭。

接著就該二皇子了，他只拿了一支牡丹花，然後插在了距離自己最近的秀女的頭上。

「樺兒，你還有四支牡丹花沒拿。」祥妃焦急的提醒道。

二皇子笑了笑。「皇兄為長，只拿了三支，我拿一支夠了。」

「這怎麼能比較呢？」祥妃恨不得親自下去挑人。

其實在場有個人比祥妃還要著急，那就是凌珺珺。她以為自己會被二皇子選中，沒想到二皇子壓根就沒看她。

就在她快絕望的時候，顯慶帝道：「樺兒，你是皇子，後院中僅一個人太少了。」

二皇子道：「不是還有琬琬嘛，兩個人就夠了。」

「胡鬧。」顯慶帝皺眉。「既然你不願意添人，那朕來幫你選。傳朕旨意，恒陽郡君之女邵婉容、刑部右侍郎之女凌珺珺，賜予二皇子衛樺為側妃。」

大選結束後，被選中的秀女名分也定了下來。竇嵐依被冊封為孝王側妃，另外兩個則是夫人的稱號。

二皇子這邊，正妃是光祿寺卿吳敬和之女吳雨薇，兩名側妃分別是凌珺珺和恒陽郡君之女邵婉容。

冊封的旨意下來後，二皇子才知道凌琬琬早就沒了參選的資格。他不管不顧的衝進祥妃的興慶宮，質問祥妃為何要取消凌琬琬的資格。

祥妃被他的舉動氣得差點吐血，將凌琬琬無法生育和壽元有礙的真相告訴了他，二皇子根本不相信，認為這是祥妃的推託之辭。

他帶著人出宮去了凌家，當他得知凌琬琬已經在慈心庵出家後，發瘋一樣趕到了慈心庵。

而那時候，凌琬琬已經在慈心庵住持的主持下完成了剃度儀式。二皇子趕到的時候，見到的是斬斷萬千青絲的小尼忘憂。

「為什麼？」他紅著雙眼質問她。

忘憂雙手合十，平靜道：「忘憂已經忘卻前塵往事，還望施主莫要執意糾纏。」

「妳說忘就忘，把本皇子當什麼了，玩物嗎？」二皇子痛苦的吼道：「妳根本沒有想過要跟我在一起是不是？」

「是。」忘憂放下雙手，盯著他道：「出家前的凌琬琬從未將你放在心裡，而今站在你面前的忘憂已經將你拋之腦後。衛施主，請你自重。」

二皇子的臉色變得兇狠起來。「來人，將她給本皇子帶回宮去。」

一旁的小內侍急忙勸道：「殿下，慈心庵一直受太后娘娘關照，您還是不要……」

小內侍話還沒說完，就被二皇子暴躁的推開。「廢物！難道還要本皇子親自動手？」

小內侍撲通一聲跪下。「殿下恕罪，奴才是真的不敢在慈心庵抓人。」

「衛施主，強扭的瓜不甜，你為何非得執意糾纏呢？放下對你我都是好事，還請衛施主高抬貴手，讓忘憂平靜的度過餘生吧。」

二皇子朝她看去，只見她一臉慈悲的看著自己，彷彿在看個可憐蟲一般。

這一瞬間他才明白，不管是忘憂還是凌琬琬，眼裡心裡都沒有他，這麼久以來，完全是他自作多情。

他是驕傲的，既然她將自己的心意扔在地上踐踏，那他又何必繼續在這裡受辱。

「望妳餘生真能獲得安寧。」他嘲諷的看了她一眼，然後對伺候的人道：「回宮。」

二皇子走後，忘憂毫不留戀的轉身進了庵裡。

正月十五後，獲得冊封的秀女們都陸續進了宮。

正月十六開朝，顯慶帝當著文武百官的面當場宣讀了複立太子的旨意，百官們雖早有準備，可真正聽到太子被複立後，眾人心裡還有些不是滋味。

坐在龍椅上的帝王，如同兒戲般的廢立太子，歷朝歷代也只有他一人了。

儲君是國之根本，太子當了近二十年太子，雖然沒有大功，卻也無過，有守成之君的潛質。

原本也有想要支持二皇子之子當太孫的，但在太子被複立後也都動搖了，畢竟比起太子，二皇子連子嗣都沒有。

太子複立後，原先被關在東宮裡的女眷全都重獲自由，她們的位分也發生了變化。

傅良娣榮升為太子妃，管理東宮後院；生了大郡主的郭雪瑩成了良媛，皇長孫之母雍奉儀升為承徽，而新進的竇嵐依為太子良娣，兩位夫人分別為承徽。

太子的複立最高興的莫過於有女兒在東宮的人家，最懊悔的當然是與二皇子結親的三家人。

當凌績鳴聽到太子複立的消息後，頓時後悔莫及，原本是奔著儲君母族的位置去的，結果卻是竹籃打水一場空。

第二十六章

日子一晃到了三月，滿滿與衛枳成婚的日子越來越近了。

婚禮的前一晚，顏娘來到女兒房間陪女兒，熄燈後，母女倆並肩躺在一起。

顏娘用手摸了摸女兒的臉頰，嘆息道：「日子過得真快，娘眼前還浮現妳才出生時的模樣，沒想到過了今天，妳就要嫁人了。」

滿滿翻身將她摟住，還把頭埋在她的胸口處，悶悶道：「娘，我捨不得您，也捨不得爹爹、祖母和弟弟們，要不，您不要讓我嫁人了吧。」

顏娘聽了女兒孩子氣的話，不由得笑了。「傻丫頭，姑娘家大了就該嫁人，不然留在家裡久了會變老姑娘的。」

「老姑娘就老姑娘，有您和爹在，誰敢笑話我。」

「那可不能，留來留去留成仇，真要有那一天，妳肯定會埋怨我們的。」顏娘輕輕拍了拍女兒的後背。「成婚後妳就是大人了，在人前要穩重一些，不然鎮不住那些別有心思的人。」

聽到這裡，滿滿抬起頭問：「是那些想要給衛枳哥哥做妾的人嗎？」

顏娘搖頭。「並不全是，還有王府中的下人、王爺母族的親戚等，妳嫁過去後，定會少不了跟他們打交道。」

「娘，我不想嫁人了。」滿滿忽然撒嬌。

顏娘點了點女兒的額頭。「又說傻話了。」

「我害怕嘛。」

「沒什麼好怕的，妳要記住，無論如何爹娘和弟弟們都是妳的後路，如果衛枳敢對妳不好，妳就回家來，家裡不差妳這一口吃的。但是，妳也要盡一個妻子的本分，他對妳好，妳也要對他好。夫妻之間有什麼不同的意見，輕言細語的商量，千萬不要冷戰。」

滿滿好奇地問：「您和我爹也是這樣相處的嗎？」

顏娘笑了。「我和妳爹幾乎沒有拌過嘴。他呀總是堅持君子之道，從不跟我吵，等我氣過後，他才跟我講道理，囉嗦得跟老太婆一樣，我早就怕了他。」

「真好。」滿滿羨慕道。

「傻丫頭，妳嫁給衛枳後，他也會對妳好的。」

滿滿點了點頭，眼前浮現出衛枳滿含笑意的俊臉，心中頓時比吃了蜜糖還甜。

這時，她忽然記起一件事情來。「娘，您是不是忘了交代我什麼事情？」

顏娘愣了一下，拍著自己額頭懊惱道：「妳不提我都忘了，妳快去點燈。」

滿滿披上外衣起身，顏娘在枕頭下摸了摸，摸出一本包裹得嚴嚴實實的冊子來。

顏娘從來臉皮就薄，但為了女兒新婚之夜不出狀況，她硬著頭皮將冊子上的內容講了一遍。講完後滿滿臉色如常，她自己倒羞得一臉通紅。

滿滿對這本冊子有了興趣，一連問了好幾個尺度很大的問題，顏娘支支吾吾的回答了，見她還要再問，急忙道：「有些事情妳成婚後自然會懂。時候不早了，該歇息了，明天還要早起呢。」

滿滿失望的點了點頭。「好吧。」

熄燈後，母女倆再次躺下，滿滿抱著母親的胳膊漸漸睡去，顏娘卻怎麼都睡不著。好不容易熬到後半夜，她終於有了睡意，誰知還未睡熟就聽見戚氏敲門的聲音。「夫人，該起了。」

顏娘從床上起身，動作很輕，想讓女兒再睡一小會兒。

「夫人，妝娘已經等著了，是不是要叫姑娘起來了？」

顏娘搖頭。「再等半個時辰吧，先把該準備的準備好，免得一會兒手忙腳亂。」

戚氏點了點頭，下去準備了。

這時候姜裕成也過來了，見顏娘一臉睏頓，關切道：「昨晚沒睡好嗎？」

顏娘打了個呵欠。「一想到女兒今天就要離開家了，心裡怪難受的。」

姜裕成摟著妻子的肩膀道：「姑娘家長大了就要嫁人，好在她還是嫁在京城，家裡就他們小倆口，不用看公婆的臉色。若是想她了，咱們就去王府看看，或者讓他們回來住一段時間。」

聽了這話，顏娘總算好受了一些。

一個時辰很快過去，顏娘將滿滿叫醒，該準備上妝了。

少女的肌膚又嫩又滑，還遺傳了顏娘的瑩白膚色，看起來像剝了殼的雞蛋一樣。

妝娘輕輕摸了一下，讚道：「姑娘的皮膚真好，是我經手過的新娘子裡皮膚最好的一個。」

顏娘在一旁笑道：「當年我成親時，妝娘也是這樣說的。」

她還記得第一次成親時妝娘嫌棄的眼神。後來治好臉上的紅斑後，皮膚變得又白又嫩，嫁給姜裕成那天，妝娘誇了自己好久。

「夫人真是命好，年紀看著實在不像有個快要出嫁的女兒。」妝娘順勢誇了顏娘一句。

顏娘今年三十四歲，丈夫體貼、婆婆和善、兒女乖巧，姜家人口簡單，少有煩心的事情，所以看著要比同齡的婦人顯年輕些。

顏娘還未說話，滿滿得意道：「那當然了，我娘看著也就二十出頭。」

「妳這孩子胡說什麼。」聽到女兒誇張的話後，顏娘有些難為情。

妝娘跟著附和了兩句後道：「接下來我要為姑娘絞面了，會有些疼，姑娘忍著點。」

滿滿聞言緊張起來，顏娘連忙安撫她。「別怕，不會很疼的。」

滿滿點了點頭。

妝娘從盒子裡拿出絞面的棉線，一點一點的在滿滿臉上絞著。滿滿仔細的感受了一下，疼倒不是很疼，酥酥麻麻的，像被螞蟻咬似的。

絞完面後，滿滿的臉蛋看著更光滑細膩了，妝娘為她淨了面後開始上妝。

顏娘在一旁忍不住提醒。「別把粉撲得太厚太白，胭脂也少點一些。」

主人家的要求妝娘還是要聽的，按照顏娘的意思上完妝後，顏娘又指出一處不滿意的地方。「嘴唇太紅了，稍微再淡一點。」

妝娘照做，果然，改了以後看著順眼多了。

妝娘誇道：「夫人真厲害，這樣看著比先前要好看多了。」

顏娘是想起自己第一次成親時，那慘不忍睹的妝容，她不想自己的女兒也重蹈覆轍。

上好妝後，姜家請的全福夫人到了。在虞城縣，梳頭的事情也是由妝娘來做的，京城這邊有這規矩，全福夫人是顏娘託徐氏請來的，是徐氏婆家的姑祖母文老夫人。

文老夫人在京城很搶手，好多人家嫁女兒都會來請她。她說話討喜，看人更是準得很。

給滿滿梳完頭後，她轉頭對顏娘道：「姜夫人，妳這女兒命是真的好，以後必定有大造化。」

顏娘以為她說的是客套話，笑著跟她道謝。「藉您吉言了。」

文老夫人笑了笑，沒再說什麼。

又過了一會，文瑜也跑了過來，看到滿滿已經穿好嫁衣，噘著嘴沒有笑容。

顏娘將他拉到面前。「怎麼一大早就不開心了？」

文瑜問：「姐姐一定要嫁人嗎？不能留在家裡陪我？」
聽了這話，顏娘捏了捏兒子的小臉。「可不能這麼說，姐姐出嫁是件喜事，你應該盼望姐姐婚後過得幸福。」
文瑜小大人似的長嘆了口氣。「要是能讓衛枳哥哥入贅到咱們家來就好了。」
在場的人聽了都忍不住笑了起來，滿滿招手將小弟喚了過去。「魚兒，以後可別說這些話了。姐姐嫁去博陵王府了，以後還會經常回來看你的，你如果想我了，也可以來王府玩。」
文瑜卻道：「算了，還是我去王府看妳吧，新媳婦不能經常回娘家，不然婆家人會有意見的。」
他一本正經的話語又讓其他人大笑起來。
這時候戚氏端了一碗湯圓進來，顏娘接過來後，親自餵女兒吃了。
滿滿吃著吃著眼淚就流下來了，顏娘鼻頭又有些發酸。「出嫁後就是大人了，可不能像小孩子一樣掉金豆豆。」
聽了這話滿滿噗哧一聲笑了，待她吃完後，妝娘連忙上前為她補妝。
顏娘還有其他事情要忙，不能一直留在這裡陪女兒，在滿滿不捨的目光下離開了屋子。
吉時到了後，衛枳坐著婚車來迎親了。衛枳雙腿特殊，不能騎馬迎親，顯慶帝特賜了一輛十六抬的親王規格的輦車。

有了這輛輦車，滿滿也不用坐喜轎了，被文博背出家門後，直接上了輦車。輦車前面由喜樂隊和儀仗隊開路，後面跟著的是姜家給滿滿陪嫁的嫁妝。滿滿和衛枳坐在輦車上，寬大的袖袍下，兩人的手緊緊交握著，耳邊全是街邊百姓的讚嘆、議論的聲音。

輦車經過青平街上的一座茶樓時，凌績鳴的身影出現在二樓。與他在一起的還有一個戴著綸巾的中年文士，這是前不久才來投靠凌績鳴的門客徐聞行。

「大人為何不去博陵王府道賀？」徐聞行問道。

凌績鳴搖了搖頭。「她身上雖流著我的血脈，我卻從未管過她，今日在這茶樓中目送她一程，算是全了我們這一世的父女緣分，博陵王府就不必去了。」

滿滿蓋著紅蓋頭緊張的坐在婚床上，四周靜悄悄的，她偷偷地掀開蓋頭的一角，滿目的紅色映入眼簾。這時門外傳來一陣車轍聲，滿滿急忙將蓋頭放下，端端正正的坐著。

衛枳推著輪椅進了婚房，屏退了伺候的下人。他慢慢來到滿滿面前，用一旁的秤杆挑開了蓋頭。

十幾年來，滿滿從沒有像這一刻一樣緊張和羞澀，頭上沒了蓋頭，似乎沒了遮羞的東西。

「娘子。」滿滿的耳邊傳來他飽含深情的聲音，有些低啞，有些撩人。

滿滿鼓起勇氣望向衛枳，四目相對，他們都從對方的眼裡看到一身喜氣的自己。

滿滿不自在的將視線移開，指著桌子上的合巹酒問道：「那個現在要喝嗎？」

衛枳隨著她的視線望過去，笑著移動輪椅。

滿滿急忙起身。「我去弄吧。」

衛枳點了點頭。

倒好合巹酒後，滿滿將其中一杯遞給衛枳，自己拿起另一杯仰頭就要喝下去，衛枳連忙阻止。「不是這樣喝的。」

滿滿疑惑的看著他，他朝她招了招手。「過來，我教妳。」

滿滿聽話的走到他面前坐下，衛枳拿起她的手從自己手臂下繞過，兩人手臂成交叉狀。

「好了，現在可以喝了。」他笑著道。

酒還未進嘴裡，滿滿就覺得臉上燙得很，等合巹酒一下肚，五臟六腑都感覺火辣辣的。

「好苦，好辣。」她忍不住伸了伸舌頭。

衛枳輕笑出聲，柔聲道：「今天是例外，咱們以後都不喝酒了。」

滿滿點頭。「嗯，以後不喝了。」

說完這句話後，她不知道該說什麼了。衛枳也不說話，只目光灼灼的盯著自己的小妻子看。

滿滿被他盯得有些不好意思，小聲道：「你要不要先去洗漱？」

衛枳答非所問：「今天妳一天都沒好好吃東西，肚子餓嗎？」

滿滿搖頭。「你讓丫鬟送過來的小餛飩我一個都沒剩，現在都還有些撐呢。」

她話音剛落，外面就響起一陣輕笑聲。

「我說三哥三嫂，新婚之夜你們倆是打算說一晚上的話嗎？」

竟然是衛杉躲在外面偷聽。

滿滿臉上立即佈滿了紅雲，埋怨的看了衛枳一眼，衛枳衝著門外的衛杉警告道：「你小子也有成親的那一天，到時候三哥必定以牙還牙，好好的『感謝』你！」

聽了這話，衛杉一直沒出聲。衛枳與滿滿相視一眼後，推著輪椅走到門口，開門後外面除了守在門口的木香和王府的丫鬟碧螺外，哪裡有衛杉的身影？

「算你小子識相。」他低聲說了一句，然後對木香兩人道：「妳們倆好好守著，別讓不相關的靠近。」

木香和碧螺連忙應聲。

後面一直很安靜，直到兩人磕磕絆絆做完新婚該做的事情歇下後，也沒有人來打擾。

新婚的小夫妻累得昏昏沈沈睡去後，另一邊的姜家正院裡，姜裕成和顏娘還沒有睡意。

夫妻倆並肩躺著，顏娘擔憂的問丈夫：「你說滿滿會習慣王府的生活嗎？」

姜裕成拉過她的手。「這會兒不習慣也是正常的，過幾日就習慣了。別擔心了，時候不早了，咱們也歇了吧。」

丈夫的話讓顏娘更睡不著了，她嘆了嘆氣。「我去榻上睡吧，免得影響到你。」

姜裕成長臂一伸，將她拉進自己懷裡。「咱們家可不興分床睡。」
顏娘無法，只得繼續躺著。她睡不著，姜裕成也乾脆不睡了，陪著她聊起天來。
「幸好咱們就這一個女兒，要是多來兩個，恐怕我的娘子愁得頭髮都要掉光。」
顏娘輕輕捶了他一下。「胡說什麼呢，家裡還有三個小子，以後還有得磨。」
姜裕成贊同。「三個小子要操心的地方更多，就拿娶親的事情來說，要是娶一個攪事的進來，咱們家就別想安寧了。」
他的話讓顏娘從擔心女兒的情緒中走了出來，不由得憂慮起三個兒子的婚事來。
小兒子不用急，雙生子今年也有十二歲了，半大小子長得尤其快，幾年時間一晃就過去，要想找個合心意的兒媳婦，現在也可以尋摸起來了。
「前些日子因為要忙滿滿的婚事，我拒了好幾張帖子，以後可不能這樣了，我還得多參加一些宴請，為兒子尋摸適合他們的妻子。」
姜裕成忍不住笑了。「慢慢來吧，這種事情急不得。文博和文硯年紀也不大，再長幾歲考慮婚事都不晚。」
顏娘：「……」
夫妻倆就雙生子的婚事討論到大半夜，最後還是顏娘沒撐住先睡了，聽到耳邊傳來妻子綿長的呼吸聲，姜裕成不由得鬆了口氣。

從那以後，只要有人給顏娘送帖子，能去的顏娘絕不會缺席，還在宴會上結識了好幾位合得來的夫人，太子良娣竇嵐依之母竇夫人就是其中之一。

竇夫人有個陪嫁的園子，園子裡栽種了百來種花卉，每年四月都會舉辦一場花會，邀請相熟的夫人前來賞花。

都是女眷的聚會，有些夫人會帶自己的女兒前來，與顏娘結識後，竇夫人也邀請了顏娘和已是博陵王妃的滿滿。

母女倆一同赴宴，在竇夫人的介紹下，與其他夫人相處得還不錯。

同那些夫人分開後，顏娘拉著女兒到路邊的亭子裡坐下。「剛剛跟在李夫人身邊的小姑娘看起來怎麼樣？」

滿滿順著她娘的話回想了一下。「看著規矩不錯，人也乖巧。」

「李夫人人不錯，她教養出來的女兒應該也不會差到哪裡去。我想為妳弟弟們去李家提親，妳覺得文博和文硯哪個更適合一些？」

顏娘這話讓滿滿大吃一驚。「娘，您也太心急了，文博文硯才多大，晚幾年再考慮也來得及。」

見顏娘有些不高興了，她又道：「人家李夫人也不會那麼早就為女兒訂下親事的。」

顏娘皺眉。「不去試試怎麼知道呢？」

滿滿搖頭。「娘啊，您怎麼變糊塗了呢。您喜歡李姑娘，想要她做自己的兒媳婦，這是沒錯，不過離弟弟們娶親的年紀還早，您不如先跟李夫人來往，有機會探探她的口風，看她是個什麼意思再說吧。」

聽了女兒的規勸後，顏娘也冷靜下來了，左思右想後意識到自己急迫了些，決定聽從女兒的意見，先跟李夫人熟絡後再提結親的事情。

見娘聽了勸，滿滿也鬆了口氣，端起茶杯正要喝茶時，胃裡忽然湧上一股噁心的感覺來。

見女兒臉色變得怪異，顏娘立即關切的問：「怎麼了，哪裡不舒服嗎？」

滿滿搖了搖頭。「就是覺得有些難受，像吃錯了東西似的堵得慌。」

聽了這話，顏娘心裡緊張了一下，她壓低聲音問道：「這個月的小日子來了嗎？」

滿滿再次搖頭。「還沒有，都延遲五天了。」

顏娘算了算日子，女兒與衛枳成婚一個多月了，小夫妻倆身體健康，這麼快懷上也是正常的。

她對滿滿道：「賞花宴結束後，我陪妳回王府找大夫看看。」

她沒有明說，滿滿多多少少也猜到了一點，心裡生出一種怪異的感覺。

女兒可能有了身孕，讓顏娘顧不得兩個兒子的親事了，好不容易熬到賞花宴結束，母女倆急匆匆地離開了竇夫人的園子。

此時衛枳正獨自待在王府書房裡，這一個多月有妻子的陪伴，衛枳已適應了兩人相處的生活，今天她不在，衛枳還有些不習慣。

百無聊賴中，他只能自己跟自己下棋，但下到一半時，滿滿回來了，一同來的還有岳母顏娘。

他正要跟顏娘見禮，顏娘卻讓他將府醫找來，衛枳立即讓人去叫府醫。

「娘，您這是？」他很是不解，怎麼出去了一趟，回來就要叫府醫了？「難道是您哪裡不舒服？」

顏娘真想罵他一頓，平時那麼精明的一個人，現在怎麼變得糊塗了？她要是哪裡不舒服，怎會特地跑到王府來看大夫？

滿滿開口解釋：「不是娘，是我要看大夫。」

聽到妻子這麼說，衛枳焦急的問道：「滿滿妳哪裡不舒服，是不是在外面吃錯東西了？」

滿滿笑而不語，這可急壞了衛枳，好在這時候府醫來了。

「府醫，王妃身子不適，快給她看看。」衛枳命令道。

府醫連忙應了。待木香將一方白色的棉巾覆在滿滿手腕上後，府醫開始為滿滿把脈，把完右手後又換到左手，府醫眉頭一直沒鬆開過，這讓顏娘和衛枳都有些提心吊膽了。

過了好一會兒，府醫終於把完脈了。

「恭喜王爺、恭喜王妃，咱們王府要添一位小主子了。」

「你說什麼？」衛枳以為自己聽錯了。

府醫道：「王妃這是有身孕了，只是日子尚淺，需得謹慎一些。」

顏娘和滿滿證實了各自心中的想法，大大的鬆了口氣，衛枳初聞此消息卻差點從輪椅上滾了下來。

他作夢也沒想到，他和滿滿竟然有孩子了！他們成婚兩個月都不到，王府就要添人了。這個時候他本來該開心的，可不知怎麼的忍不住紅了眼眶。

自從祖父去世後，他就沒有血脈親人了，滿滿肚子裡的孩子不管是男是女，都是他在這世上血緣最親的人。

「夫君，你這是怎麼了？」見他眼眶發紅，滿滿有些擔心。

顏娘也探究的盯著他。

衛枳這才平復了心情。「沒事，我就是太開心了。」他移動輪椅到妻子面前，深情道：「多謝妳，讓我們的小家變得完整了。」

因為有顏娘在，滿滿有些不自在。

顏娘見狀道：「我也該回去了。」

滿滿和衛枳想留她住一晚再走，顏娘搖頭。「我得回家把這件喜事告訴妳爹，讓他也開心開心。」說完又囑咐了女兒女婿幾句，告訴他們自己過幾日再來王府。

顏娘帶著愉悅的心情回到家裡，姜裕成見她一臉笑意，好奇的問：「遇到什麼好事了？」

顏娘忽然想逗逗他。「你猜猜看。」

「難不成妳將文博和文硯的婚事定下了？」

顏娘嗔怪的看了他一眼。「怎麼可能，這事是我一個人能決定的？」

姜裕成又猜。「難道跟滿滿有關？」

顏娘笑咪咪的點了點頭。「滿滿有了身孕，你要當外祖父了。」

姜裕成愣了一下後笑道：「這的確是好事。」說完又想起一件事情來。「說到這事，二皇子那位凌側妃也有了身孕，正好三月整。」

顏娘驚訝道：「正妃都未進門，側妃就有了身孕，這不合規矩啊。」

去年年底大選結束後，二皇子的兩位側妃就先後被抬進了二皇子府。至於迎娶正妃，由欽天監看了日子，婚期定在顯慶二十五年臘月初十。

姜裕成搖頭。「皇室是最不講規矩的地方，皇上又迫切的盼望第三代的出生，凌側妃這是剛好遇到對的時候了。」

聽了這話，顏娘也不知道該說什麼了，只能慶幸女兒嫁的不是顯慶帝的兒子。

就在這時候，夫妻倆忽然聽到一道厚重的鐘聲傳來，兩人齊齊變了臉色。

這是來自皇宮的喪鐘。

兩人面色凝重的數著鐘聲的次數，每增加一聲就越沈重。

終於，喪鐘在響到二十七聲的時候停下來了，懸在他們心中的石頭也落了下來。是傅太后薨了。

顏娘憂心道：「滿滿才診出有了身孕，太后又去了，她作為博陵王妃必定要去宮裡哭靈，身子怎麼受得住？」

姜裕成眉頭皺成了川字。「這的確有些不好辦，可能得找蔣釗想想辦法了。」

顏娘點頭。「那你現在就去找他，我來處理其他事情。」

姜裕成出門後，顏娘吩咐下人們將府內外喜慶繁瑣的裝飾換下，在大門口掛上白綾，又讓所有人都換上素色的衣裳。

姜裕成去找蔣釗的路上碰到了衛枳的馬車，一問才知他也是去找蔣釗的，翁婿倆便結伴而行。

到了蔣釗的住處，國師竟然也在，看到姜裕成和衛枳後，國師對蔣釗道：「這個賭我贏了，你這裡有貴客上門，我就不打擾了，賭注我明日派人來取。」

蔣釗一副很不耐煩的樣子。「趕緊走，趕緊走。」

國師哈哈大笑了兩聲，哼著不成調的曲子邊離去了。

「兩位稍等片刻，我去去就來。」蔣釗對姜裕成和衛枳的態度比對國師要好得多。

翁婿倆安靜的等著，過了一會兒蔣釗回來了，手裡拿著兩個白色的瓷瓶兒。

「我已知兩位的來意，這是我蔣家祖傳的護身丸，有護氣養血的功效，有身孕者每日兩顆足矣。」

衛枳伸手接過瓷瓶兒。「多謝蔣大夫。」

蔣釗擺了擺手。「不用謝我，要不是我打賭輸了，才不會管你們這些破事兒。」

蔣釗的脾氣衛枳非常瞭解，聽了他抱怨也不惱，反而再次鄭重的道謝。

蔣釗道：「這藥雖然有奇效，但也不是神藥，還需服用之人自己注意休息才行。」

說完他忍不住在心中暗罵國師，都是那死老頭的錯，他又稀裡糊塗的攪和到這些皇親貴族的事情裡來了。

傅太后薨逝的第二日一早，宗室子弟、皇室外嫁女以及有誥命在身的京官夫人都進宮哭靈去了。

顏娘按照誥命等級只能跪在哭靈隊伍的中間，而滿滿是郡王妃，她跪的地方靠近傅太后的靈柩，前前後後有幾百雙眼睛盯著，跪累了只能稍稍鬆懈一下。

若是在平日裡還無所謂，現在的她是雙身子，別人又不知道她有身孕，再累都只有咬牙撐著。

顏娘心疼擔憂女兒，時不時的往前張望，但擋在眼前的人太多，她根本看不到女兒在哪。

就在她滿心焦急的時候，前面忽然傳來一陣騷動，有道尖厲的嗓音喊道：「凌側妃暈倒啦，快叫太醫！」

顏娘的心高高的提了起來，凌珺珺的肚子都滿三個月了，跪了半天就堅持不住了，她的滿滿該怎麼辦？

凌珺珺跪著的地方離滿滿不遠，她暈過去後，滿滿趁著大家不注意飛快的吞了一顆護身丸，然後又端端正正的跪著。

凌珺珺年齡小又懷有身孕，跪了半天實在受不住才暈倒的。太醫把了脈後說她必須臥床休養，不然會有滑胎的危險。

祥妃一聽哪還能冷靜，她再不喜歡凌珺珺，她肚子裡的孩子也是她的孫兒。所以她向顯慶帝求情，顯慶帝思索了一陣，允許她每日上午來哭一個時辰的靈，其餘時間都待在自己的寢宮裡休養。

滿滿聽了十分羨慕，但她也知道顯慶帝之所以為凌珺珺破例，是因為凌珺珺肚子裡的孩子是顯慶帝的親孫子，而自己肚子裡的孩子只是一個普通宗室，是不可能獲得同等待遇的。

好在除了後宮妃嬪、公主以及皇子皇孫們需要守夜，她們這些宗室女眷和官員女眷是不需守夜的，入夜後都要回去，第二日一早再來。

而每天晚上回去後，衛枳會喚府醫為妻子診脈，幸好有護身丸在，滿滿的身子沒有受到影響。

一連堅持了七日，哭靈總算結束了。回到家裡後，滿滿忽然感到小腹傳來一陣墜痛，嚇得她連忙喊木香去叫府醫。

衛枳得了消息趕過來，看到妻子臉色白得嚇人。

「府醫，王妃怎麼樣了？」他焦急的問道。

府醫一臉疑惑道：「真是奇怪，昨日給王妃把脈時，王妃的脈象還強健有力，今日不知為何虛弱了許多，但尚且無妨，王妃底子好，服了安胎藥再臥床休養幾日便可。」

聽說問題不大，衛枳放心了許多，當即催促道：「那你趕緊開藥。」

府醫連忙應了。

在府醫寫藥方的時候，滿滿同衛枳道：「蔣大夫給的護身丸昨日吃完了，會不會因為今天沒吃所以才……」

衛枳握著妻子的手安慰道：「沒事的，今日起已不必入宮，一會喝了安胎藥，好好睡一覺就好了。」

滿滿點了點頭。府醫判斷得沒錯，滿滿喝了安胎藥後，安安穩穩的睡了一覺後，再把脈時已經好了許多。

顏娘來王府時，見女兒氣色還不錯，在王府待了半日就回去了，因為姜母最近身子也有些不好，她還要回去照看婆母。

姜母的病都是年輕時候留下來的，這些年用藥材好好養著，看著還算康健。而傅太后薨逝後，顯慶帝免了七十歲以上的老夫人進宮哭靈，姜母也就沒有進宮，但就因為傅太后的逝世而感傷，這些日子想得多了，竟然就病倒了。

姜母一病倒，急壞了姜裕成和顏娘，請了許多大夫來醫治也不見好，反而還更嚴重了，無奈之下姜裕成只好再去商請蔣釗前來。

蔣釗看過後，搖頭嘆息。「老夫人有心病不說，早年留下的病根也沒有養好，現在年紀大了一生病，病根全部誘發出來，用藥吊著還行，但要想徹底治好是不可能了。」

聽了這話，姜裕成大受打擊，過了好一陣才緩過來，艱難的開口：「我娘……她還有多少日子？」

蔣釗答道：「用藥吊著，差不多一年左右。」

蔣釗的醫術比宮裡的太醫還要好上幾分，他說治不好就是真治不好了。姜裕成痛苦的閉上眼睛，心就像被刀割一樣疼。他不想相信這個結果，但他又必須要面對。

蔣釗跟姜裕成算是老熟人了，好心的勸道：「人年齡大了總是免不了要經歷那些，趁著現在還有機會，好好的盡孝吧。」

姜裕成點了點頭，跟他道了謝後要親自送他出去，被蔣釗拒了。

姜裕成回到姜母屋裡，低聲對顏娘說了此事，顏娘當即就濕了眼眶。

這些年來婆母每一年都會病一回，病好後就沒事了。只是她作夢也沒想到，這次竟然會這麼嚴重，連蔣釗都治不了。

婆媳相處的十幾年來，除了三年前她被吳嬤嬤的迷藥迷了心智，對她有過誤解外，她們幾乎從沒起過什麼爭執。

平常人家的婆婆總會跟兒媳婦過不去，爭奪府中的管家權，而姜母卻從不過問家中庶務，平日裡不是含飴弄孫，就是在小佛堂拜佛唸經。

顏娘經常想，若不是婆母，她也不會和丈夫成親，更不會有現在這麼幸福的家，因此滿懷感激。姜母對她來說不僅僅是婆母，更是一個將她視為親女的母親。

聽到婆母時日無多，她的心情非常沈重。

顏娘跟丈夫提議：「咱們寫信讓表姐帶著孩子們來京城吧，娘見到他們一定很開心。」

姜裕成也有這個想法。「我一會就去寫信。」他叮囑顏娘。「不要在娘面前說溜了嘴，不然她會胡思亂想的。」

「放心吧，我不會說的。」顏娘道：「我打算把滿滿有孕的事情告訴娘，讓她高興高興。」

姜裕成點了點頭。「妳去說吧，我去書房給表姐寫信。」

顏娘回到姜母床邊，將滿滿有了身孕的事情告訴了她，姜母一聽精神好了很多，開心過後又責備顏娘：「你們當爹娘的也糊塗，她都雙身子了，怎麼還讓她去宮裡哭靈。」

顏娘連忙跟她解釋。「有蔣大夫給的護身丸，她一點事情也沒有，昨天我去王府看過了，精神也挺好的。」

姜母這才放下心來，隨即又感嘆道：「日子過得可真快呀，咱們滿滿也要當娘了。我要是多活幾年，指不定還能看到文博文硯和魚兒娶媳婦呢，到時候一人得幾個大胖小子，咱們姜家人丁興旺，我到了下面，也算能給姜家列祖列宗一個交代了。」

自從太子回到東宮後，太子原先的一眾妻妾就失了寵。除了太子妃和育有大郡主的郭雪瑩能夠時常見到太子外，其餘的女眷如同被打進了冷宮。

雍承徽仗著自己曾經給太子生過一個兒子，跑到太子回東宮的必經之路堵他，結果被太子訓斥了一頓不說，還禁了她一年的足。

雍承徽被罰，讓其他觀望的良媛和承徽們都失望極了，沒人敢像雍承徽一樣去衝撞太子的底線。

時間久了，太子似乎也忘記了自己還有這麼一群女人，他不記起，也沒人敢提醒。除了去太子妃和郭雪瑩那裡坐坐，夜裡只去新入宮的幾個妃嬪那裡，而去竇良娣那裡的日子最多。

傅太后薨逝後，傅家只剩下傅良娣一個傅家女在宮裡，晉陽侯曾想再送一個女兒入宮，被顯慶帝嚴厲拒絕了。

傅良娣是個聰明人，她知道顯慶帝不想讓傅家的勢力再度崛起，但不管怎麼說傅家還是顯慶帝和太子的母家，於是先前她便去求了太后，太后略施壓讓顯慶帝同意太子立她為太子妃。

對她來說，太子妃只是一個跳板，她要做的是東宮儲君之子的母親，乃至以後的中宮之主。

傅良娣目前沒有與其他女人爭寵的心思，她要做的是管好整個東宮後院，讓太子對她放下戒心。

接下來藉一個低位分的女人生養一個兒子，待太子登基後，讓兒子成為新一任儲君，重續傅家以往的輝煌。

皇室守孝與百姓守孝不同，百姓家裡若是祖母去世，應守滿一年，而在皇室，太子與二皇子、大公主等孫輩只需守滿五個月就行。

所以等太子出了孝期開始寵幸後院女眷時，太子妃就主動為他安排了兩個容貌秀麗的宮女，太子也給面子收下了。

郭雪瑩這邊打聽到太子收了太子妃所贈的兩名宮女後，不由得沈思起來。

「雪盞，妳說我們是不是也該準備準備了？」

雪盞倒有些不贊同。「奴婢覺得，您不能跟太子妃用一樣的方法，您現在育有大郡主，她是太子殿下目前唯一的骨肉，只要照顧好大郡主，太子殿下不會虧待咱們沉香殿的。」

郭雪瑩卻等不了了，三年前廢太子一事讓她差點認命，如今太子又回來了，憑什麼她不能去爭上一爭？

她沒有聽雪盞的勸說，存著與太子妃一樣借腹生子的心思，打算將沉香殿裡自己比較看重的宮女橘芳獻給太子。

太子其實一眼就看透了她們的計謀，卻當作不知情的樣子來者不拒，短短一個月時間，太子後院增添了五名侍妾。

太子廣撒雨露，後院卻沒有一個人有孕，而二皇子只不過寵幸了凌珺珺一晚，凌珺珺就有了身孕，且馬上要瓜熟蒂落了。

顯慶帝頭疼得很，心裡不只一次想過，要是兩個兒子互換一下多好。

在經歷了一天一夜的生產後，凌珺珺於顯慶二十六年十月二十生下了二皇子的長子，大宴皇室再次迎來了新一代血脈。

雖然這個孩子不是出自東宮，顯慶帝也非常開心，至少他又有孫子了。他給孫子取大名為昀，小名福壽，希望他能福壽綿長，不要重蹈長孫的厄運。

衛昀生下來後就被抱離了凌珺珺身邊，祥妃打算親自撫育，因為她將所有的希望都寄託在這個還未滿月的孩子身上。

凌珺珺得知孩子被抱走以後，哭了好幾場，范瑾看著心疼道：「別哭了，月子裡哭多了，日後有妳受的。」

凌珺珺眼淚不停地流著。「娘，我不甘心，明明是我拚了命生下的兒子，憑什麼她說抱走就抱走？」

進宮探望的范瑾也替女兒不甘心，但她只能安慰她。「其實這未必是壞事，趁著祥妃娘娘幫妳帶二皇孫的時候，妳抓緊時間養好身體，爭取早日懷上第二胎。這樣一來，妳手上就有兩個孩子了，就算正妃進門也比不了妳。」

聽了這話，凌珺珺痛苦的搖了搖頭。「不會再有孩子了，當初殿下喝醉了將我認成了姐姐，所以才有了福壽。他告訴我，既然想方設法入了他的後院，就要做好守活寡的準備，還說他再也不會來我這裡了。」

「妳是說殿下還惦記著琬琬？」范瑾有些不敢相信女兒的遭遇。「妳傻呀，男人都是嘴上說得決絕，只要妳努力捂熱了他的心，他哪裡會拒絕妳。」

「殿下不是普通人，他說不會就是不會。」

范瑾還想說什麼，凌珺珺道：「您別說了，讓我一個人靜靜。」

范瑾只好將話咽了回去，替女兒掖了掖被角後出去了。

回到家裡後，她跟丈夫抱怨。「祥妃也太過分了，珺珺拚死拚活生下來的孩子，看都沒好好看一眼就被她抱走了，二皇子竟然一聲都不吭。」

凌績鳴嘆了嘆氣。「皇上和二皇子都沒說什麼，看來也是贊同祥妃的意思。」

他安慰妻子。「算了，咱們還是往好的方面想。祥妃親自撫養二皇孫，表明了對這個孫兒的看重，之後就算正妃進門生下嫡子，也比不了二皇孫的，況且二皇孫多多少少也有一絲柳家的血脈。」

聽了這話，范瑾心裡舒服多了。「就盼珺珺能夠想通，早日抓緊二皇子的心。」

凌績鳴沒有說什麼，因為他知道這是不可能的。

凌珺珺產子兩個月後，滿滿也即將臨產，為了照顧女兒，顏娘提前半個月搬進了王府，家裡只能託已進京的冷茹茹照看著。

滿滿這胎懷得輕鬆，孕期幾乎只長肚子，自己沒有變胖。

顏娘看到她這副模樣還有些羨慕，感嘆道：「當初我懷妳的時候，肉全都長在我身上了，妳生下來才那麼一點大。」她一邊說一邊比劃著。「一轉眼妳都要做母親了，時間過得太快了。」

滿滿還是第一次聽顏娘講她出生的事情，忍不住問道：「娘，當時您生我的時候疼嗎？」

生孩子哪有不疼的，顏娘怕說了自己的生產經歷嚇著女兒，只道：「擔心什麼，只要妳跟著穩婆的話做，很快就生下來了，等看到孩子的時候，哪裡還顧得上疼，滿心都是當娘的喜悅。」

聽了這話，滿滿安心了不少，她用手輕輕撫了撫肚子，竟然開始期待生產了。

也許肚子裡的孩子與她有心靈感應，就在她剛剛有這個念頭時，肚子傳來一陣鈍痛，接著有什麼東西流出來了。

已經過了好一會，衛枳和姜裕成焦急的在產房外等待著，產房裡安安靜靜的，一點聲音也沒傳出來。

衛枳感到心慌，問姜裕成：「岳父，滿滿該不會有什麼事吧，怎麼都沒聽她叫一聲？」

姜裕成瞥了他一眼，沒好氣道：「生孩子哪有那麼快，你就給我安安靜靜的等著。」

其實姜裕成心裡也沒底，他當爹時，顏娘已經是第二胎了，生得還比較順利。到老四文瑜的時候，幾乎是剛進產房孩子就落地了，所以頭胎要生多久他壓根不知道。

產房外翁婿倆心亂如麻，產房裡卻井然有序，沒有一絲慌亂。

為滿滿接生的產婆是京城裡口碑、能力最好的產婆祁姨婆，就連吳王妃生產都是她接生的。

在祁姨婆的指揮下，伺候滿滿生產的丫鬟婆子們各就其位，有條不紊的做著自己手頭的事情。

顏娘在產床邊陪女兒，有她在，滿滿安心了不少。

「娘，又來了！」一陣強有力的鈍痛傳來，滿滿忍不住大喊。

祁姨婆聞聲過來，走到床尾處低頭看了下。「快了，宮口再開兩指就可以生了。王妃現在要做的是保持體力。」

聽了這話，顏娘安慰女兒：「最後兩指開得很快，要不了多久就可以見著孩子了。」

滿滿點了點頭，咬牙忍受著時不時傳來的陣痛。

約莫過了一盞茶的工夫，祁姨婆又過來檢查了一遍，發現宮口已經開全了。

「王妃，現在我要為您接生了，您一定要跟著我的話來做。」

滿滿點了點頭。

在祁姨婆的引導下，滿滿一會用力一會停，在這樣反覆四次以後，她感覺到有什麼東西被撕裂了，還顧不得發出疼痛的喊叫，就聽見祁姨婆的聲音：「孩子的頭已經出來了，王妃先不要使勁。」

聽到這個消息，滿滿瞬間覺得不疼了，連忙按照祁姨婆教的平緩的喘氣。

顏娘心疼的握著女兒的手，眼睛又忍不住往床尾處看去。

這時祁姨婆開口了：「這下王妃可以慢慢的用力了。」

滿滿按她的話做了，聽到祁姨婆說：「胳膊已經出來了，再最後用力一次。」

滿滿再次照做。

最後一次用力後，她明顯的感覺到孩子從自己肚子裡滑出去了，接著傳來一陣嬰孩宏亮的啼哭聲。

「恭喜王妃、恭喜夫人，是個男孩兒。」祁姨婆笑著報喜。

聽到孩子的哭聲後，滿滿懸著的心總算落了地。

剛出生的孩子身上有很多髒汙，被祁姨婆抱去一旁的熱水盆裡洗乾淨了。

「咦，真是奇怪。」祁姨婆疑惑的聲音傳來。

滿滿掙扎著想要起身，被顏娘按住了。

「祁姨婆，孩子怎麼……」

顏娘剛問出口，祁姨婆道：「夫人，小公子手裡好像有東西。」

顏娘立即上前查看，只見孩子的右手緊緊握著，但從他的指縫間看得到金色的光芒若隱若現。

顏娘立即道：「沒事，可能是有髒東西沒洗乾淨。把孩子交給我，妳去找金管家領賞錢吧。」

祁姨婆往來的都是達官貴人家的後院，知道什麼話該說，什麼話不該說，於是順著顏娘的話道：「是啊，年紀大了，眼睛也花了，連小公子指縫間的髒汙也沒瞧見，真是該打。」

說完後將孩子遞給了顏娘。「老婆子就先告退了。」

等祁姨婆出去後，顏娘避著其他丫鬟婆子，將外孫抱到了女兒身邊。

滿滿低聲問：「娘，孩子手上……」

顏娘對她做了個噤聲的手勢，然後讓她自己看。

滿滿低頭朝兒子右手看去，看到了顏娘先前見到的金色光芒。

「這是……」她的心提了起來。

顏娘拍了拍她的手。「妳先別急，我去喊衛枳進來。」

顏娘出去時，還一併將收拾產房的丫鬟婆子屏退了。

衛枳進去時，滿滿正猶豫要不要掰開兒子的右手，誰知她還沒有碰到兒子，兒子的右手就自己打開了。

只見他紅紅的手心裡有一個類似骰子一樣的金色印記，她湊近看了看，上面一共九個紅點。

就在這時，他手心裡的金光變得越來越耀眼，而那九個紅點竟然慢慢融合在一起，變成一個大紅點。金光散去後，骰子印記不見了，孩子的手心處只剩下一個融合了的紅點，怎麼看都像一顆從娘胎裡帶來的掌心痣。

「夫君，這異象會不會給孩子帶來不祥？」滿滿擔憂極了。

衛枳搖頭。「不會的，金色是吉利的預兆，說明我們的孩子是被上天眷顧的孩子。」

這時顏娘推門進來了。

「剛剛發生了什麼，我怎麼瞧見屋子突然變得亮堂堂的？」

衛枳簡單的敘述了當時的情形，顏娘撫了撫心口。「我一見到這孩子就覺得不簡單，怕人胡說穿鑿附會起來，所以才打發走了祁姨婆和丫鬟婆子們。現在倒覺得這孩子日後必定有大出息。」說完後又道：「我得趕緊出去跟妳爹說一聲，免得他擔心。」

顏娘將發生在外孫身上的奇異事情跟丈夫講了一遍，姜裕成也大感驚奇。「真是前所未聞，這只在志怪小說和神話傳說中聽過。」

顏娘道：「剛才那屋子亮堂堂的時候你也瞧見了，是真是假你自己分辨。」

姜裕成搖頭。「我並不是懷疑此事的真假，而是擔心被有心人亂傳，畢竟這孩子也是皇族中人。」

聽了這話，顏娘的心一下子揪了起來。「是啊，產房裡祁姨婆看見過孩子異樣，產房外還不知有哪些人看到了，這可怎麼辦？」

見她慌了神，姜裕成道：「這事還得跟女婿商量，妳先不要自亂陣腳。」

話雖這麼說著，顏娘卻怎麼也冷靜不下來。若她還是當初那個村女，想像不到這事會給女兒和自家帶來什麼危險，但嫁給姜裕成後，她見到了官場上的勾心鬥角和權力爭奪中的殘酷和冷血。

她知道，若今日博陵王府的小公子天生異象被傳了出去，坐在龍椅上的那位絕對會生疑心，那時候博陵王府必然會受到威脅。

察覺到了事情的嚴重性，姜裕成和衛杉關在書房內商量了半個時辰，出來後兩人的眉頭都鬆開了。

祁姨婆在博陵王府得了豐厚的賞銀，回家途中經過福順樓時，聞到了裡面飄來的飯菜香味。她尋思著這次的賞銀能夠一年的嚼用了，不如去酒樓裡買些好酒好菜，與家裡人好生慶祝一番。

她在酒樓裡買了一些平日裡捨不得吃的蹄膀和燒雞等，又去隔壁的酒肆買了一壺好酒。

等她回到家才發現有些不對勁，平日裡常在院子裡嬉鬧的小孫子、小孫女都不見蹤影，家裡也靜悄悄的，彷彿沒人似的。

「咦，人都到哪裡去了？」她疑惑的喊了一聲。「英娘、小九，快出來，祖母買了你們愛吃的桂花糖。」

沒有人應答，她提著酒菜往屋裡走去，剛一推開，就被裡面的一幕嚇到了。

只見兒子兒媳以及一對孫子孫女縮在堂屋的角落裡，旁邊守著幾個腰上挎刀的護衛，而堂屋正中的椅子上大馬金刀的坐著一個面無表情的男人。

她被嚇到了，手裡的酒壺一下子落到地上，發出「啪嗒」的聲響。

「你們是誰，要幹什麼？」祁姨婆驚懼的問道。

坐著的男人開口了：「祁姨婆。」

祁姨婆看著他。「你們到底要幹什麼？」

男人道：「只要妳答應我一件事，我可以保證妳和妳的家人平安無事。」

「我只是一個替人接生的穩婆，我沒有什麼其他的本事，大爺莫不是找錯人了？」

「我找的就是妳。」男人看了她一眼，扔了一個荷包給她。「這裡面有五張面額百兩的銀票並十兩碎銀，我要妳帶著妳的家人離開京城，這些銀錢算是給你們的安家費用。」

祁姨婆撿起荷包，心裡有了猜測。「你們是博陵王府的人？」

男人冷聲道：「這妳不必知道，只需記得有些話該說，有些話不該說便可。」

聽了這話，祁姨婆總算明白了，這是接生惹來的禍事。他們是無權無勢的平頭百姓，哪裡能跟博陵王府做對呢，只好答應了這個要求。

她還在想離開京城後到底要去哪裡的時候，就聽男人道：「你們要去的地方已經安排好了，今夜就動身去博陵。」

祁姨婆知道王府還是不放心她，所以才安排他們去博陵，博陵是博陵郡王的封地。

見祁姨婆沒有反抗，男人的態度緩和了一些。「只要你們守口如瓶，沒人會傷害你們。」

祁姨婆點了點頭作了保證。

男人很滿意，示意手下將祁姨婆的家人放開。

「祖母，祖母。」祁姨婆的孫子孫女朝著她撲過來。「我怕，我怕。」

祁姨婆安撫的拍了拍孫子孫女。「別怕，祖母在呢。」

安撫好孫子孫女，祁姨婆對兒子兒媳道：「你們趕緊去收拾行李，揀貴重的拿。」

祁姨婆的兒媳還有些不捨。「娘，我想回娘家一趟。」

祁姨婆瞪了她一眼。「這都什麼時候了，妳還想回娘家，是不是不想活命了？」

祁姨婆的兒媳抽泣著離開了堂屋。

半夜，祁姨婆一家人坐著一輛青篷馬車出了京城，在護衛的護送下去了博陵。

解決完祁姨婆的事情後，接下來該處理府中的下人了。

白日看到產房金光的下人不多，木香和戚氏都是信得過的人，可以暫且不管。碧螺是從府外買進來的丫頭，還有兩個婆子是王府的家生子。

兩個婆子的丈夫兒女都在王府當差，一家子的性命都捏在衛枳手上，被警告後自是不敢亂說。

只有碧螺，從滿滿生產完後就沒看到她，衛枳命金一帶著人在王府搜了一圈，結果在廚房裡找到了她。

她正好在跟廚娘悄悄說什麼，看到金一後，兩人都有些緊張。金一覺得不對勁，將她們一併帶到了衛枳面前。

衛枳命紀統領審問兩人，一開始兩人都咬定她們只是閒聊幾句家常，後來紀統領祭出刑具，廚娘一害怕就吐實了。

廚娘並不是哪家的探子，而是貪財收了碧螺的好處，答應碧螺要利用上街買菜的機會將滿滿產子時的異象傳出去，街上自有人來接應。

見廚娘全說了，碧螺狠狠的瞪了她兩眼，不屑的看著衛枳道：「我運氣不好，被你們逮到了，要殺要剮隨便你。」

衛枳問：「妳背後的主子是誰？」

碧螺不肯說。

衛枳冷笑了一聲，命人將碧螺架上刑具。「她不肯說，就用刑吧，若用刑後也不肯說，那就不必留著了。」

他命紀統領留在刑房審問，又讓金一帶著廚娘去街上與碧螺的同夥接頭，抓到了一個以賣菜為幌子在王府門口觀望的矮胖男人。

經過審訊後，查出那矮胖男人來自吳王府，碧螺則是吳王妃心腹丫鬟碧霄的妹妹。他們都是奉了吳王的命令前來，只要博陵王府有異樣的動靜，立即將消息傳回吳王府。

聽了矮胖男人的供詞後，衛枳這才察覺一向以草包著稱的吳王並不如表面那麼簡單。在皇親宗室之中，吳王向來不管政事又整日沈迷酒色，如此費心思在他府內安插眼線，究竟想要幹什麼？自此他開始命王府暗衛盯著吳王府的動靜。

第二十七章

三日後，是博陵王府的小公子洗三的日子，姜家、張家以及郭家都來了人，顯慶帝、太子以及二皇子也命人送了洗三禮來。隨賀禮一同到的，還有敕封小公子衛照為博陵王世子的聖旨。

宣讀聖旨後，顏娘笑著跟女兒道：「照兒真有福氣，生下來才三天就被封為世子，這可是其他人羨慕不來的殊榮。」

滿滿看了兒子一眼。「其實不管他當不當世子我都不在意，當了娘後才知道，只要自己的孩子健健康康、平平安安的長大就好。」

郭夫人點頭。「的確，我以前還想著雪瑩能有大造化，現在就盼著她在宮裡安穩度日。」

亨氏卻不贊同她們的話。「妳們怎麼一點鬥志都沒有，水往低處流、人往高處走的道理都不懂嗎？」

張家自張元清被罷官後，只剩下他的兩個兒子在朝為官，但兩人官職都不高，若不是郭晉儀拉扯，這會都還在被人打壓呢。

亨氏在公公被罷官後嘗盡了人情冷暖，想方設法與婆婆一起將大女兒張玉瑤嫁進了高門，如今又打算用次女攀一門好親。

亨氏這些話沒有得到郭夫人幾個的回應，她撇了撇嘴不再說話，氣氛變得有些尷尬。

與女人們相處不同，男人們這邊的氣氛有些嚴肅。

衛枳將王府混進了吳王府的探子一事告知了張元清父子、姜裕成與郭晉儀幾個，還提議他們回府後查一查府中是否有吳王府的人。

丁字街吳王府

吳王剛從愛妾秦側妃屋裡起身，便有吳王妃的人來報出大事了，吳王一聽，立即推開攀在自己身上的秦側妃，急匆匆的朝正院趕去。

吳王一走，秦側妃收起先前那副柔若無骨的模樣，冷著臉怒道：「大清早能有什麼事，一把年紀了還噁心人，王爺真是，那張枯樹皮子臉也看得下去。」

秦側妃的丫鬟勸道：「娘娘不要生氣了，氣壞了自個不值得，王爺心裡最在意的還是娘娘，這回怕是真出了什麼事吧。」

丫鬟的話讓秦側妃拉回了理智。「妳讓咱們的人盯緊一些，我倒要看看那老樹皮子在搞什麼鬼。」

「是，奴婢立刻照辦。」丫鬟應了後退了下去。

此時吳王來到正室的院子，氣急敗壞的闖進吳王妃的屋子。

「妳是怎麼辦事的，那麼多人怎麼就輕易折了呢？」

吳王妃見吳王一進門就問責，氣道：「王爺在怪妾身了？您一天天的不是在這個女人肚皮上，就是在那個女人的香閨裡，現在倒怨起妾身來，妾身真是有理也說不清了。」

「這……唉，王妃，妳別生氣嘛，本王若是不裝作沈迷女色的樣子，龍椅上那位怕是早就對我……」吳王則是能屈能伸，見王妃生氣了，立即認錯。

聽了這話，吳王妃也懶得跟他計較，拿起桌上的冊子遞給吳王。「喏，王爺自己看吧，上面劃了紅線的都是被發現了的。」

吳王接過冊子一看，只見短短幾日，自己安排在別家的暗探人數就少了三分之一，「啪」的一聲將冊子拍在桌上。「真是氣煞本王也。」

吳王妃替他倒了杯熱茶。「王爺莫要氣惱，剛才妾身已經看過，折了的那些人都是淺釘子，藏在深處的人還沒被發現。」

吳王又拿起冊子看了一遍，怒火稍稍消散了一些。

他道：「除了博陵王府，姜家、郭家以及張家的人都被發現了，這幾家一向同氣連枝，本王估計一定是其中哪一家發現了暗探，然後幾家一通氣，所以才折了那麼一些人。」

吳王妃也是這個意思，她擔憂的是那些探子已經供出了吳王府。

吳王聽了她的擔憂後不由得笑了。「王妃不必擔心，當初選探子的時候，都是選那些家人在王府裡的，為了家人的安全，他們是不會說的。」

聽了吳王的勸說後吳王妃不僅沒放下心，反而更擔心了，只不過沒跟吳王提起。為了不打草驚蛇，夫妻倆商量後決定不再安排暗探了，就利用現有的來打探各府的消息。說著說著又提到了吳王妃名下的淨顏樓，吳王問：「淨顏樓近來生意如何？」

吳王妃道：「王爺放心吧，月底就能湊齊五百萬兩。」打從自蘇家那得來這門生意後，她親手打理，做得還挺有聲有色的。

吳王點了點頭。「能湊齊就好，不然荊州那邊的兵器庫就要停工了。」

「王爺，琪兒已經在荊州待了三年，妾身想讓他在妾身五十歲生辰時回來一趟。」吳王世子衛琪自從三年前去了荊州後就不曾回京了，吳王妃思子心切，向丈夫提了這個要求。

吳王皺了皺眉。「荊州那裡不能輕易離人，況且琪兒離京時打著陪母妃休養的旗號，母妃病體未癒，琪兒撇開生病的祖母回京，這不是會讓人說話嗎？要是有心人多事，讓荊州暴露了，咱們一家都完了。」

吳王妃不滿。「您不是還有兩個兒子嗎，怎麼不讓他們去？」

「琪兒是本王的嫡子，本王的基業只會交到他手上，玧兒和琳兒是庶子，日後還需他們輔佐琪兒，妳平時對他們不要太嚴苛了。」

吳王的話讓吳王妃很欣喜，這是吳王第一次表明自己的態度。

她點了點頭。「妾身答應便是，王爺可不要忘了今天說過的話。」

吳王應了，從正院出來後去了書房。

他在書房裡坐了一會，忽然起身走到一幅山水畫前，在畫軸旁邊的空處敲了兩下，山水畫後的牆壁裂開了一道縫，牆壁自動分開，中間留出一條可容一人行走的通道來。

吳王進去後，那牆壁又自動合攏，細看之下也找不出一絲破綻。

沒有人知道吳王的書房裡有一間密室，裡面供奉著一排排整齊的牌位。此刻若是有外人在場，定會震驚得說不出話來，因為這裡供奉的竟是逆王一家二十七口的牌位。

他拿過一旁的香點燃，然後插在面前的香爐裡。

「祁王兄，當初你替我擋刀救了我一命，這份恩情我不敢忘。這幾十年來，我裝作沈迷酒色的樣子，為的就是麻痺衛郇那個偽君子，當年因他假傳消息，你才會被皇伯父逼反，讓祁王府全家二十七口淪為刀下亡魂。你放心，待時機一到，我定會親手殺了那個偽君子為你報仇。」吳王表情冷凝，與平日裡萎靡不振的樣子大相徑庭。

他瞇了瞇眼，繼續道：「還望祁王兄保佑我能成功扳倒衛郇，到時候小弟必然會重新恢復祁王府的門庭，找到流落在外的王府後人，給予祁王府應有的殊榮。」

回答他的除了寂靜，還有越來越濃的煙霧。

從密室裡出來後，吳王寫了一封信，交給心腹手下，命他快馬加鞭送到荊州。

吳王不知道的是，他的手下剛出府就被金一盯上了，並一路尾隨到了荊州。

荊州是吳王的封地，吳王之母金太妃由嫡孫陪同來荊州休養，至今已有三年之久。京城裡提起吳王世子，都稱他至善至孝，比他父王的名聲不知好了多少。

金一在荊州待了半月，沒有發現任何不妥，就在他打算回去覆命時，卻偶然發現吳王府運了幾口紅木大箱子前來荊州，據說是吳王和吳王妃孝敬金太妃的布疋和藥材之類的東西，但金一觀察了車轍的印記發現，箱子裡裝的是不同一般的重物。

趁著夜深人靜時，金一夜探荊州的吳王府，發現此處只住著金太妃一個主子，陪她在荊州休養的世子衛琪並不住在王府裡，而且極少見世子出入府內，更奇怪的是，那些紅木大箱子似乎並未送進王府。

直覺告訴他，這絕對不正常，本還想再刺探一次，又怕被發現，還是先回京報信再說。

吳王究竟籌謀著什麼？衛枳聽了金一的稟報後憂心更深，不禁回憶起當年的九溪謀逆案，難不成吳王府與逆王餘孽也有關係？

「你帶著人繼續去盯著吳王世子，不管他做什麼你都不要打擾，先與我稟報再說。」

金一領命，臨走時衛枳又交代：「注意自身安全，萬不可擅自行動。」

「是，屬下遵命。」金一保證。

等金一走後，衛枳平復了一會兒心情才去正院看妻兒。

衛照已經快滿月了，原先緊閉的眼睛也已經睜開，他遺傳了滿滿的大眼睛，一雙眸子如黑玉葡萄般烏黑發亮。除了眼睛，臉上其他地方都長得像衛枳，用見過衛枳幼時模樣的金總管的話來說，衛照這模樣就跟衛枳幼時幾乎一模一樣。

不管兒子像誰，衛枳都愛得不得了，每日睜眼後第一件事必定是先來看兒子。有時候父子倆你看我我看你，可以相互看很久。

與衛枳衛照這對父子相處融洽不同，皇宮裡的顯慶帝與太子再一次爆發了激烈的爭吵。

事情的起因是因為二皇子大婚後將獲封齊王，宮中流言四起，說太子無子，早晚會過繼二皇孫為子，齊王的封號也算是名副其實。

除了流言，太子不贊成二皇子封齊王還有另一個原因。當初還未繼承大寶的顯慶帝封號也是齊，顯慶帝這樣做知道的是他心疼二皇子，不知道的還以為太子不合他心。

太子自從重新複立後，對權勢和地位看得越來越重，不允許任何人侵犯自己的利益，哪怕是父親和弟弟也不可以。

顯慶帝對太子本就愧疚，可對二皇子也是一副慈父心腸，兩個都是他的兒子，還是唯二的兩個兒子，他哪一個也不想薄待。

且太子用詞激憤，侵犯了帝王威嚴，所以顯慶帝不顧太子的反對執意要封二皇子為齊王，還當著太子的面蓋下了二皇子獲封的聖旨。

這可刺激到了太子，他質問顯慶帝。「父皇，您將我從皇陵行宮放出來，是不是為了給那個乳臭未乾的孩子鋪路？」

顯慶帝為帝二十幾年來，從未有人敢這樣與他說話，頓時怒火沖天。「你真是膽大包天，竟敢胡亂猜測朕的心思！」

太子絲毫不懼。「父皇承認了吧，當初二弟若是沒有摔壞雙腿，根本不會輪到我來做這個太子，是不是？」

「你……」顯慶帝被他這番話氣得說不出什麼來。

這個時候他忽然想起張元清，還未被罷官的張元清曾經對他提起過，孩子大了就會有逆反心，若與他爭執，他會鑽進牛角尖裡變得十分偏執。

想到這裡，顯慶帝忽然不想生太子的氣了，擺了擺手。「你回去吧，什麼時候想通了，什麼時候再來見朕。」

太子聞言，頭也不回的走了。

顯慶帝的怒火過了好一陣才漸漸平息。他對梁炳芳道：「磨墨，朕要重新擬旨。」

梁炳芳小心翼翼的問：「皇上是要改二皇子的封號？」

顯慶帝嘆了嘆氣。「你也聽到了，太子對這個封號多不滿意，朕要是繼續堅持，他怕是要與朕斷絕父子關係了。」

梁炳芳聽了沒說什麼，他可不敢當著顯慶帝的面議論太子，只敢在心裡偷偷感嘆兩句，皇上對太子也太縱容了些。

顯慶帝重新擬了冊封二皇子為景王的聖旨，封地也由齊地改成景州。

梁炳芳看著玉璽紅章蓋下去，心想太子的言行對顯慶帝的影響太大了，若無意外，二皇子這輩子只能當一個親王了。

太子在東宮聽說顯慶帝改了聖旨，嘴邊只有冷笑。「別以為你妥協了，我就能原諒你。」他永遠忘不了皇陵行宮裡那三年行屍走肉般的生活，永遠忘不了幼小的長子是如何孤零零的死在寢宮裡，更忘不了皇祖母因此傷了身子薨逝。

太子對顯慶帝有怨，二皇子則是生了恨。

顯慶帝改旨意的消息在宮內外傳遍了，他成了眾人眼中的笑話。景王雖然也是親王，可怎麼能跟齊王相比，景州又怎麼能跟齊地相同？

他沒有太子的無畏無懼，不敢去找顯慶帝問個明白，只能對自己身邊的人發火。而一心想要得到他恩寵的凌珺珺首當其衝。

他似乎又回到了幼時剛摔傷腿的狀態，命人在花園裡挖來一罐蚯蚓，喚凌珺珺前來，然後讓人將蚯蚓全部倒在凌珺珺身上。

凌珺珺被突如其來的變故嚇得魂飛魄散，看著她被嚇傻的樣子，二皇子忍不住嘲諷。「想要代替妳姐姐，就該承受她曾經經歷過的一切。」

凌珺珺忍不住痛哭，二皇子對她生了厭惡，命人將她弄下去。

沒了幼時發洩的痛快感，二皇子覺得心裡的怒火快要壓制不住了。

太子，一切都是太子造成的，他不會放過他的！

與二皇子的暴躁不一樣，祥妃聽聞聖旨的內容後病了。蘇貴妃來興慶宮看她，裝作無意地提起太子去承暉殿後，顯慶帝就改變心意了。

祥妃聽了差點從病床上爬起來。「豎子！竟敢跑到皇上面前胡言亂語。」

蘇貴妃連忙按住她。「妹妹別衝動，不然吃虧的還是妳跟二皇子。」

祥妃胸口不停地起伏。「我實在是忍不下這口氣，我兒獲封於他有何干係，他就這麼見不得自己的親弟弟好？」

「這妳就不懂了。」蘇貴妃看了她一眼。「還不是因為東宮沒有繼承人鬧的，也不知流言是從哪裡傳出來的，說是東宮後繼無人，日後只能過繼二皇孫，所以太子才不同意二皇子獲封齊王。」

聽了這話，祥妃有些心虛，東宮過繼二皇孫的流言雖不是她與慶宮傳出去的，但卻是在她的授意下越傳越凶。

蘇貴妃不動聲色的勾了勾嘴角。「哎，原本咱們這宮裡風平浪靜的，自從秀女大選後，又變得不太平了。」

祥妃非常贊同她的話，自從太子回來後，前前後後發生了多少風波，皇上偏寵太子，使得他越發放縱起來。不行，她必須想辦法，不能讓太子再這麼放肆下去，不然她的樺兒便再也無立足之地了。

顯慶二十七年二月二十六，吳王妃五十歲生辰當日，吳王一改過去的低調，要為妻子辦一場體面的生辰宴，並且邀請了京中近乎半數有頭有臉的人家。

姜家和博陵王府也收到了請帖，請帖上注明了可以帶著孩子一道赴宴。衛照太小，根本不適合去人多的地方，滿滿得留在家裡照顧孩子，只能衛枳一個人去赴宴。

而顏娘和姜裕成則是帶著三個孩子去吳王府赴宴，只是剛抵達沒多久就有下人來報信，說是姜母突然暈厥，情況看著不大好。

顏娘和姜裕成跟吳王夫妻致歉後，立即帶著孩子們趕了回去。

他們到的時候，姜母已經開始說胡話了，姜裕成急忙問是怎麼回事？

冷茹茹在一旁抹淚道：「你們走後，舅母本來還好好的，過了一會兒就不行了，大夫看過了，說是……說是讓我們準備後事。」

聽了這話，姜裕成只覺得眼前的景象晃了晃，險些沒站穩。

「我去請蔣釗。」他轉頭就往外跑。

顏娘連忙拉住他。「你別去，讓止規去吧，娘一會醒了肯定想見你。」

姜裕成點了點頭，默默地走回床前，再也沒了往日意氣風發的樣子。

大約過了半個時辰，蔣釗過來了。他替姜母把了把脈，又翻看了她的眼皮，做完這些後搖了搖頭。「老夫人大限已到，大羅金仙也救不回來了。」

聽了這話，姜裕成沒有作聲，眼眶卻紅得嚇人。

冷茹茹一直不停的抽泣，顏娘也覺得悲從中來。文博文硯和文瑜三兄弟站在姜裕成身後，默默流著眼淚，一家人都在等姜母醒過來。

又過了半個時辰，衛枳和滿滿匆匆趕來，看到床上躺著的祖母，滿滿不由得大哭起來。

姜母似乎被這哭聲吵醒了，她慢慢睜開眼睛，見兒孫們全都圍著自己，不由得笑了。

她朝冷茹茹和顏娘招了招手，兩人趕緊湊上去，姜母吃力道：「妳們扶我起來。」

顏娘和冷茹茹照做，將姜母扶著靠在床頭，又在她身後墊了兩個枕頭做支撐。

姜母坐好後，吐了一口濁氣後問道：「什麼時辰了？」

姜裕成連忙答道：「辰時末了。」

姜母道：「你們不是去吳王府參加生辰宴了嗎，怎麼這麼快就回來了？」

姜裕成不知道怎麼回答，姜母的視線依次從每個人臉上掃過，當她看到他們都帶著悲傷的表情後，心裡頓時明白了。看來閻王爺要收她這條老命了。

她緊緊的抓著被子，很快又鬆開。「有什麼好傷心的，老婆子我也活過七十歲，吃過苦，享過福，還當過誥命夫人，這一輩子也算是值了。」

「娘。」

「舅母。」

姜裕成與冷茹茹齊聲喊道。

姜母擺了擺手。「我知道你們想說什麼，我時候不多了，讓我把該說的先說完。」

她先看向姜裕成與顏娘。「我不在了，這個家就交給你們了，你們一定要相互扶持，管好這個家。」說著，停下來喘了口氣，而後繼續道：「我三個孫子的婚事一定要慎重，不能將亂家、多事的女人娶了回來，不然我會死不瞑目的。」她看向三兄弟。「你們要聽爹娘的話，不能違背爹娘的意思。祖母真捨不得你們啊，你們一定要好好的，日後娶妻生子，壯大姜家，讓姜家的祖宗們以你們為榮。」

三兄弟連連點頭。

姜母的目光又回到姜裕成身上。「成兒，娘這輩子最驕傲的是生了你這麼個兒子，讓娘跟姜家村的其他婦人過上了不一樣的生活，娘真的很開心。官場危險，你要謹慎做事，不要被人害了。」

「我知道的。」姜裕成哽咽點頭。

吩咐完姜裕成，她又看向冷茹茹。「茹茹啊，妳過來，我有幾句話要囑咐妳。」

冷茹茹急忙上前。

「妳一向脾氣急躁，這麼多年也沒見改過，都是當祖母的人了，遇事平和一些，不要還像年輕時性子那麼急。長生媳婦是個好的，妳也別太嚴苛了，嚇得人孩子膽子越來越小。還有長安娶媳婦的事情，一定要打聽清楚了再去提親，女方的人品一定不能出差錯。」

冷茹茹含淚點頭。

姜母笑了笑，眼神移到滿滿身上，滿滿連忙上前。

姜母摸了摸她的頭，慈愛道：「妳雖然不是我的親孫女，但這麼多年來我早就把妳當成親生的了。看到妳嫁得好，又有了兒子傍身，祖母也替妳開心。妳爹娘就只有你們四個孩子，日後你們姐弟四個一定不能生分了，要相互扶持知道嗎？」

「祖母，您放心吧。」滿滿紅著眼應道。

姜母點了點頭。「好孩子。」

她又對衛枳道：「你可不能欺負我孫女，答應了要對她好一輩子，就必須做到，如果你辜負了她，老婆子做鬼也不會放過你。」

衛枳立即保證。「祖母放心，衛枳不會違背誓言。」

姜母依次交代完每個人，最後視線落在跪在一旁抽泣的桃兒身上。

她對姜裕成道：「成兒，桃兒這丫頭跟了我十幾年，對我忠心耿耿、盡心盡力。等我走後，就讓她家的兩個孩子做個良民吧，日後也好有個前程，就算是了了我們這一世的主僕緣分。」

姜裕成答應了，桃兒聽到姜母臨終了還記著自己，哭得更傷心了，她不停地磕頭。「多謝老夫人、多謝大人，奴婢一輩子也忘不了老夫人的大恩大德，今生無以為報，來世當牛做馬也要報答您的恩情。」

姜母搖了搖頭，沒有再說什麼。她感覺到身上的力氣一點一點的消失了，整個人疲憊極了。恍惚間，她的思緒回到了剛剛嫁到姜家的時候，她膽怯害怕的縮在床尾，床頭睡著她那隨時都有可能歸天的新婚丈夫。

接著畫面一變，丈夫姜憲穿著一身灰色長袍，正站在門口笑望著自己。

姜母伸出手，喃喃道：「成兒，我看見你爹了，你爹他來接我了。」

姜裕成急忙喊了一聲娘，姜母臉上露出欣慰、解脫的笑容。「成兒，娘要走了。」

說完，雙手慢慢垂了下去，人也沒了呼吸。

姜母逝世，姜家眾人悲傷不已，當天府裡便掛上了白綢，顏娘和姜裕成忍著悲痛打理喪事。

姜裕成向朝廷上奏丁憂，顯慶帝很快便准了此事。顯慶二十七年三月初，姜母頭七過後，姜裕成帶著妻兒扶靈回鄉了。

在外為官十來年，姜裕成與顏娘已經許久不曾回去過。幾個孩子中，除了滿滿對虞城縣有印象外，文博文硯以及文瑜三個只聽說過有這個地方。

他們一行回到故土地界上時，已經是三月底了。賀文才帶著兩個兒子來碼頭迎接，親人久別重逢，雙方均是百感交集。

姜母的喪事在京城辦過，回來後找人算了日子，三日後便可以下葬。

姜裕成將姜母葬到了姜父墓旁，看著並列著一新一舊的兩座墳墓，從不輕易流淚的姜裕成不由得眼淚婆娑。

顏娘跪在他的旁邊，一邊燒紙一邊輕聲安慰：「娘這一輩子都在念著爹，如今她與爹也算是團聚了。咱們這些活著的人，要如她所期望的那樣過好自己的日子，她在九泉之下才會安心。」

姜裕成擦了擦眼淚。「自我求學開始，在家陪伴娘的日子就不多，做官以後更是三番兩次讓她跟著擔驚受怕，我沒有做好一個兒子的本分。」

顏娘搖頭。「娘從未這般認為。」她道：「娘對我說過，她一直為有你這樣孝順能幹的兒子自豪，她說你從小懂事，讓她省了不少心，後來又中了進士做了官，她在街坊四鄰面前不知多有面子。娘跟著咱們在京城這些年，有丫鬟婆子伺候著，有孩子們陪伴著，除了沒有看到三個孫子娶妻生子，應該沒有什麼別的遺憾了。」

聽了這番話，姜裕成心裡好受了不少，這時文硯在一旁接話道：「爹娘你們就放心吧，我以後定會娶一個漂亮賢慧的媳婦兒，到時候領著她來祖母墳前磕頭，了結祖母最後一樁憾事。」

姜裕成和顏娘忍不住破涕為笑，而姜母似乎聽到了他的話一樣，墳前的紙錢火焰燃得更旺了。

有了文硯的插話，悲傷的氛圍減淡了許多。姜裕成對三個兒子道：「你們日後娶妻都要來你們祖母跟前磕頭，讓她見一見孫媳婦。」

三個孩子你看看我我看看你，依舊是文硯最先應聲，文博和文瑜緊接著也點頭應了。

姜母下葬後，姜裕成與顏娘便關起門來守孝。文博文硯三年後要參考，守孝期間不能荒廢了課業，姜裕成便親自為兩個兒子授課，還順帶了一個文瑜。

教了一段時間後，姜裕成發現三個兒子中，文博基礎最為牢固，答題時穩重有餘，還加了一些新意的回答；文硯則學得一塌糊塗，簡單的還能答出來，稍稍複雜一點的，半天也支吾不出來，反倒是比他小了好幾歲的文瑜一字不差的答了出來。

姜裕成的怒氣被文硯引了出來，他指著文硯道：「你平日就是這樣讀書的？簡直是一無是處。」

文硯低著頭。「爹，我根本就不是讀書的料子，您就放我一馬吧。」

「胡說八道，古人云勤能補拙，我看你平日裡就是太懶散了。」

「爹，並不是我懶散，而是我一看見書就頭疼。」文硯抬起頭道：「爹，不如讓兒子棄文學武吧，到時候給您考個武狀元回來。」

姜裕成沈了臉。「學武的事情想也別想，好好的給我讀書，要是連個秀才都考不中，就不要認我這個爹。」

姜裕成這話說得重了些，其實是想逼文硯靜下心來讀書，大宴朝歷來重文輕武，文官總比武將的前途要好一些。

文硯像是被霜打了的茄子，一點精神也沒有。趁著姜裕成不在的時候，文瑜給他出主意。「二哥，你可以去求娘勸爹啊，要是娘答應了並說服了爹，你就給姐夫寫信，讓他給你找個武先生，到時候不就可以不用讀書寫字了嗎？」

聽了這話，文硯又來了精神，急忙找顏娘去了。

文博看著弟弟跑遠的背影，問道：「魚兒，你說娘會答應嗎？」

文瑜一副自信滿滿的樣子。「娘一定會答應的，而且娘還會說服爹，要不了多久，二哥就能達成心願了。」

文博想了想顏娘平日裡對他們的教誨，覺得三弟文瑜說得很有道理。

文硯找過顏娘後，顏娘只遲疑了一會就答應了二兒子。

這天姜裕成正在書房，顏娘端了熱茶進去。

「夫君，在寫什麼？」顏娘放下托盤問道。

姜裕成答道：「我在給文硯制定讀書計劃，必須把他的進度給拉上來。」

顏娘上前一看，只見他面前的白紙已經是密密麻麻一片，不說文硯了，就連她看了也覺得頭疼。

「讀書要看天分，文硯讀書沒有天分，夫君就不要逼他了吧。」

姜裕成皺眉。「不是他天分不好，而是沒有把心思放在讀書上。文博就不說了，文瑜才多大，已經超過他許多了。」

顏娘替他倒了一杯熱茶，輕聲道：「孩子有像爹的，也有像娘的。文博和文瑜在讀書這方面像你，文硯也許是隨了我。」她嘆了嘆氣。「文硯讀書不行，耍拳倒挺像樣的，不如讓他走武舉這條路吧。」

「不行，我姜家都是讀書人，哪裡能去行武。」姜裕成想也沒想就拒絕了。

顏娘深吸了一口氣，問：「你還記得黃大人家的二公子嗎？」

姜裕成遲疑了一下，反問：「戶部尚書黃大人？」

顏娘點頭。「黃二公子不喜讀書，黃大人卻逼他日日與筆墨紙硯為伴，後來黃二公子受不了這樣的日子，與從小伺候他的丫鬟私奔了，三個月後被黃家家丁找到，卻已經成了兩具冰涼的屍體。」

姜裕成也聽說過這事，當初黃二公子死後，黃大人一夜之間老了十幾歲，病了好些日子才來上朝。

「我姜家的血脈不會做出有辱門風的事情。」姜裕成十分肯定的說道。

顏娘道：「我並不是說文硯會步入黃二公子的後塵，我只是希望你能讓他做自己想要做的事情，而不是強迫他做自己不擅長的事情。萬一你越逼他他越不喜歡讀書，日後文不成武不就的，該如何是好？他喜歡學武，若是請個好一點的武先生，將來武舉得中，也可以做個武官。」

姜裕成最終還是聽了顏娘的勸，同意文硯學武，但提出了一個要求。

「如果只學武而不通文，就算當了武狀元也是一介武夫。」他道：「學武的同時必須要讀書，爭取做一個文武雙全的人。」

顏娘遲疑。「他能做到嗎？」

姜裕成看了她一眼。「如果做不到就別學武了，專心讀書為上。」

顏娘嘆了嘆氣。「我去跟他說。」

說完就去找文硯，將丈夫的話複述了一遍。

文硯聽了苦著臉道：「怎麼學武也要讀書啊，我也太苦命了吧。」

顏娘輕拍了他一下。「胡說，你哪裡苦命了，我和你爹是缺你吃還是缺你穿了？」她突然生出一種恨鐵不成鋼的感覺來。「那些窮苦人家的孩子，連讀書識字的機會都沒有，你樣樣不缺卻不知道珍惜，早知如此我就不該去勸你爹，讓他逼著你讀書算了。」

聽了這話，文硯不由得羞愧的低下了頭。

過了一會兒，他對顏娘道：「娘，您放心吧，爹既然肯答應讓我學武，我也不能讓他失望，我會好好用功的。」

他這話讓顏娘多了一絲欣慰。「說到就要做到，姜家可沒有言而無信的子孫。」

文硯再次向母親保證，就差發誓了。

過了幾日，姜裕成給京城的女兒女婿寫了一封信，希望他們幫忙找一個可靠的武先生。

衛枳動作很快，沒過多久，一個名為蕭景的中年男子便來了虞城縣，還帶來了衛枳的親筆信。

姜裕成將信迅速瀏覽了一遍，抬起頭打量了蕭景一番。只見此人身形修長，樣貌普通，眼神卻極為銳利，周身散發著一種武者的剛毅氣質。

「蕭先生想必已經清楚是來我府上做什麼的了？」他出聲問道。

蕭景拱手。「王爺讓在下來教授貴府二公子武藝。」說完又道：「蕭某一介武夫，大人不必稱在下先生，直呼姓名即可。」

姜裕成搖頭。「你是我兒的武先生，叫一聲先生不為過。」

見他堅持，蕭景也就不再說什麼。

隨後姜裕成便讓家中的三個孩子過來拜見，蕭景見了自己的準弟子文硯後，起身圍著他走了一圈。

文硯疑惑的看著他，只見他忽然伸手在文硯身上摸了一通。

「二公子的確是練武的好料子。」他笑著道：「大人請放心，蕭某一定會盡心教授二公子武藝。」

聽了這話，姜裕成點頭。「那就拜託蕭先生了，蕭先生一路勞累，暫且休息兩日再為小兒授課吧。」

蕭景欣然同意。

兩日後，蕭景正式為文硯授課，文博和文瑜覺得有趣，閒暇之餘也會跟著練，兩人讀書課業完成得很好，姜裕成也就沒攔著他們。

文硯成了姜家上下最忙的人，早晚要跟著蕭景學武，白日裡還要跟著父親讀書，長兄幼弟玩耍休息時，他還要完成父親額外佈置的功課。

短短一個月他就瘦了許多，顏娘看在眼裡疼在心裡，卻沒有插手，只囑咐丈夫不要將孩子逼得太緊。

姜裕成也在反思，本想給文硯減少一些功課，誰知文硯卻搖頭拒絕了，表示自己還能夠堅持。

姜裕成見兒子不怕苦累，頓時覺得倍感欣慰。

守孝的日子過得很平靜，一不注意幾個月就過去了。六月初九的夜裡，一陣急切的拍門聲吵醒了姜家人。

「妳繼續睡，我出去看看。」姜裕成披著外衫對顏娘囑咐道。

顏娘跟著起身。「算了，我還是跟你一起去吧。」

姜裕成點了點頭，等她穿好衣衫後，兩人一起出去了。

「大人、夫人，外面有個自稱是夫人娘家大哥的男子要求見夫人一面。」門房稟報道。

顏娘與姜裕成對視了一眼後，道：「就說我與聶家早就沒了關係，讓他回去吧。」

門房又道：「奴才跟他說了，他卻說今天要是不見到夫人，就要一頭撞死在門口。」

聽了這話，顏娘氣不打一處來，剛想說讓他去撞，卻被姜裕成按住了手。

姜裕成對門房道：「放他進來。」

門房按照他的話做了，將聶大郎領到了姜裕成面前。

聶大郎一副雙眼通紅、衣衫不整的模樣，見到姜裕成和顏娘後急切道：「妹妹、妹夫，咱爹不行了，你們回去見見他最後一面吧。」

顏娘心跳漏了一拍，一種複雜的感覺油然而生。

她平靜的看著聶大郎道：「聶家早就跟我斷了親，斷親書上還有你的指印，要讓我取出來給你看看嗎？」

聽了這聶大郎悲中生怒。「妳就那麼記仇？當年爹也是為了阻止天花在村子裡擴散，他放完火後就後悔了。這十幾年一直對妳存著愧疚之心，臨終前想要親自跟妳道歉，難道妳也不肯去見他嗎？」

「我不需要任何人的道歉。」顏娘情緒激動道：「當年滿滿根本沒有得天花，劉大夫看過，只不過是普通的濕疹。我已經跟你們解釋了，是你們自己不信，若不是我們運氣好，早就被燒成灰燼了。」

她冷笑了一聲。「還有你，當初跑到鎮上逼我交出鋪子不成，又讓我當場付清聶家的養育費用，還親手在斷親書上按下了指印，如今有什麼資格來指責我？」

聶大郎一時啞口無言，過了一會兒他抬起頭。「妳一身血肉都是爹娘所賜，豈是薄薄的一紙斷親書就能割斷的？」

「是不是要我效仿哪吒，捨去這滿身的血肉才算了結？」顏娘直直的盯著他。

見妻子情緒激動，姜裕成道：「顏娘既嫁到我姜家，便是姜家的人，聶家的婚喪嫁娶與她沒有關係，你還是請回吧。」

「妹夫，你這是什麼意思？」聶大郎大聲質問。

顏娘擋在丈夫面前。「我夫君的意思就是我的意思，你回去吧，我是不會去聶家的。」說完吩咐人送客。

聶大郎不肯走，顏娘叫了護衛過來，將他強行趕了出去。

再次歇下後，顏娘一絲睡意也無，只要一閉眼，眼前就會浮現火光漫天的景象。

她對聶家是有恨的，可是聽到聶大郎說聶老爹後悔了以後，她又有種奇怪的感覺，彷彿恨意淡了些許。

見妻子輾轉反側，姜裕成伸手將她摟到懷裡。

顏娘輕聲道：「聶家我是不會回去的，明日讓戚氏帶著奠儀去一趟，就當是我還了他的生養之恩。」

姜裕成點頭。「妳決定就好。」

隔日，戚氏帶著豐厚的奠儀去了聶家，面對聶家村的鄉親和聶家其他親友們的責問，戚氏當然要維護自家主子。

她絕口不提顏娘與聶家斷親的事，只說顏娘和姜裕成有孝在身，京城慈恩寺的彙善法師替他們算過，今年是姜家的太歲之年，若有孝在身便不能去參加別家的婚喪嫁娶，不然姜家和他們所去的那家都會遭到厄運。

聶家村的鄉親們聽了這話，總算理解了父親去世顏娘不回來奔喪的苦衷。彙善法師他們是知道的，京城有名的得道高僧，他說的話定不會有假。

但聶家人卻知道不管有沒有彙善法師這話，顏娘都不會回來，因為另一份斷親書就在聶家。

已經是兩個孩子的娘的聶歡冷哼道：「什麼太歲之年，我看她是有了好的前程，不願意認我們這些窮親戚罷了。我爺奶辛辛苦苦將她養大成人，她倒好，如今竟連親爹的喪事也不管，還是官夫人呢，大夥兒評評理，天底下有這麼不孝順的官夫人嗎？」

聶歡說完後，聶喜緊跟著姐姐控訴道：「我爺去了後，我爹連夜上門通知她，卻被她不由分說的趕了出來。今天卻讓一個奴才來給我爺送葬，簡直是冷心冷肺。」

戚氏聽了心裡惱意頓生，面上卻沒有表現出來，周邊的鄉親們議論紛紛，她盯著兩姐妹問道：「不用猜，妳們二位便是聶家的那對雙生姊妹花吧？當初我們夫人還在閨中時，妳們就從未敬重過夫人這個長輩，沒想到過了這麼些年，依舊沒什麼長進。」她的臉色冷了下來。「晚輩對長輩不敬，看來聶家的家教的確如外面所說的一樣差。」

「妳不過就是聶顏娘身邊的一條狗，有什麼資格來評判我們聶家的家教？」聶歡氣得大聲質問。

「就是，聶顏娘早就與我們聶家斷了親，她算哪門子的長輩。」聶喜附和道。

聽到兩個女兒將斷親的事嚷了出來，柳氏急了。這些年他們從未將顏娘與聶家斷親的事情洩漏出去，還藉著顏娘官夫人的身分在村裡謀了許多好處，這下倒好，要是鄉親們知道聶家與顏娘早就沒了關係，他們聶家哪裡還能有以前的榮光。

「妳們兩姐妹胡說什麼，妳姑姑身上流著我們聶家的血，血脈親情哪裡是能輕易割斷的？」

聶歡聶喜這才反應過來，她們是遭了戚氏的算計。

戚氏微微笑了笑。「我家夫人當初差點被自己的父兄放火燒死，後來親娘上門索要鋪子不成，硬逼著她拿出所有的銀錢買斷生養之恩，這份斷親書上明晃晃的有聶家人親手按下的指印，十幾年了，也沒見指印顏色變淡。」

她從袖中掏出斷親書，這是她離府前顏娘特意交給她的，就是為了堵聶家的誣衊之言。

看到斷親書那一刻，聶大郎和柳氏的面色變了。為防他們狡辯，戚氏當著所有人的面將斷親書的內容唸了出來，當唸到最後一句：「自此以後，聶顏娘與聶家生死貧富再無關係，違背此書者，死後必入阿鼻地獄，永世不得超生。」

戚氏嘲諷道：「最後一句是你們自己加上去的，由此可見你們當初是何等的絕情。」

這話一出，除了聶大郎和柳氏，其餘人又驚又疑，神色怪異。

聶二郎急道：「這斷親書是大哥簽下的，與我們二房可沒關係。」

二房一家自從瞞著聶老爹和聶大娘偷偷去了京城，後來又差點被范瑾使計放火燒死，歷經艱難回到聶家村後，差點被聶老爹和聶大娘趕出家門。

聶二郎和于氏恨聶大郎與柳氏在爹娘面前挑唆，又恨他們藉著管家謀私，兩房的關係越來越差，若不是聶老爹和聶大娘在世不能分家，他們早就鬧著分家了。

這會聽說了斷親書的內容後，便急不可耐的想要跟聶大郎撇開干係。

聶大郎氣得差點說不出話來，柳氏罵道：「聶二郎，當初同顏娘斷親你們也是贊成的，現在卻說和你們二房沒關係，也太不要臉了。」

于氏道：「這事本來就與我們二房沒關係，大哥大嫂難道以為我們傻啊，沒做過的事情也承認。」

「妳……」柳氏被她噎得說不出話來。

一旁柳氏的小兒子聶成棟卻站出來道：「要不是成才當初害得表妹生病，姑姑也不會搬出去住，我爹和爺也不會誤認為表妹得了天花而去放火，他們雖然狠心了一些，卻是為全村人著想。」

這話一出，聶二郎和于氏臉色劇變，于氏大喝：「聶成棟，我們成才哪裡得罪你了，你竟然誣衊他？」

聶成棟盯著她。「我沒誣衊他，做沒做過他心裡清楚。」

柳氏拉著兒子用眼神詢問他，聶成棟又道：「那天晚上我出來小解，看到二叔二嬸在後院裡燒東西，就躲在暗處偷看，結果聽到了他們的對話。從他們的話裡可以聽出，成才帶了一個帶有天花痘痂的撥浪鼓回來給表妹玩，我那時年紀小，不知道這事的嚴重性，聽了後就拋到腦後去了。現在想起來才明白了，若不是成才作惡，我們聶家與姑姑怎會斷親？」

「你這話可當真？」最先問他的是戚氏。

聶成棟點頭。「我敢發誓，我說的每一個字都是真的。」

「那為何現在才說出來？」

「還不是二叔二嬸行事過分，我才不想再替他們隱瞞。」

事情越來越精彩，在場的大部分鄉親們看熱鬧看得津津有味，連天花兩個字都略過去了。

有理智一些的人出言道：「這樣看來，聶老爹和聶大郎做得沒錯，那可是天花呀，要是傳染給鄉親們了，大家就只有等死的分。」

戚氏大聲道：「諸位擔心也是正常，但我家姑娘當初得的並不是天花，而是普通的疹子。聶家放火的時候，姑娘的疹子已經痊癒，根本不會害到任何人。」

大家都安靜下來了，戚氏又指著聶二郎一家道：「原來這一切都跟你們有關，我回去後必定會如實向大人和夫人稟報，惡人自有惡報。」

聶二郎和于氏腿軟了，而罪魁禍首聶成才已經嚇暈過去了。

第二十八章

戚氏回到府裡後，將在聶家發生的事情一字不漏的稟報給了顏娘。

顏娘聽了後又驚又怒。「妳是說當初害滿滿生病的罪魁禍首是聶成才？」

戚氏道：「夫人，奴婢不是這個意思。奴婢認為，當初的確有人想借他的手害姑娘，但姑娘運氣好，並未因此感染上天花，而是湊巧發熱得了疹子，這也讓聶家人誤以為姑娘得了天花，所以才有了後面的事情。」

顏娘冷靜下來，仔細回想了當年的情形。滿滿發熱之前那段時間，聶成才的確經常來她的屋子裡玩，她以為聶成才喜歡女兒，還為此高興呢。

現在想來只覺得慶幸，幸好女兒沒有染上天花，幸好天花沒在村裡蔓延。

「蠢貨。」顏娘不由得拍了一下桌子。「早知如此，當初他們來京城時就該狠狠懲治他們。」

戚氏退到一旁沒有說話。

顏娘又道：「雖然這事已經過去這麼多年了，我還是忍不下這口氣。」她朝戚氏道：「我交代妳一件事，妳馬上去辦。」

戚氏立即應了，上前聽顏娘吩咐。

過了幾日，到了聶老爹下葬的日子，聶家村的村民們眼尖的發現，身為孫子的聶成才竟然不在送葬隊伍中。

當即便有人議論紛紛，于氏聽到議論聲，心裡不由得窩火。

聶成才沒來送葬，是因為被人打斷了腿，現在還在床上躺著。

于氏心知肚明是誰下的手，但她不敢去找人要說法，只能打落牙齒和血往肚子裡咽。

顏娘這邊得知聶成才得了教訓，也就不再計較當年之事了。聶家二房只是平民百姓，要是欺壓得太狠，影響到姜裕成就得不償失。當年之事聶成才只是轉手人，真正的罪魁禍首是借他之手加害滿滿的范瑾。

范瑾，妳等著，總有一日我會親自為我的女兒討回公道。

顏娘心裡存著仇恨，此時的她還不知道，遠在千里之外的京城一夜間已經亂了套，一向荒唐沒出息的吳王竟然反了！

吳王打著為逆王平反的旗幟聲討顯慶帝，並宣告逆王謀反一事是顯慶帝陷害，為的是爭奪帝位。接著他還宣讀了顯慶帝的十大罪狀，其中一項是他的陷害讓大宴皇室子嗣凋零，國運式微。

朝中還有不少老臣，當年逆王謀逆一案的慘烈情形他們至今不敢忘。如今聽吳王重提舊事，他們才記起當年那個總是跟在逆王身後的小少年與眼前的吳王是同一人。

實在是怪不得他們，主要是吳王這些年過得實在荒唐，雖然是所剩無幾的宗室成員，卻得不到顯慶帝的重用以及朝臣們的尊重。

吳王謀反是誰都沒有預料到的，其中包括一直看不上吳王的顯慶帝。當他看到身著戎裝的吳王氣勢洶洶地闖進內宮時，還以為自己看花了眼。

吳王一改往日的頹靡，面帶嘲諷與恨意的看著顯慶帝。「當年你表面君子、背後小人的行徑已經被我宣告天下，今日我就要取你性命、奪你江山，以告慰祁王兄與諸位慘死王兄的在天之靈。」

顯慶帝沒有絲毫的懼意，他端坐在龍椅上，像看跳樑小丑似的看著吳王。「當年見你還是個孩子，雖然與逆王走得近了些，朕還是為你向先皇求了情，留你一命與爵位，沒想到卻是養虎為患。」

「別以為說這事就能讓本王饒恕你，你死上一回都不夠償還所犯下的罪惡。」吳王從腰間拔出劍，徑直指向顯慶帝。「你放心吧，本王不像你那麼陰狠，待會定會給你個痛快。」

說完對手下道：「將人給本王押上來。」

話音落下，吳王府的兵士便押著三個人進了內殿。顯慶帝看過去，頓時又驚又怒。

原來被押上來的是太子、二皇子以及大公主兄妹三個。

「放肆！」他大喝道：「你身受皇恩二十幾年，竟敢做出如此大逆不道之事。」

吳王笑了笑。「本王還以為你不會害怕呢，原來關乎自己的子嗣時，也會緊張啊。」

顯慶帝還想說什麼，吳王又對手下道：「其他人一併押上來。」

很快，兵士們又帶了一群人上來，那群人一進內殿，就不停地朝顯慶帝求救。原來是顯慶帝的後宮妃嬪們和太子、二皇子的妻妾們。

吳王走到被嚇得花容失色的蘇貴妃面前，伸手摸了摸她的臉。「多麼漂亮的臉蛋啊，本王流連花叢幾十年，竟從未得到過如此嬌怯美麗的美人。」

蘇貴妃渾身冰涼，哆哆嗦嗦道：「若……若王爺不嫌棄臣妾，臣妾願侍奉王爺，只求……只求王爺饒了臣妾。」

這話一出，眾人大驚。顯慶帝已經是怒火難耐，吳王卻點頭道：「好啊，既然美人主動獻身，本王哪有不受之理。」

「賤人！」顯慶帝的眼快噴出火來，若不是被人禁錮著，怕是要衝過來殺了蘇貴妃。

蘇貴妃埋著頭走到吳王身邊，吳王朝宮妃們看了一眼。「姿色上乘者，若自願跟了本王，本王便饒她一命。」

雖然有了蘇貴妃打頭陣，但剩下的宮妃們卻沒人敢應聲。吳王笑了笑，目光落在最末處的吳承徽身上。「婧兒，是時候該回到本王身邊了。」

所有人的視線都集中到吳承徽身上，吳承徽平靜的走到吳王身邊，朝他施了一禮。

吳王大笑著虛扶了一把。「婧兒不必多禮，若不是有妳在宮中接應，本王不會這麼順利就控制皇宮。」

「妳竟然是吳王的人？」太子驚問出聲。

吳承徽看了他一眼，沒有說話。吳王道：「現在知道晚了，本王就如實告訴你吧，除了婧兒，這宮裡還有很多本王安插的人。對了，這多虧了你的母后，也就是先皇后的幫助。」

聽了這話，太子只覺得晴天霹靂。「不，不可能。」

吳王逼近太子。「本王與你母后兩情相悅，但天意弄人，她進宮做了皇后，本王也另娶王妃。有趣的是，本王和她都忘不了過去的感情，於是便藉機私會，本王只表露一絲念頭，她便主動替本王安排。」說完不由得嘆了口氣。「若不是她的支持，本王想必得費盡心思。現在想起來，本王真是愧對於她啊。」

「賤人！都是賤人！」顯慶帝氣得大罵，指著吳王道：「朕真是瞎了眼，竟然沒發現你與傅筠榮那個賤人有姦情。」

吳王仰頭大笑起來，彷彿是在嘲笑顯慶帝眼瞎。

太子急忙出聲：「父皇，您不能聽他一面之言，母后是您的親表妹，她不會背叛您的，一定是他故意敗壞母后名聲。」

吳王突然從懷裡掏出一枚淡綠色的玉珮來，在顯慶帝面前抖了抖。「還認得這個嗎，太子說本王故意陷害，看到這枚玉珮，你應該清楚本王是不是在撒謊了吧？」

顯慶帝怎會不認得？當初的傅皇后有一枚一模一樣的玉珮，一開始還經常見她佩戴，後來便沒見著了。有一次他隨意問了一句，傅皇后說是弄丟了，他怕她難過，還特意命人做了一枚一樣的，後來這枚玉珮被傳皇后帶進了陵墓。

看到吳王手中的玉珮，顯慶帝一絲懷疑也無，被氣得胸口不停的起伏。

吳王見他這副模樣，譏笑道：「怎麼，這就受不了了？當初你與祁王兄側妃勾搭的時候，怎麼就沒想過祁王兄知道了是什麼心情呢？」

說著他面向眾人。「你們大概還不知道吧，衛郇這個道貌岸然的偽君子，表面與祁王交好，背地裡卻勾搭祁王的女人，暗中謀害祁王，離間先皇，最後祁王為了自保，不得不起兵謀反。原本以為他的目的是祁王，結果卻連所有的兄弟都算計進去了，不然大宴宗室為何僅剩這麼點人？」

他舉起手中的劍，對顯慶帝道：「今天本王要替天行道，替枉死的冤魂報仇，讓你也感受一番失去至親的痛苦。」說完將劍對準了離他最近的太子。「原本看在你母后與本王的情誼上，理應饒你一命的，但是，誰讓你是衛郇最疼愛的兒子呢？所以別怪我，要怪就怪你有個心狠手辣的父親。」

話音落下，銀光一閃，太子頸部多了一絲極細的紅痕，他瞪大眼睛看著吳王，嘴唇動了動，卻一個字也沒說出來。

「咚」一聲響起，太子像失去控制的木偶一般直直地倒在了地上，很快便沒了呼吸。

「吾兒！」

「太子！」

「殿下！」

所有人都驚叫出聲，誰都沒想到吳王真的會下死手，頓時都害怕得顫抖起來。

顯慶帝雙眼滿是恨意和悲痛。「不忠不義的亂臣賊子，竟敢殺害朕的太子，朕一定會將你碎屍萬段！」

吳王像是聽到了什麼笑話一般。「死到臨頭了還嘴硬，接下來請睜大你的眼睛看看，本王是怎麼讓你斷子絕孫的。」

緊接著他又把劍橫在了二皇子的脖子上，二皇子絲毫不懼，輕蔑道：「為了苟活於世，裝了三十幾年的孫子，一朝得勢面目醜陋，本皇子今日死在你這種逆賊手裡，怎對得起這身純正的皇族血脈，所以本皇子……」

話未結束，二皇子忽然按下輪椅兩邊的扶手，從扶手處射出暗器，只聽見「嗖嗖」幾聲，輪椅對面的幾個兵士紛紛倒地，吳王也受傷了，只不過沒中要害。

吳王惱羞成怒揮劍朝他砍來，二皇子突然笑了。「亂臣賊子，人人得而誅之。」

二皇子被吳王一劍斃命，再次引起了其他人的恐慌和憤怒。

顯慶帝接連失去兩個皇子，瞬間蒼老十歲，他指著吳王，悲痛得連話都說不出來。

大公主見兩個哥哥接連喪命，嚇得不停的大哭。「父皇，救救我，我不想死。」

顯慶帝渾濁的目光看著自己唯一的女兒，嘴唇動了動，卻始終說不出求饒的話來。

吳王沒有猶豫，俐落的解決了大公主，接著是後宮的妃嬪們，然後輪到太子和二皇子的妻妾們。他像割白菜一樣，一茬一茬的收割人頭，很快，大殿裡只剩抱著二皇子長子的乳娘和心如死灰的顯慶帝。

顯慶帝看著僅剩的血脈，終於開口了。「只要你放了朕的孫子，朕什麼都答應。」

吳王停下手裡的動作，轉頭看向他。「你還真當本王蠢啊，斬草不除根，春風吹又生，本王難道還要留下這個孽種來向本王復仇？」

此時的吳王已殺紅眼，他扔下劍，從乳娘手中搶過襁褓，舉到頭頂狠狠朝地上砸去。

「不！」顯慶帝看著這一幕目眥盡裂。「衛郴，你不得好死！」

吳王充耳不聞，他背對著顯慶帝忽然大笑不止，整個大殿除了濃郁的血腥味，只餘下他癲狂的笑聲。

約莫過了一刻鐘，吳王恢復了正常，這時有人來報：「王爺，博陵郡王帶到，博陵郡王妃和世子不知所蹤。」

吳王聽了讓人將衛枳帶上來，衛枳沒了輪椅，被兩個兵士架著帶進了大殿。

當他看清大殿內的情形時，臉色白得像紙一樣，喃喃道：「怎麼會這樣？」他又看向只剩下一口氣吊著的顯慶帝。「皇伯伯，您……」

顯慶帝睜眼看向他。「枳兒，你怎麼不跑呢？」

衛枳眼眶紅了。「皇伯伯，您放心，他不會得逞的。」

顯慶帝搖了搖頭。「完了，全都完了，這下朕真的成了孤家寡人。」

衛枳知道他受了刺激，便不再說什麼了。

這時吳王嘲諷的笑了笑。「在本王面前扮演叔姪情深啊。」他對衛枳道：「衛枳，只要你擁護本王，你還可以繼續做你的博陵郡王，宗室一概事務都交由你來打理，這可比做一個有名無實的郡王好多了。」

「吳王，你起兵謀反，殺害無辜，意圖奪取天下，實為大逆不道，也不看看自己有沒有做九五之尊的命。」

吳王收起笑容。「原本本王還想放你一馬，沒想到你竟冥頑不靈，別怪本王心狠手辣。本王已經將皇宮內外、朝臣外戚都控制在手裡，只要今日一過，這天下就是本王的了。」他湊近衛枳道：「別以為你的王妃和兒子逃得了，本王這就派人去虞城縣，不會讓你孤孤單單上路的。」

聽到虞城縣三個字，衛枳心裡一緊，面上卻絲毫不露怯。

吳王對衛枳起了殺心，這時的他還不知道，被他遺忘了的另一個宗室子弟衛杉和大長公主之孫武驍侯傅雲集正帶著援軍趕來救駕。

衛杉和武驍侯早在衛枳察覺吳王有異時就得到了消息，分頭部署掌握著吳王府的行動，如今兩人更分工合作，衛杉領著金吾衛精兵一路解救被控制的朝臣和外戚，武驍侯帶著軍隊直衝皇宮而來，一舉攻破了叛軍守衛的宮門，他旗下的軍隊是上過戰場廝殺的，對付起小打小鬧的叛軍來當然是一擊即潰。

傅雲集坐在高頭大馬上，威嚴凌厲的望著被制伏的叛軍守將。「你助紂為虐，與逆黨為伍，今日本侯便要替皇上解決了你。」

說完，一劍刺穿了叛軍守將的身子，一擊斃命，而後俐落的拔出劍，對其餘叛軍兵士道：「爾等受了逆賊的蠱惑，若現在繳械投降，尚可從輕發落。」

話音落下，叛軍們你看看我我看看你，臉上有了猶豫，不知過了多久，有人帶頭扔了兵器，接著又有人跟著照做，很快叛軍們都手無寸鐵。

傅雲集留了一個千戶在此地看管叛軍，帶著其餘人馬繼續朝承暉殿趕去。

承暉殿內散發著濃烈的血腥味，顯慶帝被吳王按在案桌上，逼他寫退位詔書和罪己詔。失去了兒孫的顯慶帝沒了牽絆，自然不肯寫，吳王惱羞成怒，狠狠地給了顯慶帝一巴掌。

顯慶帝忍著頭暈目眩道：「想要名正言順坐上帝位，也不看看你有沒有那個命。朕今日就把話擱在這裡，退位詔書和罪己詔，朕寧願死也不會寫。」

「你……」吳王氣極，拿著劍衝到衛枳面前。「你要是寫了，朕還可以放過他，若你不寫，朕定會將除了吳王府以外的宗室通通殺光。」

聽了這話，顯慶帝不由得大笑起來。「原來這就是你的打算，可惜就算你殺光了宗室，也不能讓朕動搖，我衛家的子孫絕不會屈服在你這樣的亂臣賊子之下。」

吳王怒火高漲，橫在衛枳脖子上的劍又重了兩分，他的脖子被劃破了，血液很快浸濕了衣襟。

「王爺，不要！」這時吳承徽突然喊了出來。

吳王看向她，吳承徽求情道：「王爺，放了他吧。」

「婧兒，本王已經答應妳放過姜裕成一家，妳不要仗著立了功就不清楚自己的身分。」

「王爺，博陵王妃是我看著長大的，我不能讓她年紀輕輕就沒了丈夫。」吳承徽懇求道：「王爺，當初祁王的事老恭王這一脈根本就沒有參與過，博陵郡王實在是無辜啊。」

吳王盯著她。「恭王叔是沒有參與過當初的事情，但他一直支持衛郇，博陵郡王府也是一樣，既不能為本王所用，本王絕不會心慈手軟。」

吳承徽急忙看向衛枳。「博陵郡王，你歸順王爺吧，滿滿母子和姜家人的性命都在王爺手上啊。」

「妳是誰？」衛枳皺了皺眉，腦中忽然多了一個猜想。「妳難道是滿滿一直惦念著的海棠姨？」滿滿這個乳名只有親近之人才會喊，海棠姨失蹤了十幾年，此時又明顯掛念滿滿和姜家人，他大膽的猜測。

吳承徽怔了怔，海棠這個名字在她進京後就沒有人再叫過了。

「沒錯，我曾經用海棠這個名字生活了一段時間。」

衛枳冷笑。「滿滿跟我說過，她的海棠姨是一個是非分明、善良可親的長輩，沒想到妳卻與逆賊勾結，想要謀取江山皇位。」

聽了這話，海棠沈了臉。「這根本怪不得我。」她指著顯慶帝大吼道：「若不是他，祁王怎麼會反，我藍家又怎麼會被當作祁王黨羽而滿門被誅？」

「藍家？」這時顯慶帝緩緩抬起頭。「藍玉致是妳的什麼人？」

「你不配喊我祖父的名字！」吳承徽失態的大喊。「他對你忠心耿耿，你卻為了撇清自己將他推出去頂罪，還誣衊他與祁王是一夥，我真恨不得將你剝皮抽筋，以祭奠我藍家五十二口冤魂。」

「原來如此。」顯慶帝忽然笑了。「藍玉致背叛了朕，暗地裡與逆王勾結想要取朕性命，他死得一點都不冤。」

「你撒謊。」吳承徽不相信的反駁。「我祖父不是出爾反爾的人。」

顯慶帝看了她一眼，不再說話。

衛枳道：「藍家的事本王聽祖父提過，的確是藍玉致背叛了皇伯伯，藍玉致一直是逆王陣營的，他潛伏在皇伯伯身邊，為的就是取皇伯伯性命。」

衛枳的話讓吳承徽又怒又惱，她覺得顯慶帝和衛枳在誣衊祖父。她對吳王道：「王爺，我只求您放過姜家和博陵王妃，至於博陵郡王世子和博陵郡王，您怎麼處置都行。」

吳王笑了。「婧兒體諒本王，本王當然不會讓妳失望。」

吳承徽福了福身子，然後走回先前的位置待著。

吳王看向衛枳。「這下可沒人替你求情了，本王再給你一次機會，是歸降本王還是站在衛郇那邊？」

衛枳冷笑。「我早就表明了態度。」

吳王見他不識抬舉，發怒的朝他揮劍砍去，就在這千鈞一髮之際，一支破空利箭射中了吳王的手臂，手中的劍也應聲而落。

所有人都朝著箭矢射來的方向看去，只見武驍侯傅雲集舉著弓站在門口。

「吳王，叛軍已經被本侯拿下，你跑不了了！」

吳王捂著手臂咬牙切齒道：「傅雲集，你竟然活著回到了京城？」

傅雲集面無表情，壓根不理會他，朝左右使了個眼色，左右的兵士迅速衝進殿內，將顯慶帝和衛枳解救了出來。

吳王沒了人質可挾持，狗急跳牆的抓來蘇貴妃威脅傅雲集。「你和你的人退出去，不然本王殺了這個女人。」

傅雲集見蘇貴妃被挾持，剛要說話就被顯慶帝打斷。「由他殺去，蘇氏賤人死不足惜。」

蘇貴妃嚇得渾身酸軟，涕淚橫流。「皇上，您救救臣妾，臣妾知道錯了。」

顯慶帝閉著眼充耳不聞，傅雲集看向衛枳，衛枳輕聲道：「蘇氏先前已經歸順吳王。」

傅雲集了然，吳王見顯慶帝不在意蘇貴妃死活，又拉來吳承徽威脅衛枳。「你說服武驍侯退兵，本王就放了她。」

衛枳看著他。「她是你的人。」

「她也是你妻子的姨娘。」

衛枳像看傻子一樣看著他。「她是逆賊黨羽，先前還想取本王的性命，本王為何要為了她而搭上自己的身家性命？」

見衛枳軟硬不吃，吳王有些慌了，他原以為整個皇宮已經被自己控制，沒想到卻被傅雲集的軍隊給輕易攻破。

傅雲集不想跟他廢話，命人去捉吳王，吳王大吼：「傅雲集，大長公主還有武驍侯府的人都在本王手上，若你敢動本王，你的家人定會喪命。」

「你說的是他們嗎？」吳王威脅的話音剛落下，就聽見殿外傳來一道清亮的男聲。

所有人都朝著殿門處看去，只見穿著金吾衛鎧甲的衛杉握劍大步走來，身後還跟著烏泱泱的一大群人。

等他們走進大殿後，大家才看清其他人的面孔。

大長公主被孫媳和心腹扶著走在最前面，身後是大宴宗室和朝中地位舉足輕重的朝臣。每個人都有些劫後餘生的狼狽和慶幸，在看到罪魁禍首吳王時，眼裡都燃燒著恨意。

「怎麼會這樣？」吳王呆呆的站在那裡，不敢相信的望著眼前這一幕。

大長公主滿臉痛恨，顫巍巍的指著他罵道：「先皇仁慈，當年見你年幼才沒處置你，沒想到你卻做出這樣大逆不道的事情，你對得起先皇嗎？對得起一生忠心為國的先吳王嗎？」

吳王看向她。「我沒錯！錯的人是衛郇，當初若不是他兩面三刀、背信棄義，祁王兄不會逼宮，我也不會渾渾噩噩的苟活於世。」

見他冥頑不靈，大長公主嘆息的搖了搖頭。「你是沒救了，你的母親、妻兒都沒救了。」

吳王已經走投無路，且殿內的叛軍都被誅殺，所有的屍體也被抬到了偏殿，此時承暉殿裡除了殘留的血腥味外，幾乎看不出來有廝殺的痕跡。

顯慶帝的狀態非常不好，看著比大長公主這個長輩還要衰老。大長公主和群臣還不知太子兄妹已遇難，只當他受了驚嚇。

看到大長公主後，顯慶帝像個孩子一樣撲到皇姑的懷裡，痛哭道：「阿姑，朕只有妳一個親人了。」

大長公主又驚又慌，急忙問道：「到底怎麼了？」

顯慶帝不說話，只一個勁的痛哭。

大長公主望向自己的孫子，傅雲集艱難開口：「孫兒帶人來承暉殿救駕前，太子兄妹以及二皇孫都已……」

聽了這話，大長公主身子晃了晃，接著控制不住向後倒去。

傅雲集眼明手快扶住了祖母，大長公主老淚橫流。「老天吶，祢為何要對我衛氏如此殘忍？」

她哭了一陣，忽然推開傅雲集的手，顫巍巍的走向吳王，用了這輩子最大的力氣，給了吳王一巴掌。

「你這個滅絕人倫、毫無人性的畜牲，竟然殘忍到連個兩歲的孩子都不放過，你不配冠我衛氏的姓。我詛咒你死後被打入十八層地獄，受盡烈火焚燒之苦，若轉世投胎，生生世世淪為畜牲道。」

這些話是大長公主這八十多年來罵過最惡毒的話，若情況允許，她真想親手解決了吳王。

吳王沒有說話，只似笑非笑的望著大長公主。

這時紀統領來了，帶來了一個大快人心的消息：吳王府所有人都被抓住了。

顯慶帝在聽到這個消息後，立即停止痛哭，命紀統領將吳王府眾人押到殿內。

在梁炳芳的攙扶下，顯慶帝慢慢走到吳王面前。「你殺朕兒女孫兒，朕今日便以牙還牙，讓你母妃、妻兒死在你面前，以報這不共戴天之仇。」

吳王臉色由青轉白，又由白轉紅，他瞪著眼睛大聲吼道：「你這麼做，與暴君有何不同？」

顯慶帝聽了這話，忽然仰頭大笑起來。「仁君又如何，暴君又如何？朕連繼承人都沒了，又何必在乎那虛無的名聲？朕今日必定要為死在你刀下的亡魂報仇。」說完，朝被押著站成一排的吳王府眾人走去。

他首先站在金太妃面前。「妳原本是安享晚年的時候，但誰讓妳生了一個大逆不道的惡賊呢，今日朕就先拿妳開刀。」

話音落下，顯慶帝一劍砍下了金太妃的頭，只不過力氣不足，還有一半懸掛在脖子上。

「母妃！」吳王看著這一幕，撕心裂肺的喊道。

大長公主和其餘的宗室朝臣們都沒阻止，因為他們知道，這個時候誰也勸不住他。

金太妃慘死後，顯慶帝又手起刀落的解決了吳王妃，女人驚叫的聲音還未穿出喉嚨就已經絕了氣息。

接下來是吳王的側妃妾室們，顯慶帝給了她們一個痛快，沒有折磨她們。

接連死了八個人後，剩餘活著的全是吳王的兒孫們。

顯慶帝圍著他們走了一圈，最後視線落在吳王庶長子的身上。「你想死還是想活？」

「想……想活。」吳王庶長子哆哆嗦嗦的回答。

顯慶帝看了他一眼，命人放開他。「朕給你個機會，只要你把你的兄弟子姪們當著你父親的面殺了，朕就饒你一命。」

吳王庶長子聽了，迫不及待的接過劍，對著自己旁邊的弟弟狠狠一刺，鮮血順著劍流了下來，被刺中的那人應聲倒地。

「畜生，那是你的親弟弟啊！」吳王痛苦的嘶吼。

吳王庶長子緊緊握著劍，像是沒聽到吳王的話，此時顯慶帝又指著一個尚在襁褓裡的嬰兒。「舉起他越過頭頂，然後用你最大的力氣砸到地上。」

那個嬰兒是吳王府的第四代，吳王世子新得的兒子，當吳王庶長子將那嬰兒舉起來時，吳王和吳王世子都大喊著想要阻止。

但已經來不及了，吳王庶長子為了活命，不顧血脈親情將孩子重重的摔到了地上。

眾人看著這一幕都有些不忍心，有朝臣想要勸阻，顯慶帝卻道：「剛剛那一幕你們看到了吧，朕的孫兒同樣是被這個逆賊活活摔死的，朕只是以牙還牙而已。凡是跟逆賊有關的人，今日都別想活著走出承暉殿，朕必須要為太子兄妹報仇，任何人求情，一概以謀反定罪。」

這話一出，再也沒人敢說什麼。

吳王庶長子成了顯慶帝的工具，只聽從他一人的命令。

顯慶帝對他道：「從現在開始，你每殺一人，就要同時在你父親的身上劃下一片肉。」

吳王庶長子猶豫了，顯慶帝怒火又上來了，正要怒斥他時，大長公主開口了。「皇上，給他們一個痛快吧。」

顯慶帝大怒，隱約有些癲狂之態。「憑什麼？憑什麼？」

大長公主嘆了嘆氣。「今日流的血夠多了，就當是為太子兄妹幾個積陰德吧。」

聽了這話，顯慶帝垂下雙肩，失魂落魄的走回龍椅上坐下。

過了半晌，他才緩緩開口道：「逆賊衛郴，謀反逼宮、誅殺儲君皇子皇孫，企圖奪朕江山，罪大惡極，十惡不赦，今貶為庶民並處以凌遲之刑。吳王府諸子，與父同罪，處以絞刑。吳王府姻親，無論是否參與謀反，十五歲以上男丁處死，十五歲以下流放肯塔爾，女眷全部沒入教坊司，終身不得贖買。」

夜幕降臨，街上行人都已回家，四周歸於平靜，位於虞城縣東邊的姜宅門前亮起了燈籠。

萬籟俱寂，一個黑影快速的躍上姜宅牆頭，被住在前院的柳大和胡虎發覺，自然少不了兵戎相見。

過了幾招後，那黑影忽然出聲了。「柳大哥、胡大哥，別打了，是我。」

兩人只覺得黑影的聲音有些耳熟，正疑惑時見他一把扯下了面罩。

「金一兄弟，怎麼是你？」柳大驚問。

金一沈重道：「京裡出事了，快帶我去見姜大人吧。」

聽聞這話，柳大和胡虎均是一驚，柳大對胡虎道：「胡兄弟，你守在這裡，我帶金一兄弟去見大人。」

胡虎應了，柳大與金一急忙往正院趕去。

姜裕成聽說柳大有急事來報，披了件外衣出去了，他走後顏娘也睡不著了，總覺得心神不寧。

見到姜裕成後，金一才掀開斗篷，柳大和姜裕成這才發現他胸前脹鼓鼓的一團竟是博陵郡王世子衛照。

此時那孩子眼也不眨地盯著姜裕成，嘴裡還含著一塊糖，正津津有味地吃著。

姜裕成快步上前，急忙問：「究竟出了何事，為什麼你會帶著照兒來虞城縣？」

金一道：「大人丁憂後不久，王爺偶然察覺到吳王府有異動，於是便派屬下去查探，最後查出吳王有反意，正要上報朝廷時，吳王提前反了。王爺命屬下送王妃和世子出京躲避，半道上遇到了追殺，王妃讓屬下另帶著世子來虞城縣找姜大人。」

姜裕成大驚。「你是說吳王謀反？」他不安的踱步，又問：「你家王妃呢？」

金一道：「王妃帶著另一批人朝西邊去了，屬下並不知她此時人在何處。」

聽了這話，姜裕成臉色十分凝重。「你來虞城縣這一路有沒有人跟蹤？」

金一搖頭。「屬下沒有走官道，走的都是人跡罕至的小路。」

姜裕成略微放心了一些，吩咐柳大。「你先把世子送到夫人處，夫人若問起來，就說我一會回去與她細說。」

柳大點了點頭，抱著衛照走了。

姜裕成又問了金一許多問題，金一都如實答了。最後金一朝著姜裕成跪下。「姜大人，我家世子就麻煩您照看了，屬下要回頭去找王妃。」

姜裕成點頭。「你去吧，照兒是我外孫，他的安危你不用擔心。」說完後頓了頓，又道：「我的女兒，你一定要找到她。」

金一鄭重的點了點頭。

金一走後，姜裕成急忙回了正院，此時顏娘正抱著外孫流淚，柳大已將事情大概交代了，顏娘已經知道吳王謀反和滿滿失蹤的事情。

見妻子傷心不已，姜裕成將衛照抱了過來，安慰道：「金一已經去找咱們的女兒了，她從小就聰明伶利，身邊還跟著護衛，不會有事的。妳要打起精神來，照兒的安危比什麼都重要。」

聽了這話，顏娘心裡好受了許多，剛聽到女兒失蹤那一刻，她彷彿又回到了十幾年前女兒被拐的時候，若不是外孫在，她怕是要暈過去了。

「夫君，吳王他怎麼就謀反了呢？聽柳大說，女婿讓人護送滿滿和照兒逃了，但是他還留在京裡，吳王會不會對他下手？」

姜裕成道：「吳王謀反，意在篡位，女婿是宗室又無實權，吳王的主要目標不會是他。」

顏娘聽了，心裡安穩了一些。「這樣看來，吳王不會對博陵王府下手了，咱們女兒女婿應該不會有事的，對吧？」

姜裕成點了點頭，沒有對妻子說出自己內心更深的擔憂。

他丁憂後，與京城的聯繫少了許多，最近半個月沒有收到京中來信，原以為是信使路上耽擱了，沒想到卻是京中變了天，也不知師兄郭晉儀和張家怎麼樣了？

就在姜裕成憂慮不已的時候，一支十人的叛軍隊伍來到虞城縣，正守在姜宅附近。他們奉吳王之命捉拿博陵郡王妃與博陵郡王世子，在半道上跟丟了，領頭的猜測他們也許會來虞城縣躲避。

博陵郡王世子衛照的確在姜家，但姜裕成與顏娘絕不會將外孫在此的消息洩漏出去，叛軍在姜宅盯梢了好幾日，都沒發覺姜家有什麼奇怪的動靜。

事實上，姜裕成早就派胡虎去京裡打聽情況了，看家守院的只有柳大一人。姜家還在孝期，深居簡出是常事，出來採買的下人也不知內院的消息。

叛軍在姜宅外守了半個月後，終於忍不住了，打算等入夜後就進入姜宅搜尋博陵郡王妃與世子的下落。

可惜人算不如天算，就在他們即將動手的當日下午，胡虎帶著一個振奮人心的消息回來了。

「你是說吳王已經被誅？」姜裕成激動的大聲問道。

胡虎點頭。「大人，屬下剛一進京就聽說了此事，王爺和王妃都沒事，只是受了一些小傷，現在正在休養，再過一段時間他們會親自來接世子。」

聽說女兒女婿沒事，姜裕成心裡的大石落下，他繼續問：「皇上和太子他們呢？」

胡虎臉色一凝。「皇上受了驚嚇臥病在床，太子和二皇子……」

「他們怎麼了？」姜裕成追問。

「屬下聽說吳王在承暉殿當著皇上的面殺了太子和二皇子，不僅如此，連大公主、二皇孫以及高位的宮妃們都沒放過。」

姜裕成瞪大了眼睛，不敢相信吳王竟如此喪心病狂，這是有多大的仇恨，竟然要讓顯慶帝斷子絕孫……

心裡久久不能平靜，隔了許久，他又問：「除了博陵郡王，還有哪些宗室活了下來？」胡虎根據自己打聽來的消息回答了。姜裕成一聽，除了自家女婿和衛杉，剩下的宗室與顯慶帝這一脈隔得有些遠了。

如今顯慶帝後繼無人，應該會從宗室裡選繼承者吧。衛枳不良於行，不是適合的人選，剩下的只有衛杉一人了。

和姜裕成有同樣想法的還有群臣們，他們才從死劫中解脫出來，見儲君被害，皇上後繼無人，本著食君俸祿為君分憂的原則，他們也顧不得顯慶帝是否還在悲傷之中，準備聯合大長公主一起上書顯慶帝，讓他早日確定繼承人。

顯慶帝自吳王謀反後一直臥病在床，朝堂上的事情幾乎都由幾位閣老與重臣商議，只有拿不定主意的時候，才會來與顯慶帝稟報。而最近讓他們苦惱的是立儲一事。

太子、二皇子父子倆慘死，顯慶帝又病歪歪的，在這關頭上若不是逼急了，誰願意去提此事？但國不可一日無君，顯慶帝已是強弩之末，早已無心理會政事，新的儲君還沒定下，若他有什麼不測，大宴的局勢定會十分混亂。

大宴宗室人倒是挺多，但無一人可用，且歷來不受顯慶帝重用。衛枳和衛杉這兩個祖輩父輩與顯慶帝血脈近一些，若是過繼，他二人最為合適不過。

但命運實在太捉弄人，衛枳學識淵博，有能力有手段卻不良於行。衛杉倒是有一副強健的體魄，卻只有在武力上勝過衛枳。

眾臣都在為衛枳感到可惜，他們的心裡已經將衛杉確定為儲君的不二之選。

於是以杜閣老為首的幾位老臣進宮向顯慶帝提議了此事，顯慶帝聽後一言不發，過了許久才道：「朕知諸位愛卿也是替大宴江山著想，這事容朕想想，三日後定會給你們一個答覆。」

顯慶帝都如此說了，杜閣老一行人也不好逼他當場同意，於是便回去等結果。

等他們一走，顯慶帝不由得勃然大怒。「這就是朕的好臣子們，太子屍骨未寒，他們就急著找人來頂替我兒的位置，真當朕活不久了嗎？」

梁炳芳急忙上前勸道：「皇上，太醫囑咐過您，一定要克制怒火，不然對身子不好。」

梁炳芳是從顯慶帝還是皇子時就跟著他的人，顯慶帝對他的話還是會聽的，他努力平復心情，道：「朕感覺很寒心，朕的兒子、孫子都被叛黨所殺，為何他們不能給朕一些時間，非要趕在朕最傷心的時候提過繼一事。」

「皇上，朝臣們也是怕局勢不穩，他們的出發點是好的，只是沒有顧及到皇上您的心情。」

「道理朕都明白，只是不願意被人逼著去做決定。」他看向梁炳芳。「你覺得衛杉真能擔當起一國儲君的大任？」

梁炳芳沒料到顯慶帝會問自己，猶豫了一陣後回答：「適不適合應該由皇上來決定，奴婢不敢妄議此事。」

顯慶帝有些不悅，他知道梁炳芳沒有說真話。「你跟了朕三十幾年，還不知道朕的脾性嗎？心裡想什麼就說什麼，若是不老實回答，作欺君之罪處置。」

聽了這話，梁炳芳急忙跪下。「奴婢不敢欺瞞皇上，衛統領能文能武，的確是不可多得的人才，但跟博陵郡王比起來還是相差太遠。」

「可枳兒的腿……」顯慶帝想到這裡，不由嘆道：「誰會想到今天呢？」

顯慶帝陷入了沈思，梁炳芳不敢打擾他，只靜靜地跪在龍床前。

不知道過了多久，他忽然聽到顯慶帝的聲音響起：「梁炳芳，你說朕過繼枳兒的長子怎麼樣？」

這句話如同一聲驚雷，震得梁炳芳目瞪口呆。在這場立儲之爭中，誰都忽視了那個兩歲不到的孩子。

「皇上您決定就好，奴婢支持皇上的決定。」

顯慶帝擺了擺手。「你下去吧，朕乏了。」

梁炳芳依言退下，心裡久久不能平靜。回到自己的住所後，他翻來覆去的想了想，猜不透顯慶帝這話的真假。

過了一會兒，就在他快睡去之時，腦海中忽然記起了關於衛枳摔傷前那一夜的情形。

他還記得他正當值，天極宮第二十九任推演者面色匆匆的來到行宮見顯慶帝，與顯慶帝在內殿待了一個時辰，一個時辰後偷偷地離開了行宮。

這件事除了顯慶帝和他，沒有任何人知道。因為天極宮有規定，天極宮裡的任何人包括推演者，除非亂世將至，不得輕易外出。

而整個天極宮只有一人例外，那就是國師，只有國師才有出宮和覲見皇帝的權利。

當時國師並不在京城，天極宮的第二十九任推演者才能輕易出宮。

也就是見過這位推演者後，當時還是恭王世孫的衛枳第二日便摔斷了雙腿，在恭王前來申訴時，他似乎看到了顯慶帝悲痛表情下掩藏的算計。

那時他就有個大膽的猜測，衛枳之傷或許跟顯慶帝有關係。

聯想到推演者與顯慶帝密會之事，梁炳芳覺得當初衛枳的存在一定影響到了什麼天機，不然顯慶帝不會出手壞了他的雙腿，以確保他只會是個無實權的宗族子弟。可如今顯慶帝顯然心意又有轉變，這……有可能嗎？

想到這裡，他坐不住了，喬裝一番去了趟國師府。

此時國師正與蔣釗下棋，他看了看天色，忽然出聲：「今天就到這裡吧，老夫一會還有客人要招待。」

蔣釗聽了很不悅。「每次都這樣，明明再走幾步我就贏了。」

國師笑望著他，蔣釗點點頭。「好吧好吧，不跟你計較了。」說完收拾東西走人。

蔣釗走後不到一刻鐘，梁炳芳來到了國師府。

見到國師後，他開門見山地直問國師對立儲的看法。

國師似笑非笑的看著他。「梁總管是自己想知道，還是替皇上來問的？」

梁炳芳道：「國師心裡有數吧？我今日來此，只求國師給個準話，讓我們這些無根浮萍早做準備。」

聽他這麼說，國師笑道：「梁總管，老夫只能告誡你一句話，一切皆有可能。」

梁炳芳大驚。「您是說，博陵郡王……」

他話還沒說完，就被國師厲聲打斷：「梁總管，天機不可洩漏，老夫言盡於此，還望你不要細究。」

梁炳芳一愣，還未回過神時又聽他道：「大極宮出的岔子，老夫傾盡全力彌補，希望這次不再重蹈覆轍。」

若說之前梁炳芳還一知半解，在聽了這話以後，他徹底明白了。

「多謝國師解惑，告辭了。」他朝著國師拱了拱手，隨後離開了國師府。

第二日，顯慶帝忽然召見了陵台御史凌績鳴。

凌績鳴看著比之前蒼老了許多，吳王謀反時，凌家因是二皇孫的外家，所以最先被叛軍控制。混亂中凌老爹和溫氏被嚇得中了風，凌元娘慘死叛軍劍下，整個凌家除了下人，只有凌績鳴和范瑾夫妻二人安然無恙。

那時他無比慶幸兒子上學的書院遠離京城，叛軍一時半會還顧不上那裡。

叛軍被誅後，凌家也獲救了，只是死的死、傷的傷，一個家差點散了，尤其宮中又傳來凌珺珺和二皇孫死於非命的消息，他知道凌家大勢已去。

他無論如何都沒想到，顯慶帝會在這個時候召見他。

看到鬢角生了銀絲的凌績鳴，顯慶帝將他當成了同類人，他們都是在這場謀反中失去至親的可憐人。

他同他說了一會兒話，話題忽然轉移到立儲這一事上來。

顯慶帝隨口問了凌績鳴幾句近況，凌績鳴都如實回答了，顯慶帝嘆了嘆氣道：「朕的喪子之痛，白髮人送黑髮人的悲情也只有凌卿能懂了。」

凌績鳴眼眶通紅，臉上全然是悲憤，彷彿下一刻便要落淚。

不過顯慶帝可沒給他傾訴的時間，轉頭說起欲立衛照為皇太孫的想法來，還問凌績鳴的看法。

凌績鳴被驚得說不出話來，他和其他人一樣，以為顯慶帝會從宗室裡挑出一個德才兼備的人來作為繼承人，壓根就沒想到衛照身上去。

畢竟衛杉和衛照不僅差了輩分，還差了將近二十歲，為了局勢的穩定，再怎麼也輪不到衛照。

顯慶帝還在等他的回答，凌績鳴心思飛快的轉動起來。依他這麼多年對顯慶帝的瞭解，他說出這話時，心裡一定已有了決斷。

原本以為二皇孫可以坐上那至高無上的位置，沒想到二皇孫卻死在了叛軍手裡。博陵郡王妃身上流著自己的血，無論是二皇孫還是博陵郡王世子，左右都是自己的外孫，誰做皇太孫都得叫自己一聲外祖父。

這樣想著，他心裡有了決斷，凌家不能就此頹廢下去，現在有個機會擺在自己面前，一定要抓住。

至於凌家興旺發達路上的絆腳石，他會狠心剷除的。

他壓制住興奮激動的情緒，平靜地對顯慶帝道：「不管皇上做何決定，臣都會支持皇上。」

顯慶帝聽了道：「果然是凌卿，朕就知道你是忠心的，你下去準備準備，兩日後早朝朕會宣佈此事。」

凌績鳴自然應了。

臨走前顯慶帝叫住他，問：「當初你與聶氏未曾和離前，是不是有個叫海棠的女子與她親如姐妹？」

「回皇上，是有這事，那海棠原本是臣在街上見到可憐便買回家伺候的丫頭，後來聶氏與臣和離時，將她帶走了。」

顯慶帝又問：「也就是說凌家與她一點關係也無？」

「是。」

凌績鳴有些疑惑，為何顯慶帝會忽然提起一個無關緊要的人？

顯慶帝接下來的話替他解了疑惑。「你可知東宮吳承徽是什麼身分？」

凌績鳴搖頭。「臣不知。」

顯慶帝臉色變得難看起來。「東宮的吳承徽原來竟是逆賊衛郴送進宮的內應，這回逆賊之所以能夠悄無聲息的掌控皇宮，全有賴於吳承徽的接應。」他看了凌績鳴一眼。「吳承徽不姓吳，她本名藍婧，是逆王黨羽藍玉致的孫女，也就是朕方才所提的海棠。」

聽到這裡，凌績鳴驚嚇不已，急忙朝著顯慶帝跪下。「皇上，臣並不知她是逆王餘孽，臣與聶氏和離後，就再未見過此女了，請皇上明察！」

顯慶帝意味深長地盯著他。「朕自然知道你與她毫無干係，朕只是痛恨逆王餘孽害死朕的子孫，為了給太子兄妹報仇，朕已經將此女千刀萬剮，卻依舊難消心頭之恨。」

顯慶帝話裡有話，凌績鳴抬頭大膽問道：「皇上有何旨意，臣就算肝腦塗地也會為您做到。」

顯慶帝點了點頭。「朕欲過繼博陵郡王世子衛昭為皇太孫，但朕憂心百年之後，皇太孫繼位主弱臣強，外戚勢大，大宴會改了姓氏。」

這話說得太直白了，凌績鳴哪能不懂，他平復了一下心情，道：「請皇上放心，臣定會為皇上分憂解難。」

顯慶帝得到了滿意的答案，臉上不由得帶了一絲微笑，這也是他經歷吳王謀反後第一次露出笑容。

從皇宮出來，凌績鳴的裡衣已經濕透，一陣涼風吹來，他不由得打了一個寒顫。

回到府上，他立即召來幕僚商議，一群人在書房裡待到凌晨，散去後每個人臉上竟然都沒有一絲疲憊。

兩日後，當顯慶帝終於早朝，龍椅都未坐熱就有人提議立儲，人選自然是他們希望的衛杉。

顯慶帝卻不慌不忙道：「諸位愛卿莫急，朕心裡已經有了適合的人選。」

說完這話，他朝梁炳芳看了一眼，梁炳芳立即展開手中的聖旨大聲唸了起來——

「奉天承運，皇帝詔曰：自朕奉先皇遺詔登基以來，凡軍國重務，用人行政大端，未至倦勤，不敢自逸。緒應鴻續，夙夜兢兢，仰為祖宗謨烈昭缶，付託至重，承祧行慶，端在元良。但逆賊謀反，殺朕太子，為保國本，今有博陵郡王世子衛照，聰慧伶俐，為宗室首嗣，天意所屬，茲恪遵初詔，載稽典禮，俯順輿情，謹告天地，宗廟，社稷，授以冊寶，過繼於朕膝下，立為皇太孫，正位東宮，以重萬年之統，以繫四海之心。朕疾患固久，思一日萬機不可久曠，茲命皇太孫之父博陵郡王衛枳為攝政王，持璽升文華殿，分理庶政，撫軍監國。百司所奏之事，皆啟攝政王決之。」

過繼聖旨一出，滿朝皆驚，杜閣老率先發問：「皇上，博陵郡王世子如今不滿兩歲，怎能擔當儲君之職？」

顯慶帝道：「皇太孫雖小，但有攝政王扶持，杜卿就不必擔心了。」

「可……」

杜閣老還想說什麼，被顯慶帝打斷。「朕意已決，不會再改。」

這時站在隊伍中列的凌績鳴大聲道：「儲君已立，大宴定會越來越繁盛，恭賀皇上。」

他話音剛落，又有人陸陸續續出列，說的都是贊成皇上的決議之類的話，到最後，除了杜閣老幾個，朝堂上幾乎所有人都在喊皇上英明。

見局勢無法挽回，杜閣老只能嘆息不已。

第二十九章

下了早朝，梁炳芳帶著聖旨親自去了博陵郡王府。

衛枳與滿滿正在逗兒子，聽到聖旨上門，趕緊焚香梳洗前去接旨。

聖旨還是早朝上那一道，梁炳芳壓制住內心的起伏宣讀完畢，衛枳忍住心中的驚濤駭浪，顫抖著問：「梁總管，這聖旨內容是否有誤？」

梁炳芳搖頭。「聖旨上的內容早朝時已經當著文武百官的面宣讀過了，絕對沒有失誤的地方。」

衛枳與滿滿對視一眼，均從對方臉上看出了不敢置信和不情願。但礙於梁炳芳在場，他們只好先接了聖旨。

傳完聖旨，梁炳芳沒打算離開。「攝政王，皇上有旨，讓您隨後帶著皇太孫一道進宮覲見。」

衛枳和衛照父子倆前腳隨著梁炳芳進宮，顯慶帝隨後就派人來了博陵王府，以送禮為名進了王府。

滿滿作為博陵王妃，雖然擔心丈夫與兒子的安危，卻不得不打起精神來招待這幾位宮人。顯而易見的是，顯慶帝派這些人來是有目的，沒說幾句話，滿滿就被其中一個長相刻板嚴厲的老宮人給拍暈了，並且避開博陵王府的丫鬟和守衛，將滿滿帶離了博陵王府。

此時，衛枳還不知道妻子被顯慶帝的人帶走了，他帶著兒子與顯慶帝行禮。一見到衛照，顯慶帝立即讓梁炳芳將衛照抱到他面前來。

「照兒，從今以後你就是大宴的皇太孫了，應該叫朕皇祖父。」他輕聲細語的教衛照稱呼。

衛枳聽了急忙道：「皇上，立儲君非同兒戲，照兒還小，怕是難以擔當儲君大任，還請皇上從宗室兒郎中另尋良才。」

顯慶帝臉上的笑意淡了。「朕是一國之君，看人的本事比誰都強，朕說照兒能行就是能行。」說完又低下頭問衛照：「照兒，你想當皇上嗎？」

衛照還不到兩歲，不知道這話的含義，懵懵懂懂的望著顯慶帝。顯慶帝笑著換了個說法。「如果你當了皇上，所有人都會聽你的，他們不敢違抗你的命令，他們的生殺大權都掌握在你手裡。」

衛照的視線被御案上的一碟糕點吸引了。「糕糕。」

顯慶帝一愣，順著話道：「對，當了皇上以後，所有的糕糕你都能吃，還有很多好玩的東西。」

「當皇上，吃糕糕。」衛照忽然拍著小手喊道。

「照兒，別胡說。」衛枳聽了這話，不由自主的喊出了聲。

顯慶帝擰眉看向他，不悅道：「照兒自己都答應了，你給朕閉嘴。」

衛枳急了。「皇上，臣和王妃只希望照兒能夠做一個普通的宗室子弟，從未妄想過九五之尊的位置，還請皇上看在臣祖父的面上，打消立照兒為皇太孫的想法吧。」

聽了這話，顯慶帝的臉色變得難看起來，他示意梁炳芳將衛照抱到偏殿玩耍，只留下衛枳一個人。

「衛枳，朕要不是看在皇叔的面子上，你以為你的王妃以及姜家人還能活到現在嗎？」

衛枳大驚。「您這是什麼意思？」

顯慶帝沒有回答，而是拿著桌面上的一堆奏摺扔了過去。「你好好看看吧，朕放著這些奏摺沒有處理，就是想讓你看看。」

衛枳心裡忽然生出一種不祥的預感，他將奏摺全部撿起來，一封一封的快速瀏覽完，越看越是膽戰心驚。

「皇上，那凌績鳴與臣的岳父岳母本就不和，他所奏的未必屬實，請皇上明察。」

「不錯，他的確與你岳父岳母不和，但你那王妃是他親女，一個做父親的會陷害自己的女兒嗎？」

「可臣的王妃從小就被他拋棄，這二十年來他也從未盡過做父親的責任，他有何臉面宣稱王妃是他的女兒？」

顯慶帝當然知道凌績鳴的心思，但他就是要順著他的心思走。

「姜家犯了通敵的死罪，你的王妃更是認了一個逆王餘孽為姨娘，若不是她，朕的兒孫不會慘死，朕也不必過繼別人家的孩子做繼承人，走到今天這個局面，姜家難辭其咎，若你老老實實的輔佐照兒，朕可以答應免去姜家的死罪。」

衛枳現在萬分後悔，當初為什麼要讓衛杉和紀統領去搬救兵，還不如讓吳王將眼前這人也一刀砍了，至少這樣他便不會受到威脅。

他抬起頭。「若是臣不答應呢？」

顯慶帝冷笑。「你不會不答應的，就在你進宮的時候，朕已經派人去見了你的王妃，就連姜家那邊，朕也讓人日夜盯著，你若不同意，你的王妃和姜家人即刻人頭落地。」

衛枳一臉煞白。「你卑鄙。」

聽到卑鄙兩個字後，顯慶帝不怒反笑。「這下你該告訴朕你的決定了吧？」

「若我還是不答應呢？」他對顯慶帝已經沒了稱臣的想法。

顯慶帝不慌不忙道：「那你與你的王妃可能永生永世都不得相見了。還有姜家那邊，朕會讓人下手俐落些，不讓他們受罪。」

衛枳緊緊攥著拳頭，雙眼猩紅的盯著他。「你就不怕你百年之後，大宴江山葬送在我手上？」

顯慶帝搖了搖頭。「你不會，因為你身上流著衛氏皇族的血，你從小受著衛氏皇族的教養，做不出有損大宴江山的事情來。」

衛枳無力極了，他不得不承認顯慶帝的話很對，他做不出有損大宴江山的事情來。他低著頭沈默了許久，過了好一陣才開口：「我答應了，你是不是就會放過滿滿和姜家人？」

顯慶帝笑了。「你的王妃會沒事的，姜家人嘛，死罪可免活罪難逃，朕決定將他們一家流放至七里，三年後獲釋。」

聽了這話，衛枳不肯同意。「說來說去你還是要懲罰姜家，姜家做錯了什麼？他們也不知道海棠就是逆王餘孽。若要治罪，凌績鳴才是最該被治罪，畢竟逆王餘孽是他花錢買回去的。」

顯慶帝怒道：「朕已經從輕處罰了，你還想朕怎樣？你替姜家感到不值，那誰又能替朕抱不平呢？朕失去了兒子、女兒、孫子，這全都拜逆賊所賜。若不是看在你與照兒的面上，不管是你的王妃還是姜家人，早就被處決了。

「三年，朕網開一面只流放他們三年，三年後他們就是自由之身，朕已經夠寬容了。若你覺得朕處置不公，那就想辦法解救他們吧。」

衛枳失魂落魄的帶著兒子回到王府，滿滿果然被帶走了。他知道顯慶帝是在逼他，滿滿與姜家人的安危讓他不得不妥協。

第二日，他依照顯慶帝的意思帶著兒子住進宮裡，三日後才見到朝思暮想的妻子；也是在這個時候，姜家流放至七里的聖旨也隨著狂奔的馬蹄聲去了虞城縣。

姜裕成一家被流放，姜家的女兒卻依舊穩當當的做著攝政王妃，這弄得朝臣們一頭霧水。

直到凌績鳴得意的說出緣由後，他們才恍然大悟。而另一邊，滿滿得知父母一家被流放與凌績鳴有關，心裡對凌家的怨恨已經達到了最高點。

顯慶帝下旨將姜家流放至七里，聖旨裡並未說要抄沒家財，可來虞城縣監刑的人受了朝中有心人的命令，將姜家抄了個底朝天，只剩下一座空殼宅子。

虞城縣的消息傳到京城，衛枳憤怒極了，不管不顧衝到顯慶帝面前討要說法，顯慶帝卻對此一無所知。

衛枳不確定他是故意的還是真不知情，只能派人速徹查此事。後來線索查到了凌家，原來竟是范瑾背著凌績鳴收買了監刑的官員，想要讓姜家沒有翻身之力。

范瑾自從吳王謀反一案結束後，整個人就變得癲狂起來。尤其是顯慶帝立衛照為皇太孫後，她便發瘋似的認為衛照搶了二皇孫的位置，恨不得將顏娘和滿滿剝皮抽筋。

姜家倒了，顏娘要跟著去流放之地，暫時解了她的心頭之恨。但滿滿母子還在，她的仇還沒報。

凌績鳴回到家裡後，徑直去了正院。范瑾正跪在佛像面前念念有詞。

凌績鳴冷眼看著她。「菩薩若是知道日日供奉自己的是個心狠手辣的女人，也不知道會不會覺得膈應。」

聽了這話，范瑾頭也沒回。「凌大人半個月未曾踏足我這院子，今兒個是轉了性？」

凌績鳴不理會她的冷嘲熱諷，嫌惡道：「我告訴妳范瑾，妳若是再打著我的名義與朝中官員來往，別怪我對妳不客氣。」

「怎麼個不客氣法？」范瑾扶著案桌站起來，冷聲問：「是要休了我嗎，就像當初休了聶氏一樣？」

「妳真是不可理喻！」凌績鳴有些惱怒。「自從娶了妳，我自問沒有哪一點對不起妳，可妳都做了什麼？妳看不起我爹娘，對他們沒有絲毫敬重，現在他們躺在床上，妳從未親自照看過不說，還苛扣他們的用度。就因為大姐得了妳的便宜，妳就將她推進柳家的火坑被折磨至瘋，最後還拿她來擋刀。妳對我家人所做的一切，簡直比毒蛇還毒，這樣的妻子我可不敢要。」

范瑾笑了。「人心變了，當然記不得以前的好了。別以為那個小孽種當了皇太孫你就時來運轉，人家攝政王妃姓姜不姓凌，你拿人家當女兒，人家可拿你當仇人呢。」

這話讓凌績鳴臉色變得難看起來，范瑾說的沒錯，滿滿見了自己總是一副仇恨的表情，但他不能讓范瑾看笑話，強撐著道：「我們是親父女，打斷骨頭還連著筋，妳別想挑撥我們父女之間的關係。」說著又憤憤道：「當初若不是妳逼著我不要她，我們父女倆又怎會這麼多年未見？」

范瑾像聽了笑話一樣，忍不住大笑起來，笑過後指著凌績鳴道：「我真是看走了眼，那麼多青年才俊沒看上，卻唯獨看上你這麼個非人的東西。

「若你真的心思堅定，任我怎麼引誘，你也不會動搖。偏偏你愛慕虛榮，我只略施小計你便上鉤了，寧願背著拋妻棄女的罵名也要娶我，還不是為了我娘家的權勢。後來我娘家失勢，你躲得比兔子還快，就怕被牽連。我早該看清你是忘恩負義之人，不然也不會落到如今的地步。」

雖然她說的都是真的，凌績鳴卻不願回想當初的不堪，他氣道：「從今以後妳就老老實實的待在正院裡，哪裡也不許去。若是敢違抗我的命令，一輩子都別想再見曜兒。」

自從失去兩個女兒後，兒子就成了范瑾的命根子，凌績鳴這話讓她慌了神。「你不能剝奪我見曜兒的權利，我是他的親娘，你不能讓我們母子分離。」

凌績鳴看了她一眼。「妳好自為之。」說完拂袖離去，只剩下范瑾呆呆的倚在門口。

范瑾被凌績鳴軟禁在家，另一個監刑的官員也被衛枳以假傳聖旨關進了大牢。對於衛枳的處置，顯慶帝沒有插手。

他的精神越來越差了，手中的大部分權力都下放到衛枳手裡。衛枳雖然是攝政王，但身為皇太孫的衛照還年幼，衛枳成了大宴的隱形太子，差的只是正式的名分罷了。

顯慶帝如此看重衛枳，且他妻子的娘家又被流放，漸漸地便有人打起了他的主意。但他們一家都住在宮裡，根本接觸不了。

於是他們便將目光對準了大長公主，這位皇室中目前輩分最高的長輩，有她做主，攝政王妃也不敢違背。

大長公主壓根不想管，武驍侯夫人提議：「祖母不妨讓攝政王妃自己決定，這樣一來咱們家也不得罪人。」

大長公主同意了武驍侯夫人的提議，讓她親自將滿滿請到了大長公主府。

攝政王妃要替攝政王選側妃的消息不脛而走，許多家裡有適齡少女的人家走了大長公主府的路子將女兒送來參選。

當天，滿滿與大長公主端坐在上首，看著下面那些打扮花枝招展的姑娘們，面色平靜道：「看來大家都很想要攝政王側妃的位置啊。」

聽了這話，羞澀的姑娘立即低下頭，膽大的卻直直的盯著滿滿。

滿滿嗤笑了一聲。「妳們可知道，當初攝政王向我父母提親時承諾過什麼？」

所有的姑娘都齊刷刷的望了過來。

滿滿放下茶杯，不急不緩道：「他對我父母承諾，若娶了我，一生永不納妾蓄婢。」

這話一出，現場的氣氛變得怪異起來，一個穿著紅色衣裙的高眺女子大聲道：「哪有男子會做這樣的承諾，我看是攝政王妃善妒，才編出如此謊話來拒絕我們。」

紅衣女子話音剛落，其他姑娘們也都開始竊竊私語。

滿滿笑了笑，又忽然斂去笑容站起來，居高臨下的看著底下還在作夢的姑娘們，高聲道：「哼，不管今天本王妃說的是真是假，妳們又能奈我何？天下好男兒多得是，妳們這些生得花容月貌的女孩兒們為何非要瞄準我的夫君？今天本王妃就把話撂在這裡了，若是有人不聽勸，非要來我攝政王府做小，我定讓她出不了自家大門。」

「攝政王妃未免太自私了，您問過攝政王的意見嗎？善妒是犯了七出之條，攝政王妃不會連這點也不知道吧！」依舊是先前的紅衣女子與滿滿嗆聲，其他人都跟著附和。

滿滿面無表情的盯著她。「妳是哪家的姑娘？」

紅衣女子得意道：「我祖父是現任兵部尚書齊元坤。」

「既然妳那麼賢慧，日後妳若成婚，本王妃定會給妳的夫君送上幾個美貌知趣的女子，全了妳賢慧不善妒的美名。」

「攝政王妃，妳……」這話讓紅衣女子丟盡了顏面。

這時木香大聲呵斥道：「放肆！膽敢對攝政王妃無禮，拉下去掌嘴二十。」

紅衣女子很快被人拉了下去，大長公主沒有任何異議，其餘的姑娘們都看出來了，人家壓根不想管這事。

滿滿冷聲道：「本王妃就是善妒又怎樣，我的丈夫為何要同別的女人分享？我再次聲明，若有人還不死心，別怪我出手無情。」

武驍侯夫人看著滿滿，心裡滿是羨慕。在納妾這方面，若男人沒有那些心思，家裡的妻子才有底氣拒絕外面的女人，看來攝政王對攝政王妃真的是一心一意，不然攝政王妃也不會在這種場合說出這樣大膽的話來。

大長公主不贊成滿滿的想法，但她年紀大了，大宴的江山早晚會由衛照繼承，她不想因此與滿滿失了和氣，從而敗壞天家對武驍侯府的好感，所以睜一隻眼閉一隻眼算了。

現場的氣氛變得很僵，直到一聲尖利的嗓音傳來。「攝政王到。」

聽到攝政王來了，眾人都有些吃驚，那些待選的姑娘們內心十分雀躍，覺得不管攝政王妃如何厲害，只要攝政王看上了自己，她也不能阻攔。

滿滿當然看出了她們的小心思，不由得嘲諷的笑了笑。

衛枳被金一推著，身後跟著兩個小太監和武驍侯傅雲集。跟大長公主見過禮後，金一直接推著他來到了滿滿旁邊。

先前這裡發生了什麼他都知道了，在所有人的注視下，他牽起妻子的手，大聲道：「攝政王妃說得不錯，當初本王去姜家求親時曾對岳父岳母起誓，一生永不納妾蓄婢。妳們的家人今日將妳們送進公主府，本王知道他們在打什麼主意，不過本王不會給他們膨脹野心的機會。」說完又對傅雲集道：「把今日那些走了公主府門路的人家，送禮的冊子謄一份給本王，本王倒要看看，本王側妃之位究竟值多少銀子。」

傅雲集應了，其他人慌了。

衛枳才不管他們如何，跟大長公主告辭後，帶著妻子離開了大長公主府。

回宮的路上，滿滿問衛枳：「你怎麼也出宮了？」

衛枳道：「我不放心妳。」

滿滿笑了笑。「有你和照兒在，就連大長公主都要給我幾分薄面，其他人更不敢對我如何了。」

衛枳笑了笑沒說話，只緊緊的握著她的手。

夫妻倆前腳回到宮裡，衛杉隨後就來了，滿滿以為他們有事情要商量，道：「我先去看看照兒。」

衛枳拉住她。「別走，我叫小杉來是為了岳父岳母的事。」

滿滿一聽，焦急的問道：「我爹娘他們怎麼了？」

衛枳道：「妳別著急，他們沒事。我得到消息，他們已經在七里安頓下來了，我打算讓小杉代我去趟七里。妳若是有要帶給他們的東西，現在就可以準備了，小杉後日一早就出發。」

聽了這話，滿滿心裡的大石落了地，高興了一陣後又不由得擔憂道：「皇上那邊知道了會不會責罰你？」

衛枳搖頭。「放心吧，他知道我在幹什麼，既然沒有阻撓，說明他不反對我們與岳父岳母聯繫。」

滿滿對顯慶帝沒有好印象，只覺得他有些瘋癲，朝政之事她不懂，於是便下去給父母弟弟們準備東西了。

滿滿走後，衛杉問：「三哥為何要騙三嫂？我去七里的事情還瞞著皇上，若是被他知曉，到時候怪罪你該怎麼辦？」衛枳再次搖頭。「你嫂子本就為父母兄弟憂心，我不能再增添她的煩惱。」說完頓了頓。「皇上那邊有梁炳芳看著，消息暫時傳不到他耳朵裡。」

衛杉還是擔憂。「據我所知，他還有一支只聽令於帝王的密衛。」

衛枳冷笑。「那又如何？密衛終究是見不得光的。他有自知之明，不會冒險拿我開刀。」

聽了這話，衛杉只能自愧不如。

之前朝臣們想推他上位，當時的他還挺心動。不過當顯慶帝在朝堂上當眾宣佈立衛照為皇太孫，衛枳為攝政王時，他便知道自己沒有資格同衛枳父子倆相爭。

雖有遺憾卻不怨恨，他與衛枳一起長大，知道衛枳比自己出眾很多。若他當了攝政王，大宴才會越來越好。

還有另一個原因，他不想因此斷送他們的兄弟感情，大宴皇室再也禁不起折騰了。

三日後，衛杉帶著滿滿準備的東西前往七里。

而正被親人惦記的姜家人在休整了兩日後，開始了流放生活。

七里這個地方地域遼闊卻土地貧瘠，和七里一江之隔的是斡拓國，一個比七里土地更加貧瘠的蠻族。

斡拓國眼饞大宴的繁華，卻因為國小兵弱不敢侵犯大宴，這麼多年來一直與大宴和諧共處。

不曉得斡拓國的首領從哪裡聽說了大宴攝政王的岳父岳母和妻弟被流放到了七里，打算擄了他們向攝政王提要求。

七里有少部分是土生土長的百姓，其餘的不是軍戶，就是被流放到這裡的犯官家眷。看守流放罪民的守官受了衛枳的警告，又深知姜家三年後就要回京，所以給他們安排的都是比較輕鬆的農活。

可偏偏姜裕成不知哪根筋不對，非要雙生子去做苦力活，顏娘勸他他也不聽，反過來還勸顏娘。「魚兒年紀小，跟著妳鋤草就行。但文博文硯不一樣，都快是小伙子了，能有這個機會吃吃苦，才知道百姓的生活多不容易。」說完壓低聲音道：「日後咱們回了京，對他們好處大著呢。」

聽了這話，顏娘說不出反駁的理由來，又擔憂起丈夫來。「可是你要去修河堤，身子能受得住嗎？」

姜裕成安撫道：「別擔心，妳夫君我正當壯年，身子骨結實著呢。」

夫妻倆正說著話，監工那邊開始集合了，姜裕成拍了拍她的手。「放心吧，不會有事的，不信晚上回來讓妳檢查。」

顏娘只得放他離去。

文瑜跟著娘親蹲在田間鋤草，臉蛋兒被太陽曬得通紅，顏娘心疼極了。「魚兒，累嗎？」

文瑜搖頭。「娘，我不累，這裡可比京城好玩多了。」

顏娘聽了這話，不知想哭還是想笑。

文瑜舉著一根有著鋒利葉片的草道：「娘，您看這個，它的邊緣跟我手裡的鐮刀邊緣好像啊，發明鐮刀的人是不是看了這種草才造出鐮刀的？」

顏娘哪裡知道，正想著該怎麼回答兒子的問題，這時旁邊的官道上忽然響起了一陣馬蹄聲，母子倆不由得朝聲音傳來的方向望去，待看清來人後，文瑜興奮的大叫起來。「娘，是衛杉哥哥。」

衛杉的到來讓顏娘母子有了休憩的時間，監工一開始不知道衛杉的身分，正要呵斥他離開時，七里的監守趕到了。

監守對衛杉很是客氣，請他到官衙喝茶歇息。衛杉有任務在身，將東西送到姜家人手上後就要立刻趕回，於是便拒絕了監守的邀請。

衛杉問顏娘：「姜伯母，姜伯父和兩位弟弟呢？」

顏娘道：「他們父子三人正在修河堤呢。」

衛杉一聽變了臉色，惱怒地看向監守。「不是讓你給他們安排一些輕鬆的活計嗎，為何安排他們去修河堤？」

監守腦門上全是汗，正要解釋時就聽顏娘道：「不關監守的事，是你姜伯父自己要去的，他想讓文博和文硯體會底層百姓們的生活。」

聽了這話，衛杉臉色緩和下來，對監守道：「剛才是我太著急了，還望監守莫要放在心上。」

監守忙道：「大人言重了。」說完又問：「大人，卑職是否派人將姜大人父子請回來？」

衛杉搖頭，拍了拍文瑜的肩膀。「魚兒，你帶我去找你父親和哥哥們吧。」

魚兒點了點頭。

文瑜帶著衛杉去了修河堤的地方，顏娘原本要回去繼續鋤草，但監守不敢讓她回去，便讓自家夫人前來陪同。

文瑜和衛杉來到修河堤的地方時，姜裕成與兩個兒子正在挑淤泥。父子三人與往日的意氣風發不同，此刻穿著粗布衣裳，肩上挑著擔子，跟別的挑夫沒有什麼不同。

文瑜一眼就認出了父親和哥哥們，衛杉看到他們時，不由得鼻尖發酸。

「姜伯父，文博文硯，你們受苦了。」

文硯抹了抹臉上的汗水，笑著道：「一點也不苦，比我練武輕鬆多了。」

文博也點頭。「原來我只在書中和聽爹描述過這樣的生活，自己親自體驗了，才覺得百姓不易。」

衛杉看向一臉笑意的姜裕成。「看來姜伯父的苦心兩位弟弟都能明白，但你們畢竟不同於常年勞作的人，如果身體吃不消，就去找監守換一個輕鬆些的活計。」說完他湊到姜裕成耳邊，用只有兩人才能聽到的聲音道：「三哥讓我告訴您，可隨時準備回京。」

姜裕成面色不變，心裡卻翻起驚濤駭浪，他定定的看了衛杉一眼，衛杉朝他點了點頭。

說完最重要的事情後，衛杉又把滿滿準備的東西交給他們。姜裕成又問了滿滿和衛枳的情況，衛杉告訴他們一切都好。

衛杉在七里待不到兩個時辰，然後又快馬加鞭的趕往京城。

自從衛杉來過一趟，七里的犯官家眷以及當地百姓們都知道新來的姜家人是有後臺的，平時做工遇見了，都會很客氣的跟他們打招呼。

有些想攀上他們的，還瞄準了文博和文硯兩兄弟，時常讓家中未嫁的女兒在他們身邊晃悠。

對此顏娘很是苦惱，跟姜裕成抱怨：「那些姑娘也太不顧臉面了，我們姜家雖然沒有門戶之見，但也不能娶那些心思不純的女子進門。」

姜裕成卻道：「我倒覺得這是好事。」

顏娘有些不解，姜裕成與她解釋。「文博和文硯正處於青春年少，這個年紀是最容易受到誘惑的時候，若他們能夠抵制住誘惑，也算是鍛鍊他們的心性。」

丈夫的話讓顏娘很不認同。「萬一他們沒能抵制誘惑呢？」

姜裕成正色道：「那只有讓他們負起責任來，按規矩來辦。」

顏娘心裡存了一股鬱氣，隨即將臉轉向一邊，不想理會姜裕成。

兩人說話時，都忽略了在屋子裡看似睡得正香的文瑜，兩人的對話被他一字不漏的聽了去。

晚上睡覺前，文瑜將白天從父母那裡聽來的對話複述了一遍，聽得文博文硯兩人驚訝不已。

文瑜眨眼。「大哥二哥，你們可要小心了，萬一被那些心思叵測的女子訛上，我可要多兩個嫂子咯。」

文博文硯兩個相視一眼，均從對方臉上看到了苦惱。從那以後，兩人只要一見到有女子出現，都躲得遠遠的。

一轉眼，姜家人來七里也有一個月了。這一日天降暴雨，監守允許所有的人回去休息一日。

誰也沒想到，這樣惡劣的天氣下竟然有幾個人偷偷渡過了七里江。

那些人不是別人，正是一直在打姜家人主意的斡拓國國主派來的武士，目的是擄了姜家人向衛枳談條件。

與姜家相鄰的是一戶軍戶，軍戶家裡有個跟文博文硯差不多的少年金盛，沒事時總喜歡跟文硯切磋武藝。

二人昨晚約好第二日一早上工前比試，誰知暴雨礙事，幾乎一整天都沒機會。

金盛在七里幾乎沒有遇到跟文硯一樣功夫好又不嫌棄他是軍戶的犯官家眷，與文硯結識後，一直拿他當朋友。

暴雨不停，就不能跟朋友見面，金盛時不時的從窗洞裡往外探，卻看到了一夥穿著斗篷戴著斗笠的人鬼鬼祟祟的摸進了姜家院子。

金盛心裡總覺得怪怪的，跟父親說道：「阿爹，姜家進了很多人，都穿著斗笠和斗篷，我覺得有點不對勁。」

金父聽了。「姜家與咱家不同，京裡有貴人，三年一過就要回去。可能是監守大人派人給他們送東西吧。」

金盛搖頭。「不像是送東西的，他們走幾步就打手勢交流，倒像是要去姜家偷東西一樣。」

聽兒子這樣說，金父也察覺出不對勁來，七里有誰不知道，當初京城來的貴人給姜家帶了很多東西，聽說值錢的還不少。

他拿起立在牆角的長槍，對兒子道：「我去看看情況，你留在家裡。」

金盛急忙拿起平日裡用的棍子。「爹，我跟您一起去。」

金父看了他一眼還是同意了，父子倆離家前叮囑金母關好門。

那幾個斡拓國的武士進了姜家院子後不敢輕舉妄動，暴雨落地的聲音剛好掩藏了他們發出的腳步聲。

領頭的命兩人守在門口，他帶著另兩人直奔主屋。

姜裕成正在考校三個兒子近來上工的心得，顏娘在一旁做著針線活。文硯最煩舞文弄墨，半天都不知該如何下筆。

他朝門口望去，心裡希望這場暴雨快點停止，他寧願去挑淤泥，也不想被逼著寫文章。就在這時，他隱約聽到了一聲布穀鳥的叫聲。文硯有些雀躍，是隔壁的金盛發出的聲音。兩人成為朋友後，他才知道金盛還有一手口技的絕活。

姜裕成見文硯不專心，眉頭不由得皺了皺，正要開口時門突然被人從外面推開了，屋內的一家人被嚇了一跳，愣愣地看著三個穿著斗笠拿著短刀的人闖了進來。

文硯最先反應過來，他一把掀起桌子朝著三個不速之客扔過去，一邊快速地朝文博喊道：「哥，你護著爹娘和魚兒進裡屋去，這裡交給我。」說完隨手抄起姜裕成的戒尺，與那三人纏鬥起來。

文博回了一個「好」字，拉著姜裕成三個往裡走，姜裕成也知道他們在這裡幫不上什麼忙，但又擔心兒子的安全，所以一時間進退兩難。

家裡只有文博和文硯會功夫，文博只練了皮毛，對付偷雞摸狗的小賊不成問題，要跟這種明顯一看就經過訓練的交手只有落敗。

若想幫到文硯，強上不能，只能智取。

文博扯著姜裕成和顏娘進了內室，吩咐文瑜攔著爹娘，正要出去時，文瑜叫住了他。

「大哥，你用我特製的彈弓裝上繡花針，專射那些人的眼睛，只要他們看不見，行動就會受限。」

文瑜話音剛落，顏娘立即去取繡花針，文瑜接著遞上自己的彈弓。

文博拿著特製的彈弓迅速跑到內室門口，然後對著其中一人的眼睛射過去。第一針失了準頭，射到了那人的額頭上。

那人吃痛，頓時分身朝著內室攻來，而此時文硯被另兩人纏著分不開身，慌亂中文博又再次射出一針。

這一次運氣好，剛好射中那人的眼睛，只聽到耳邊傳來一聲淒厲的叫喊，那人捂著眼睛蹲了下去。

就在這時，外面守著的兩人與金家父子都聽到了這聲叫喊。

金父對兒子道：「咱們趕緊進去看看。」

父子倆剛踢開門，就看見守在門口的兩人正往裡面衝。

「哪裡來的賊人，竟敢來這裡撒野？」金盛一聲怒喝，手中長棍朝著其中一人狠狠砸去，金父也與另一人打鬥起來。

外面戰況激烈，屋裡更激烈。文硯雖然功夫了得，但雙拳難敵四手，漸漸地敗下陣來，好在有文博的射針幫忙，賊人一時也拿不下他。

大約過了一炷香的時間，外面的兩個賊人被金家父子解決了，兩人急忙衝進屋裡來幫忙。

有了金家父子的加入，三個賊人又都被文博的射針所傷，很快被制伏了。

終於結束了打鬥，整個屋內狼藉一片，文硯與賊人近身搏鬥的時候受了不少傷，好在都是一些皮外傷。

姜裕成對顏娘道：「妳去給文硯包紮傷口，剩下的交給我和文博來處理。」

顏娘點了點頭，文硯衝著金盛眨了眨眼，然後跟著娘親進去了。

姜裕成對著金家父子作了個揖。「今日多虧金兄父子，我姜家才倖免於難，救命之恩不敢忘，若日後有需要我姜家的地方，儘管開口，姜某必定盡力而為。」

金父連忙擺手。「都是舉手之勞，姜大人不必如此。」

姜裕成正色。「金兄的舉手之勞對我們來說是活命之恩，這份恩德無論如何也不敢忘。」

他這般強調，金父倒不知如何回答了。金盛開口道：「姜伯伯，我爹這個人一向是樂於助人的，他常跟我說，幫人就是順手的事，能幫就幫。今天我們幫你們抓賊人，並不是圖您的報酬，文硯是我的好朋友，朋友有難當然要出手相幫了。」

聽了金盛的話後，姜裕成不由得感嘆萬分。自從做官以後，很久都沒遇到這般心思純正的人家了，心裡打定主意，在回京之前，一定要為他們做些什麼。

姜家遇襲的事情很快稟報到了監守那裡，暴雨天監守正摟著妾室快活呢，忽然聽到了這個消息，急急忙忙套上外衫趕來姜家。

「哪裡來的賊人，姜家也是你們敢闖的？」監守對著捆在一起的五人吐了一口唾沫，然後又急忙問姜裕成。「姜大人，讓您受驚了，不知可有傷到？」

姜裕成道：「除了我那次子與賊人打鬥時受了皮外傷，別的倒沒什麼。還有就是多虧了隔壁的金家父子幫忙，才避免了傷亡。」說完頓了頓。「剛剛我仔細觀察了這幾人一番，看著不像是咱們大宴的人。」

聽了這話，監守連忙朝那幾人看去，只見他們身上穿著普通的漢民衣衫，頭上包著七里百姓常用的布巾，臉上的鬍鬚十分濃密，乍一看跟漢民沒什麼不同，但走近後就能聞到他們身上似有若無的腥膻味。

監守臉色變得嚴肅起來。「來人，將他們頭上的布巾揭了。」

他話音落下，立即有人上前揭掉布巾，露出了賊人頭頂的真容。

「哼，原來竟是斡拓國人。」監守冷冷的看著他們。「咱們兩國一向井水不犯河水，說，你們為何要來七里行刺姜大人？」

那五個斡拓國的武士閉口不言，監守惱怒之下踢了其中一人一腳，那人緩緩抬起頭，狠狠地盯著監守。

監守氣急。「將這五人關進監牢嚴刑拷打，我倒要看看是他們骨頭硬，還是刑具硬。」

姜裕成插話。「監守大人，姜某不才，曾在刑部待過一段時間，若大人不嫌棄，姜某有辦法問出他們的目的。」

礙於姜裕成的身分，監守有些猶豫。姜裕成繼續道：「他們明顯是衝著我姜家來的，我想弄清楚緣由，還望監守大人通融。」

監守深吸一口氣。「好吧，姜大人隨我來。」

姜裕成跟著監守去了監牢，與審訊的人一起在監牢裡待了三天三夜，終於問出了斡拓國人的目的。

在得到口供後，姜裕成覺得有些好笑。那斡拓國的國主是傻的嗎？竟然為了他們一家打破了兩國互不干擾的局面。

在自己的地盤發生了異族入侵的事情，監守必須立即上報。當監守的上報奏摺到了京城後，衛枳第一時間知道這事。

「哼，斡拓國一個彈丸小國，也敢在我大宴疆土上撒野！」他批覆道：「斡拓國國主無視兩國友好邦交，私自派人襲擊大宴百姓。從今日起，大宴與斡拓國斷交，大宴與斡拓國邊境互市關閉。」

衛杉看了他的批覆，遲疑道：「真要跟斡拓國斷交嗎，三哥不怕那幫老傢伙反對？」

衛枳搖頭。「不會的，我也不是真的要跟斡拓國斷交，而是想藉此機會逼他們換國主。」他道：「我覺得若是由現今斡拓國國主阿拜爾的兄弟莫那納當國主挺好的。」

衛枳將批覆好的奏摺放在一旁，忽然對衛杉道：「這幾日皇上已經暈厥過去好幾回，太醫都差點將承暉殿當作家了。」

衛杉望向他。「三哥的意思是他快要……」

衛枳點了點頭。

衛杉深吸了一口氣，正色道：「三哥放心，我會負責好皇宮的守衛，杜絕一切意外發生。」

衛枳拍了拍他的肩。「你做事我放心，自己也要注意安全。」

衛杉在衛枳這裡待了一會就離去了，隔了不到一盞茶的工夫，承暉殿那邊來了個小太監，說顯慶帝醒了，傳衛枳過去。

衛枳放下手中的朱筆，隨著小太監去了承暉殿。剛一踏入承暉殿，就聞到一股濃郁的藥味。

顯慶帝看著氣色比昨日好了許多，他身後墊著兩個大枕頭，正靠在床頭等衛枳。

衛枳行了禮後，與顯慶帝對視了一眼，顯慶帝目光複雜的看著眼前這個正當壯年的姪子。

他曾無數次想像，若他還處於鼎盛時期該多好，一定不會再讓自己陷入今天的局面。

他又想起十多年前的那個晚上，天極宮的現任推演者急匆匆的來見自己，說了最近一次的推演結果，紫微星旁殺星再現。

當時他是想除去衛枳的，畢竟臥榻之側豈能容他人酣睡？但一想到年邁的恭王叔為了保住僅有的血脈，主動上交了兵權，衛枳的父親也是為他擋箭而死，他無論如何也下不了殺手，所以只是命人對衛枳的馬動手腳，讓他摔斷雙腿。

誰知命運竟這般捉弄人，曾經他害怕衛枳會奪了自己的天下，給他的都是表面的榮寵，現在卻要親手將江山交到他的手裡，大宴皇室嫡系一脈就此斷絕。

顯慶帝神思恍惚，衛枳耐心的等待著，直到他回過神。

「枳兒，我聽說你前些日子讓衛杉去了一趟七里？」

這都一個多月以前的事了，衛枳沒想到顯慶帝現在才問起，他道：「臣擔心岳父一家，所以才讓小杉代我去了一趟七里。」

顯慶帝點了點頭。「朕沒看錯，你的確是個重情重義的好孩子。」說著頓了頓。「重情義是好事，但你要記著，我衛氏兒郎絕不能被情義束縛住了，有時候必須得硬下心腸。」

衛枳知道他在說什麼，也不跟他反駁，只點頭贊同他的說法。

顯慶帝卻覺得難受，像一拳打到了棉花上一樣。他心氣不順，冷著臉讓衛枳退下。

衛枳從善如流，剛剛走出承暉殿，梁炳芳就跟了出來。

「攝政王殿下，請留步。」

衛枳命人停止推動輪椅，梁炳芳氣喘吁吁地跑了過來。「皇上讓老奴去東宮接皇太孫殿下。」

衛枳一臉平靜的盯著他，梁炳芳笑著道：「最近皇上嘴裡時常念叨著已故的二皇孫，還說皇太孫與二皇孫模樣像了六成，儼然已經把皇太孫當成了親孫子。」

聽了這話，衛枳道：「梁總管隨本王一道去東宮吧，照兒這會兒應該起了。」

梁炳芳立即應了。

來到東宮，衛照果然已經午睡起床了，滿滿正在餵他喝蜜水。見到父親後，他朝著衛枳伸出手，嚷著要他抱。

衛枳將兒子抱到腿上坐著，對滿滿道：「皇上想照兒了，讓梁總管接他去承暉殿。」

滿滿擱下碗。「照兒頑皮，恐會驚擾了皇上休息。」

梁炳芳上前一步道：「娘娘請放心，老奴會好好照看皇太孫的。」

滿滿看了衛枳一眼，衛枳道：「我下午還要去給皇上請安，到時候親自將照兒帶回來。」

滿滿將兒子抱到懷裡，柔聲叮囑。「照兒，一會兒到了承暉殿要乖乖的，不許亂跑和調皮，等著你父王去接你。」

衛照似懂非懂的點了點頭，隨後在爹娘的目送下跟著梁炳芳走了。

衛枳處理了一個時辰的奏摺後，心裡掛念兒子，便擱下筆往承暉殿去了。

離承暉殿還有段距離時，忽然看到太醫院的幾個老太醫行色匆匆的進了承暉殿。他臉色一變，讓人加快了推輪椅的速度。

承暉殿裡，顯慶帝又陷入了暈厥，太醫看過後，臉色均十分凝重。

「皇上為何會突然暈厥？」衛枳質問伺候的宮人。

那宮人嚇得跪在地上。「回攝政王，皇上先前同皇太孫玩了一會兒，過後便有些精神不濟，讓梁總管將皇太孫帶到偏殿去了，接著讓奴婢們全部退下，奴婢們都在外殿候著，聽到內殿傳來了聲響，進來後皇上已經暈過去了。」

衛枳又問太醫，太醫回答顯慶帝的情況不大好，就算醒來也沒有多少時間了。

這話讓殿內的氣氛變得沈重起來。

衛枳道：「本王命你們盡全力救治皇上。」

太醫們只好照做。

顯慶帝醒來時已經是戌時末了，他像是知道自己撐不了多久，命人傳朝臣們進宮。

衛枳抱著兒子，身旁站著滿滿。顯慶帝的眼神從他們一家三口身上掠過，恍惚間像是看到了二皇子一家。

亥時初，眾大臣從宮外趕來，顯慶帝對杜閣老為首的一眾老臣交代了許多，並當著他們的面傳位於兩歲的衛照。

大宴朝即將要換主人，眾臣心裡複雜極了，在這之前，誰都沒想到顯慶帝會把江山交到一個奶娃娃的手裡。

交代完臣子們後，顯慶帝招手讓衛枳過去。「枳兒，朕將大宴的江山交給你們父子，你們千萬別讓朕失望啊。」

「皇上請放心，臣定會協助皇太孫治理好大宴。」

顯慶帝點頭。「朕相信你有這個能力。」說完這句，他忽然抓住衛枳的手。「朕還有件事情要你去做。」

「皇上請吩咐。」

「朕去後，不要將朕與傅筠榮那賤人合葬，將她的棺柩挪出帝陵，改葬進妃陵。」

衛枳問：「那皇上與誰合葬？」

顯慶帝的腦海裡浮現出一張張笑靨如花的臉，最後祥妃豔麗的面容停在他眼前。

「就祥妃吧。」他嘆息道：「她雖然不大聰明，卻是真心待朕，還為朕生了個兒子。」

比起傅筠榮、蘇貴妃那兩個賤人的背叛，忠貞的祥妃才有資格葬在他身邊。

第三十章

顯慶二十九年，顯慶帝駕崩了，享年五十九歲。

他在臨終前將自己的江山交給了衛枳、衛照父子倆。在顯慶帝的棺槨葬入皇陵的三天後，三歲的皇太孫衛照被群臣擁護著登上了帝位，改年號為天福。

衛照雖為新帝，卻是個話都說不明白的奶娃娃，帝王的權力暫時由父親衛枳代為掌管，衛枳成為了這個國家的實際掌權人。

新帝登基後發佈的第一條詔令就是大赦天下，凡是在顯慶二十三年至顯慶二十九年收押、流放的犯官罪民，非謀反亂國、不可饒恕者；非殺人放火、罪大惡極者；非禍害百姓、受賄數目重大者，均可得到赦免，以往所犯罪行均可既往不咎。

按照詔令的規定，姜裕成一家自然在赦免範圍內。等到朝廷的赦免令到了七里，姜家就可以準備回京了。

七里的流放罪民裡也有部分人家在赦免範圍之內，赦免令下來後，他們都恢復了自由之身。

有跟姜家相熟的約好一起回京，也有平時不怎麼來往的，這時也會厚著臉皮求一同前往。

因為一道赦免令，七里的百姓們是幾家歡喜幾家愁。

若姜家和其他被赦免的人家是歡喜的話，隔壁金家就是發愁的那一個。

金家是軍戶，世世代代都生活在七里，若是沒有軍令，軍戶是不能離開戶籍管轄地的。

金盛從小跟著父親練就了一身武藝，人又聰明伶俐，金父不想兒子跟自己一樣，一輩子為軍戶這個身分所束縛。

自從上一次救了姜家以後，金父就一直在想，要不要去跟姜裕成提一提，幫著兒子改掉軍戶的身分？

但他忠厚老實了一輩子，實在是不知道該怎麼開口，於是這事就擱置了下來，直到赦免令下來，他都沒想好如何開口。

金家就這麼一個獨苗苗，金母比金父更想兒子能夠出人頭地，在她偶然得知了丈夫的念頭後，咬了咬牙將後院裡養的兩隻老母雞殺了，提著去了姜家。

顏娘正在收拾回京的行李，姜裕成帶著文博文硯兄弟倆去河堤處了，文瑜一個人在院子裡搗鼓他的小玩意兒。

聽到敲門聲，文瑜跑過去開了門。

「金嬸子，是妳啊。」目光落在了她手裡的母雞上。

金母笑著點了點頭。「你爹娘在嗎？」

文瑜回答：「我爹不在家，我娘在裡屋收拾行李呢。」

聽到姜裕成不在家，金母鬆了口氣。在她看來，女人家總要比男人心軟一些，說起話來也要方便些。

她對文瑜道：「你自己玩吧，我進去跟你娘說說話。」

文瑜點了點頭，等她進屋後卻將小杌子搬到了裡屋門口，一邊擺弄著手上的玩意兒，一邊豎起耳朵聽顏娘和金母在說什麼。

顏娘見金母提著兩隻雞，隨即便知道了她是有事相求，但金母卻一直不提所求之事，反而東拉西扯了一大通。

「金盛娘，妳有什麼事情就直說吧。」顏娘忍不住道。

金母有些尷尬地笑了笑，支支吾吾半天才說清楚自己的目的。

「實不相瞞，我這次來是有事相求。」她頓了頓繼續道：「我和當家的都知道你們要回京城的事情，姜大人是有本事的人，夫人，我想求您一件事，你們離開的時候，能不能帶著我兒金盛一起走？」

顏娘有些吃驚。「妳是說，讓我們帶著金盛一起去京城？」

金母點頭。「我們金家世代都是軍戶，一輩子就跟木頭樁子一樣釘在這裡。我和他爹活了大半輩子習慣了，但盛兒還年輕，我們不想他繼續重複我們的生活。」她懇切地望著顏娘。「盛兒功夫很好，若夫人不嫌棄，就讓他跟在二公子身邊做個護衛也行，只要能擺脫軍戶這個身分。」

聽了這話，顏娘道：「金盛的事情我做不了主，等我家老爺回來了，我會跟他說的。」

金母高興的笑了，顏娘又道：「別的我不敢保證，若金盛能夠跟我們去京城，我家老爺定會好好安排他的去處的。」

金母激動極了。「多謝夫人，多謝夫人。」

顏娘搖頭。「事情還沒成呢。」她看了一眼放在門口的老母雞。「妳把提來的東西拿回去吧。」

金母道：「我們家也沒有別的東西，只能用兩隻老母雞作為謝禮，還請夫人不要嫌棄。」

「我叫妳將老母雞拿回去，並不是嫌棄什麼，妳放心，金盛的事情我一定會跟我家老爺提的。」

金母還想說什麼，顏娘堅決不動搖，於是她只能提著老母雞回去了。

金母走後，文瑜進了屋。

「娘，您剛剛為何不直接告訴金嬸子，我爹已經跟姐夫說好了，咱們回京時也會將他們一家都帶上的？」

顏娘道：「這事你姐夫那邊還沒回信，你爹常說不要做無把握之事，不要說無根據之話，所以這件事暫時不能外傳。」

聽了這話，文瑜忽然嘆了口氣。

顏娘笑著問：「怎麼了？」

文瑜悶悶道：「我一點都不想回京城，七里比京城好多了。」

顏娘愣了一下，隨即揉著兒子的頭髮道：「七里有七里的好處，京城也有京城的好處。七里只是我們短暫的停留之地，京城是你的出生之地，那裡有你姐姐、姐夫和外甥，還有你從小到大的玩伴，京城才是我們的家。」

文瑜還是提不起精神，顏娘又道：「難道你不想姐姐、姐夫嗎？咱們可是已經許久沒有見過他們了。」

「當然想了。」他舉起手裡的小玩意道：「這是我送給照兒的禮物，也不知道他還記不記得我這個小舅舅。」說完這話，文瑜像是想起了什麼似的，著急道：「我還有好多東西沒做呢！娘，您慢慢收拾，我出去了。」

看到小兒子風風火火的樣子，顏娘忍不住笑出了聲。

傍晚，姜裕成帶著兩個兒子收工回家，顏娘將金母來過一事說了。姜裕成道：「女婿那邊已經回了信，等明日我問過金兒的意思後再說。」

聽了這話，顏娘笑道：「若金家跟著咱們去京城，最開心的應該是文硯，在京城那會也沒見他跟誰那麼要好過。」

姜裕成點頭。「金盛是根好苗子，若是好好培養，日後必有所成。」

姜家人離開那天，七里的天空湛藍一片、萬里無雲，微風輕輕吹拂，彷彿是在為他們送別。

回程的路上比來時多了自由和鬆快，顏娘與姜裕成嘴角噙著笑，正看著文博與文瑜下棋。至於文硯嘛，去另一輛車上與金盛講京城的風俗和見聞去了。

在姜裕成的操作下，金家三口都擺脫了軍戶這個身分，如今正準備跟著他們去京城謀生。

金父武藝出眾，姜裕成對他早有安排，金盛呢，就暫且讓他跟著文硯作伴，日後再做打算。

半個多月後，一行人總算到了京城。還未進城，老遠就見著金總管帶著家丁在城門外等候。

見到姜裕成幾人後，金總管連忙迎上前。「姜大人、姜夫人、三位公子，我家王爺和娘娘得知你們今日進京，天還未亮就派我來此等候了，總算是見著你們了。」

姜裕成虛扶了金總管一把。「金總管，煩勞你了，這種小事讓個小子跑一趟便是。」

金總管擺了擺手。「姜大人和夫人是我家王爺和娘娘最敬重的親人，理應他們二位前來接應，只是宮中事務纏身抽不開身來，所以才讓我來。」

聽了這話，姜裕成立即道：「政事最為重要，半點不能耽擱。」

金總管點頭，兩人又寒暄了幾句，金總管道：「娘娘早就命人將府裡規整了一遍，姜大人、姜夫人和三位公子先回家吧。」

「金總管請稍等片刻，我交代他們幾句就來。」姜裕成指了指後面跟隨的馬車。

金總管點了點頭。

姜裕成走到後面的馬車隊伍中，跟他們說明了情況。大部分人除了羨慕還是羨慕，但都能理解，只有一家人發出不滿的聲音，妄想姜裕成能夠替他們安排住處，姜裕成斂去笑意。「姜某看在諸位同在七里服役的情面上，答應與你們同行回京，如今已到京城，就此別過，願大家以後各自安好。」

說完轉身就走，那家人還不肯死心，那家的女人還差點上來攔著姜裕成。姜裕成冷笑了兩聲。「早知你們如此不識好歹，當初就不該答應與你們同行。」

那女人慫了。「姜大人，當初你答應帶上我們，到了京城更不應該拋下我們啊。」她指著金家人道：「咱們都是一個地方出來的，你可不能厚此薄彼啊。」

文硯聽了這話皺眉道：「你們能跟他們比嗎？金叔和金盛對我們姜家有救命之恩，你們呢，在七里的時候就同我家沒什麼來往，好心載了你們一程，也該知足了吧。」

旁邊其他人也聽不下去了，都勸那家人不要再糾纏。見沒人幫著自己，他們只好偃旗息鼓。

從顯慶二十七年三月到天福元年八月，姜家離開了京城兩年多。這兩年多的日子裡發生了太多的事情，雖然眼前的景象未變，冥冥之中卻發生了翻天覆地的變化。

金總管將他們送到姜府後便離去了。此前他們被流放時，貼身伺候的下人都被遣散了，如今府裡伺候的人都是滿滿新安排的。

顏娘忍著疲乏安排好了金家三口的住處，草草用過晚飯後回了正院休息。

也許是離家太久，明明身子疲乏得不行，閉上眼睛後卻怎麼都沒有睡意。

身旁傳來丈夫輕微的鼾聲，顏娘更加睡不著了。她在床上輾轉反側了許久，最後起身披著外衣，去了院子裡的石桌旁坐下。

她望著天上的圓月漸漸出了神，連姜裕成什麼時候出來的都不知道。

「夫人在想什麼？」姜裕成出聲問道。

顏娘驚訝的回過頭。「你怎麼也出來了？」

姜裕成挨著她坐下。「睡著睡著發現旁邊不見夫人的蹤影，我擔心夫人會偷偷離我而去，所以才藉著夜色來尋夫人。」

顏娘嗔怪道：「越老越不正經。」

姜裕成笑了笑，拉著妻子的手問道：「那妳告訴我，為何不睡覺跑出來吹冷風。」

顏娘嘆了嘆氣。「不知道是不是換了地方睡不踏實。」她盯著姜裕成道：「我們雖然回來了，但我總擔心哪天聖旨一下，咱們一家又被流放到哪裡去了。」

聽了這話，姜裕成安慰道：「別胡思亂想了，這次回京後，咱們再也不會經歷之前的那些事情了，妳想啊，先帝已逝，掌權的是咱們的女婿，九五之尊又是咱們的外孫，只要我們姜家不作奸犯科、謀反亂國，誰敢處置我們？」

顏娘心裡還有憂慮，姜裕成又道：「別擔心了，天塌下來還有為夫頂著呢。回去歇著吧，明日還要進宮呢，要是滿滿見妳氣色不好，心裡必然難受。」

提起女兒，顏娘的注意力被轉移了一大半。為了不讓滿滿擔心，她乖乖的隨著丈夫回去歇息了。

翌日，用過朝食後，姜裕成和顏娘帶著穿戴整齊的三個兒子進宮了。

今天要同久別的親人相見，滿滿早早的就派人去宮門口等著了。辰時初，總算見到了他們。

滿滿是攝政王妃，現在又管理著宮中事務，顏娘他們進來後首先行了君臣之禮，然後再敘家禮。

「爹、娘，女兒總算盼到你們了。」滿滿紅著眼眶激動道。

顏娘的眼睛也濕潤了。「是啊，算算日子，咱們娘倆兩年多沒見了。」她伸手摸了摸女兒臉龐。「妳還好嗎，有沒有人為難妳？」

滿滿道：「我很好。」她笑了笑。「照兒是皇上，夫君是攝政王，放眼望去天底下沒人比我身分尊貴，哪裡有人敢為難我？」

顏娘也笑了。「娘也沒想到我的滿滿會有這般造化。」

女人家說起話來就忘了其他人在場，姜家的幾個男人被她們晾在一旁，等了許久，文硯有些忍不住了。「娘，妳跟姐姐以後見面的日子多著呢，也該讓我們同姐姐說說話吧。」

顏娘和滿滿這才記起他們來，顏娘笑著瞪了次子一眼。「就你話多，文博和魚兒都沒說什麼呢。」

文硯嘿嘿笑了笑，竄到滿滿身邊。「姐姐，妳看我現在是不是又高又壯？」

滿滿仔細打量了他一陣，皺眉道：「你怎麼變得跟一塊黑炭似的？」

說完又去看另外兩個弟弟，見他們黑了一些，卻沒有文硯這麼誇張。

文硯擺了擺手。「姐，妳別管弟弟黑不黑，男兒家黑一點才有男子氣概。」他笑著湊攏道：「妳跟姐夫說一說，讓他把我調……」

文硯話還沒說完，殿外忽然響起一道尖厲的聲音：「皇上駕到，攝政王駕到。」

衛枳與衛照父子倆從承暉殿過來，見到姜家人後十分激動，姜裕成和顏娘帶著孩子們向父子倆行了君臣之禮。

衛枳伸手虛扶了一把。「咱們都是一家人，不必多禮。」

姜裕成搖頭。「如今不同往日，我等禮不可廢。」

衛枳沒有說什麼，轉頭對兒子道：「照兒，你外祖父、外祖母和舅舅們都來了，快給他們見禮。」

衛照聽話的照做，顏娘和姜裕成急忙道：「使不得、使不得。」

滿滿看了他們一眼。「爹、娘，先前你們已經行過國禮，現在咱們敘的是家禮，照兒身為晚輩，向你們見禮那是應該的。」

衛枳也贊同的點了點頭。

見夫妻二人都這樣說，姜裕成和顏娘也就不再說什麼了。

三個舅舅中，衛照最喜歡的就是文硯。因為文硯會帶著他騎大馬，也就是讓他騎在自己的脖子上，然後帶著他在御花園裡走一圈。

其次就是文瑜，文瑜在七里的時候做了很多小玩具，這次進宮也帶來了。衛照收到小舅舅送的禮物後開心極了，玩了一整天都不捨得放手。

至於文博嘛，他從小就覺得自己是長兄，要成熟穩重懂事，結果長成了一副不苟言笑的模樣。小皇帝衛照見了他，立即變得乖巧可愛，哪怕他擺出笑臉，衛照都不敢調皮。

滿滿常說，自從文博回來，才終於有人能治得住衛照，差點讓文博住到宮裡來管教衛照。

不過姜家還有兩個多月才出孝期，文博也不能時常進宮，所以這次進宮後，姜家人又開始深居簡出，平日裡只接待相熟的人家，將其他邀約拜見的人婉拒在門外。

與姜家的低調不同，凌績鳴一開始打著攝政王妃生父的旗號拉攏了一批官員。顯慶帝駕崩後，衛照登上了皇位，衛枳成了實際的掌權人。

因著凌績鳴的挑唆生事，姜家被流放到了七里，滿滿對凌績鳴和凌家怨恨不已，夫妻一體，衛枳對凌績鳴也沒什麼好臉色。

衛枳代替衛照發布了赦免令，朝野上下都知道他是想趁此機會將姜家赦免。凌績鳴雖然不遺餘力的扮演著攝政王妃生父的角色，卻成了同僚之間的一個笑話。

尤其是在姜裕成回京後，衛枳隨意找了個理由讓他連降三級。偏偏讓他被貶的罪名又是真實存在的，這讓他連為自己辯解的機會都沒有。

屋漏偏逢連夜雨，就在這個時候，久病臥床的凌老爹病情忽然加重，堅持了短短兩天時間就撒手人寰。

凌績鳴本來就因為被貶而苦悶不已，現在親爹去世他又要丁憂守孝，再加上姜裕成回歸後他所受到的嘲諷，讓他緊繃的神經徹底斷了。

他喝了個酩酊大醉，藉著酒意衝進范瑾的院子裡，不由分說的給了她一巴掌，還將所有的一切怪到范瑾身上。

那一刻范瑾恨不得眼前的男人就此消失，那一巴掌和他惡毒的咒罵，讓她徹底對這個男人死了心。若不是為了兒子，她寧願與他同歸於盡。

發洩夠了後，凌績鳴晃悠悠的離開了正院，在回去的路上撞到了一個丫鬟。也不知他腦子裡哪根筋搭錯了，竟然將那丫鬟拉扯到書房中，當晚就與她成了好事。

第二日醒來後，看清身邊睡著的丫鬟後，凌績鳴渾身猶如被冷水澆過一樣，裡裡外外都是冰涼一片。

他發瘋似的將那丫鬟趕下床，抱著頭喃喃自語。「我這都是幹了什麼啊！」親爹昨天才去世，他就藉著醉意睡了一個丫鬟，若是被外人知道，他這輩子的仕途就到頭了。想到這裡，他看向那丫鬟的眼神變得陰狠起來，這丫鬟絕對不能留，不然會給自己招來大禍。

丫鬟不知道自己已經大難臨頭，心裡還在設想以後的好日子。

「妳叫什麼名字，在哪裡當差？」過了許久，凌績鳴的聲音傳來。

丫鬟嬌嬌怯怯的回答：「奴婢叫春意，是夫人院子的二等丫頭。」

凌績鳴厭惡的看了她一眼，語氣忽然變得溫和起來。「春意啊，本來妳成了我的女人，我該給妳個名分的。但妳也知道，老太爺昨日才去了，我還在孝期，所以便不能給妳名份了。」

春意一臉委屈的抬頭看向他，凌績鳴又道：「當然，我也不是那種始亂終棄的人。這樣吧，我在京郊有個莊子，妳先去那裡待一段時間，待孝期過了我就接妳回府。」

聽了這話，春意由失望變成了開心，裝作一副善解人意的樣子。「春意都聽大人的。」

見春意同意了，凌績鳴立刻著手安排，命心腹將春意送到莊子上解決了。誰知春意命不該絕，被發現端倪的范瑾派人救下來了，並且還好吃好喝的養著，直到兩個月後春意被診出有了身孕。

凌績鳴還不知道自己的把柄被人抓住了，遞出丁憂的摺子後，他並沒有將凌老爹的棺槨送回老家，而是在京郊買了一塊地，將親爹葬在了京城。

他不想離開京城，不想放棄自己辛苦得來的一切，守孝的時候，經常暗地裡跟一些官員來往。

范瑾手裡抓著凌績鳴的小辮子，為了兒子，她暫時不想與凌績鳴魚死網破，從而讓兒子蒙羞。

就在她為了兒子百般隱忍時，凌績鳴卻為了能與吏部的官員攀上關係，竟然想讓凌曜與那官員的跛腿女兒訂親。

這件事是凌績鳴瞞著范瑾做下的，等范瑾知道的時候，凌績鳴已經同那官員交換了兒女的庚帖。

范瑾瘋了似的撲向凌績鳴，對他又打又罵，凌績鳴一把將她推開。「夠了，我今天只是來通知妳一聲，妳若是再發瘋，我立刻將妳送回范家。」

范瑾聞言突然大笑起來，笑過後又指著凌績鳴罵道：「凌績鳴，你這個畜生，為了仕途竟然連曜兒的一生都想毀了，你等著，我不會放過你的。」

凌績鳴厭惡的看了她一眼。「我懶得跟妳多言，曜兒是受委屈了，等我起復後定會好好補償他的。」

說完拍了拍衣裳，頭也不回的走了。

范瑾怨恨的盯著他的背影，喃喃道：「既然你這般無情，那就別怪我無義了。」

范瑾身著素衣，滿頭均無髮釵珠花裝飾，怔怔地站在都察院門前與那兩座威風凜凜的石獅子對視。她的身後站著一個腹部微微隆起做丫鬟打扮的女子。

此時的范瑾內心波瀾萬分，她知道只要踏進那朱紅大門一步，所有的一切便不可更改。閉了閉眼，她捏緊手中的狀紙，睜開眼睛後毅然決然的走近都察院正門。

守門的侍衛見她走過來，立即攔住她。「此乃都察院，閒人不得靠近。」

范瑾不慌不忙的拿出狀紙遞上。「我是來揭發左僉都御史凌績鳴的罪行。」

其中一個守衛接過狀紙看了一眼，又看向她身後的丫鬟春意，臉上出現了為難之色。凌績鳴原先是都察院的左都御史，後來因罪被貶為左僉都御史，雖然官職降了，但哪裡是他們這種不入流的守衛能得罪的。

兩個守衛對視一眼，均從對方臉上看出了拒絕。

「夫人還是回去吧。」守衛將狀紙遞給范瑾。「夫妻哪有隔夜仇，不要因此失了和氣。」

范瑾冷笑了一聲，她算是看明白了，這兩個守衛也是慫包。但她既然已經作下了決定，就絕不會更改。

她不肯走，守衛又礙於她的身分不敢轟她走，於是場面一度僵持著。

這時一個穿著棗紅官服、落腮鬍子的官員從裡面出來。「何人在此喧譁？」

那兩個守衛立即向他行禮。「劉大人，有人拿著狀紙要揭發朝廷官員的罪責。」

劉大人目光停留在范瑾和春意身上，范瑾根據他的官服判斷，這人便是居於凌績鳴之下的右僉都御史劉基。

范瑾突然對著劉基跪了下來，舉著狀紙大聲道：「請劉大人為我做主。」

春意也跟著跪了下來。「請劉大人為奴婢做主。」

劉基皺了皺眉，一開始並未打算去接那狀紙，直到范瑾又說了一句：「我要狀告左僉都御史凌績鳴孝期淫樂之罪。」

聽到凌績鳴三個字，劉基接過了狀紙，迅速瀏覽了一遍後問道：「這上面所書罪狀可否屬實？」

范瑾答：「字字屬實，絕無虛假。」

劉基點了點頭。「妳們隨本官來。」

說完拿著狀紙朝都察院裡走去，范瑾和春意連忙跟了上去。

劉基將兩人帶到了一個小房間裡，裡面只有一張桌子並四張凳子。

兩人在凳子上坐下，劉基將門窗關了，然後坐到了她們對面。

他拿起狀紙仔細看了起來，一邊看一邊疑惑的問：「范氏妳與凌大人是夫妻，為何會鬧到夫妻反目的地步？」

范瑾聽了，臉上多了厭惡。「若能回到以前，我寧願剪了頭髮做姑子，也不願嫁給那個衣冠禽獸。」

聽了這話，劉基心中大定，看來兩人的確是撕破臉了。他得意的想，有這樣一份罪狀在，凌績鳴的左僉都御史還能保住嗎？也許要不了多久，他就是新任左僉都御史。

他看向春意。「這丫鬟肚子裡的骨肉是重要的罪證，所以要將她妥善安排。」

范瑾點頭。「這個我知道。」

劉基又交代了兩人幾句，然後讓她們離開了。

離開都察院後，范瑾帶著春意去了自己的陪嫁莊子上，等待著都察院的傳喚。

劉基將范瑾的狀紙交到了左都御史魏積安處，凌績鳴被貶之前就是左都御史，後來他被貶了，原來的右都御史魏積安便代替了他。

兩人之前多有齟齬，凌績鳴被貶為左僉都御史後，魏積安曾多次為難他。

看到這份狀紙，魏積安確定了真假之後，立即讓人提審凌績鳴。

而在家為起復挖空了心思的凌績鳴，並不知道自己已經大難臨頭。

「大人！不好了，都察院來人了，說是要提審大人。」隨從慌慌張張的跑了進來。

凌績鳴騰地一下站起來。「你說什麼，都察院要提審本官？」隨即冷笑。「難道他們不知道本官就是都察院的人嗎？」

隨從搖頭。「小的也不知道，小的來稟報時，他們已經朝著書房過來了。」

凌績鳴心裡突然升起不祥的預感，他問道：「夫人和公子呢？」

隨從再次搖頭。

凌績鳴不知道的是，自從范瑾打算斷送凌績鳴的仕途後，她就藉口范柳氏生病，讓兒子替自己回娘家侍疾了。

凌績鳴不停的轉動腦筋，想著該怎麼應付。誰知都察院的人根本不給他開口的機會，直接將他帶到了魏積安面前。

看到魏積安得意的笑容時，凌績鳴心裡咯噔一下，魏積安與他不和已久，這次就算沒罪也會給他弄出個罪名來。

「好你個魏積安，為了整我，竟然不顧朝廷律令，私自提審朝廷官員。」

魏積安哼了一聲。「你這個人就是嘴硬。」說完對一旁的劉基道：「將狀紙遞給凌大人看一看。」

劉基照做。

凌績鳴拿著狀紙快速瀏覽了一遍，臉色變得蒼白起來，手心也緊張得出了汗，上面羅列的全是他做過的事。是誰，是誰狀告他？

他緩緩的抬起頭。「是誰，是誰寫這份狀紙的？」

魏積安見他至今還不知道枕邊人的所作所為，不由得有些憐憫。「狀紙上所書之事，若非身邊親近之人，誰又能知道得如此詳細？」

聽了這話，凌績鳴不敢置信的瞪大了眼睛。

「不，不可能。」他拚命的搖頭，指著魏積安和劉基道：「一定是你們陷害我，就因為我同你們有過節，你們就費盡了心思想要扳倒我。」

魏積安見他這時候還在攀扯自己，立即命人將范瑾和春意帶上來。

范瑾和春意進來時，沒有看凌績鳴一眼，凌績鳴卻呆愣住了。他怎麼也沒想到，背叛自己的竟是夫妻多年的范瑾。

「賤人！這些年來我待妳不薄，妳竟然敢陷害我！」他猛地衝過去，狠狠的給了范瑾一巴掌。

范瑾歪著頭冷眼看著他。「你待我不薄？你也好意思說這話，當年若不是我爹、我外祖父，你能在京城站穩腳跟？後來見我娘家失了勢，你就成了縮頭烏龜。」她吐了一口血沫，繼續道：「人都有趨利避害的想法，你遠離我娘家我不怪你，你為了你爹娘軟禁我我也認了，你睡了我的丫鬟我也不難過，但你千不該萬不該把主意打到曜兒的身上。他是那麼的優秀，怎麼能娶一個跛腿的妻子？」

凌績鳴不由得後退了兩步，范瑾將春意拉了過來。「這個丫鬟跟你有了夫妻之實，你卻能狠心殺死她，若我沒救下她，她早就成了你手底下的冤魂。凌績鳴，你什麼時候變得那麼心狠手辣了？」

春意的肚子微微隆起，那是凌績鳴抹不去的罪證。凌績鳴知道自己的仕途這次是真的走到頭了，腿一軟，猶如一灘爛泥癱在了地上。

人證物證俱全，淩績鳴也不辯解了，魏積安封存好狀紙與供詞，進宮求見衛枳。

衛枳看了狀紙與淩績鳴親自畫押的供詞後，皺了皺眉，厭惡道：「革除淩績鳴左僉都御史一職，永不錄用！」

「臣遵命。」衛枳的處置就是魏積安想要的，他拿著罷免淩績鳴的公文出了皇宮，心裡爽快極了。

臨近永安門出口時，他又不由得回望了巍峨雄壯的皇宮一眼，心裡嘆息著，淩績鳴啊淩績鳴，原本你可以靠著做攝政王妃的女兒和皇帝外孫在這朝中隨心所欲，誰叫你早年偏偏要拋妻棄女呢？

原本你可以成為皇親國戚，官運亨通讓人羨慕，誰叫吳王謀反，二皇子一家死於非命呢？

原本你可以在左都御史的位置上安穩到老，誰叫你動了攝政王妃最在意的家人，並且還得罪了我魏積安呢？

原本……

魏積安此刻所想也是淩績鳴所想，他後悔自己看錯了人，站錯了隊伍，走錯了路，才會一步錯、步步錯。

若是有重來的機會，他一定不會再犯同樣的錯誤。

可惜一切都回不去了。

魏積安離開後，衛枳去見了妻子。滿滿得知凌績鳴在孝期所做的一切荒唐事情後，先是愣了愣才冷笑。「真是丟人現眼，革職了也好，免得給大宴蒙羞。」

衛枳拉著她的手。「我這麼處置他，妳會不會生我氣？」

滿滿搖了搖頭。「你處置他不過是遵照禮法行事，我為何要怪你？」她看著衛枳的眼睛認真道：「我知道你在顧慮什麼，我可以明確的告訴你，我姜清芷只有一個父親，那就是姜裕成姜大人。若不是我娘當初說清芷這個名字寓意好，我早就央求我爹給我改名了，凌績鳴乃至於凌家，與我沒有任何關係。」

滿滿說這話時沒有憤恨和不平，衛枳看得出來她真的不在乎凌績鳴的好壞，她認定的父親只有繼父姜裕成。

想到這裡，他忽然提起姜裕成起復的事情來。

「姜家已經出了孝，岳父大人也應該還朝了。」

滿滿有些擔憂。「我爹當初被先帝流放，這會不會影響他的起復？」

衛枳拍了拍她的手，安慰道：「放心吧，岳父起復一事肯定會有人不贊同，但大多數的朝臣還是站在他這邊，更何況還有我在呢，岳父起復後的職位不會太低。」

聽了這話，滿滿自然為父親感到開心，但下一刻又開心不起來了。

衛枳連忙問她怎麼了，滿滿嘆息著開口。「你這樣向著我娘家，難道都不怕姜家勢大嗎？」

衛枳噗哧笑了。「不會的。」他扳正妻子的臉道：「岳父不是那種權慾薰心的人，我也不是任人擺佈的傀儡。我不會像先帝那樣，放任晉陽侯府勢大而不管，最後一發不可收拾了才用鐵腕手段鎮壓。」

滿滿點頭。「我爹不是晉陽侯，姜家也不是晉陽侯府。我記得我爹以前說過，等文博和文硯入朝後他就致仕，帶我娘去遊山玩水。」

衛枳道：「岳父待岳母真好。」他看了自己雙腿一眼。「可惜我不能陪妳走遍大宴的大好河山了。」

「我不在乎那些，只要你在我身邊就好。」滿滿連忙安慰他。

兩人相視一笑，殿內的氣氛變得十分溫馨。

第二日，衛枳便擬好了起用姜裕成的聖旨，衛照在父親的協助下蓋好了皇帝專用的印章。

姜裕成被任命為吏部尚書，原先的吏部尚書郭晉儀榮升為文淵閣大學士，並出任帝師一職。

郭晉儀早就有了入閣的資格，只是為了守住吏部尚書的位置才多待了一年，他沒想到衛枳會因此讓他擔任衛照的老師。

顯慶帝在世前已經任命了三位帝師，衛枳權衡一番後只留下了兩個，郭晉儀是代替了被取消了資格的那位。

姜裕成升任吏部尚書的隔日，衛枳又頒發了一道聖旨，賜封顏娘為超一品誥命夫人。送走傳旨的梁炳芳以後，顏娘捧著聖旨不由得喜極而泣。她這才明白女兒滿滿所說的那些話是什麼意思——

凌績鳴被革職的第二日，她進宮去看女兒和外孫，滿滿抱著她說：「總有一天，我會讓那些看輕我們母女的人仰視我們，從今往後再也沒人讓我娘受委屈。」

滿滿沒有食言，在以後的日子裡，全京城的夫人太太都羨慕顏娘生了個好女兒，再也沒人敢拿她二嫁的事情說嘴。無論哪家辦宴會，都會以請到顏娘為座上賓為榮，更別提那些挖空了心思也想把女兒嫁進姜家的人家。

從聖旨下達的那天起，此後的幾十年裡，顏娘一直被京城的夫人太太們豔羨著。

天福十六年，攝政王衛枳還政於少帝衛照，衛照親政第一天，便頒發了冊封外祖母聶氏顏娘為秦國夫人的聖旨，就在同一天，衛照還賜予外祖父姜裕成侯爵的榮耀，顏娘又多了侯夫人的身分。

顏娘這一生遭遇過不公和苦痛，也得到了丈夫的真心以待，膝下兒女雙全、聰明又懂事，丈夫和兒女讓她忘記了以前受過的苦痛。

嫁給姜裕成的幾十年裡，兩人恩愛相守，共同攜手度過了生命裡的風風雨雨，孩子們長大後，一個比一個有出息。

女兒成了攝政王妃，丈夫衛枳待她如珠似寶；外孫成了大宴的帝王，勤政愛民仁君風範；長子善文子承父業，不惑之年便入了閣；次子善武鎮守邊關，是保家衛國的英雄；幼子喜發明創造，一生為大宴百姓謀福祉。

以前從未敢想像的事情變成了現實，直到閉上眼睛那一刻，還恍如在夢中。

這輩子她最遺憾的是沒能早點遇到姜裕成，沒能和丈夫一起走完後面的二十年。

據姜家子孫在姜家族譜中記錄，姜家的這兩位老祖宗，一個是和離帶著女兒的下堂婦，一個是有剋妻之名的父母官，不管是升官加爵還是被貶流放，他們都攜手共同應對人生中的風風雨雨。

當子孫後人提到顏娘這位祖奶奶，都不禁感嘆其一生之曲折，拖著再嫁之身，前半生丈夫體貼、兒女成群，後半生榮華富貴、惹人豔羨，可以稱得上人生贏家！

——全書完

番外篇

凌績鳴從都察院出來那天，隨從帶著范瑾寫下的和離書在外面等著。凌績鳴接過和離書，看都未看，直接簽下自己的名字並按上了指印。

事已至此，他的心猶如一潭死水，再也起不了波瀾。凌家因他而崛起，也因他而落敗，從今往後他只能做一個平凡的普通人。

范瑾得知凌績鳴爽快的簽下和離書後，愣怔了片刻，隨後將此事拋之腦後。因為她目前還有更重要的事情要做，那就是替兒子退了那門不該存在的親事。

范瑾帶著女方的庚帖上了門，女方的爹本就因為凌績鳴的牽連降了官職，如今巴不得趕緊將這燙手山芋扔了，所以退親一事很容易就辦成了。

范瑾手中拿著兒子庚帖，覺得心裡一下子順暢了不少。等她迫不及待的回娘家想要將這個好消息告訴兒子時，范柳氏卻告訴她凌曜回凌家去了。

范瑾怒氣沖沖的去了凌家，打算將兒子帶回來。誰知凌曜根本不肯隨她走，失望至極的范瑾去了慈心庵。

忘憂與師姐妹們做完早課後就去後院勞作了，活兒才做了不到一半，師姐過來通知她說她俗世的家人要見她。

忘憂搖了搖頭，託師姐替她回絕了，師姐卻一臉為難道：「師妹還是去見她一面吧，那位女施主一直在哭。」

無奈之下，忘憂還是去見了范瑾。時隔幾年，母女倆再一次相見，橫亙在中間的是陌生又淡漠的氛圍。

最終還是忘憂打破了沈默，輕聲問道：「不知施主找忘憂做什麼？」

范瑾眼眶紅了，盯著對面那張熟悉又陌生的臉問道：「琬琬，妳還好嗎？」

忘憂雙手合十。「這裡沒有琬琬，只有忘憂，施主還是稱呼小尼法號吧。」

「妳不是什麼忘憂！妳是我十月懷胎生下來的女兒！」范瑾聞言情緒有些激動，等她吼完後見忘憂一臉平靜的望著自己，隨即放低了聲音。「琬琬，娘如今只有妳和曜兒兩個孩子了，妳就別跟娘使氣了，跟娘回家吧。」

忘憂再次雙手合十。「施主，忘憂已經斷絕了凡塵俗世的一切，還請施主莫要再提。」

范瑾騰地站起來，滿臉怒色。「凌琬琬，妳怎麼能那麼自私！若不是妳當初不願意進宮，珺珺也不會死於非命。妳跟妳那姓凌的爹一樣，都是自私薄情的人，想必妳還不知道吧，妳爹孝期與丫鬟私通，已經被革去了官職，妳要是不跟我回去，指不定妳那貪心的爹會為了一點蠅頭小利，把妳賣到哪個窮鄉僻壤去。」

聽了這話，忘憂也站了起來。「施主，忘憂已經說過，自打進了這佛門，凡塵俗世便與忘憂無任何關係了。若施主今日是為了聽禪而來，忘憂可以為引薦本庵的慧心師太，若施主是為了俗事而來，忘憂無能為力，施主還是請回吧！」

「妳就這麼絕情，絲毫不感念我對妳那麼多年的生養之恩嗎？」范瑾還不肯放棄。

「施主請回吧。」忘憂平靜道。

「好好好，沒想到妳如此薄情寡義，從今往後我就當從未生過妳這個女兒！」范瑾被氣得拂袖離去。

忘憂望著她遠走的背影，不由得嘆了口氣。

由於白日范瑾的到訪，夜裡忘憂一直睡得不踏實。她似乎又夢到了住在皇宮中那幾年生不如死的日子。

二皇子陰晴不定，身邊那麼多宮人太監都避著他，每次他發脾氣或者在太子那裡受了氣，回來後總是要讓她吃盡苦頭，彷彿她才是那個讓他一切不順的源頭。

忘憂望著一步步逼近的二皇子，看到他手裡那個漆黑的鐵皮盒子，內心的恐懼讓她不由得顫抖起來。

不要過來！不要過來！她想張嘴大喊，嘴巴卻像是被封住了一般，怎麼都張不開，只能閉上眼睛不去看他。

「這孩子怎麼一直亂動呢，該不會是作噩夢了吧？」就在這時候，她聽到了一道溫柔又陌生的女聲。

她不由得睜開了眼睛，發現自己正躺在一張床上，床邊坐著一個美貌又圓潤的婦人。

見她醒了，美貌婦人臉上有了笑容。「圓圓，妳告訴娘剛才是不是作噩夢了？」

圓圓？忘憂疑惑極了，圓圓是誰，她在哪裡，這個自稱她娘的女人又是誰，怎麼看著有些眼熟？

她瞪著眼睛不說話，美貌婦人著急了，用手摸了摸她的額頭。「該不會燒糊塗了吧？」

這時屋外傳來一道清脆的聲音。「娘，妹妹醒了嗎？」

話音落下，一個紮著雙丫髻、穿著紅棉襖的女童跑了進來。

「滿滿，小心點。」美貌婦人對女童道：「妳妹妹就是因為摔狠了才病這麼久，妳可千萬不能再有事。」

女童慢慢靠近美貌婦人，撒嬌道：「娘，妹妹不會有事的，爹爹已經請了虞城縣最好的大夫，等大夫來了以後妹妹就會好了。」說完這話，女童朝床上看去。「咦，妹妹醒了啊。」

美貌婦人嘆氣。「醒是醒了，可不叫人也不動，就這麼木愣的瞪著眼睛。」

女童眼珠子轉了轉。「娘，妹妹肯定是被嚇壞了，要不然您先出去，我來陪她？」

美貌婦人沒有猶豫，點了點頭。「要是有什麼不對勁的，妳馬上叫娘。」說完便出去了。

女童坐到床邊，拉起忘憂的手。「圓圓，妳快好起來吧，不然爹爹和娘愁得頭髮都要白了。」說著說著她變得有些氣憤。「哼，凌俊才把妳推下斜坡，這仇早晚姐姐要替妳報的。」

被女童溫熱的手握著，忘憂不由得看向兩人交握的雙手，不看還好，一看大吃了一驚。她原本那雙成年女子的手此刻變成了一雙稚嫩圓潤的小手，她忍不住坐了起來。「鏡子，我要鏡子。」

女童被她嚇了一跳，反應過來後連忙去取了銅鏡來。

忘憂握著鏡子，看著裡面那張與面前女童相差無幾的小臉，頓時慌了。

這一定是夢，她在心裡不停的告訴自己，又忍不住狠狠的揪了自己手臂一下。疼痛感傳來，讓她意識到這似乎不是夢境。她又望了鏡子一眼，鏡中的那張小臉，額頭正中多了一道暗紅的疤痕。

「圓圓，妳別怕，大夫說疤痕會好的，只要妳乖乖吃藥，以後就會看不見的。」女童以為她是在為臉上的疤痕傷心，急忙安慰。

忘憂看了她一眼，心中打算按兵不動，等先摸清楚自己的情況再說。

那個叫滿滿的女童每天都會來陪自己說話，期間美貌婦人早晚也會來看自己，忘憂不動聲色的從女童口中套出了很多訊息。

她現在的身分是虞城縣知縣姜裕成與夫人聶顏娘的次女，與女童滿滿是雙生姐妹。最讓她驚訝的是，聶顏娘與姜裕成都是初婚，成親一年後生下了兩個女兒。

而虞城縣前一任知縣范玨與夫人范柳氏只有一個獨子，在姜裕成上任後，范玨帶著妻兒去其他地方上任去了。

至於凌績鳴，因嫌棄聶顏娘體胖，高中以後逼著聶家退了親，轉頭另娶了虞城縣上一戶富戶的女兒為妻，與妻子生有一個兒子凌俊才，也就是將自己這具身體推下山坡的罪魁禍首。

忘憂在得到這些消息後，驚愕得久久不能平復心情，她花了很久的時間才慢慢接受事實。若真如佛法所言，人有來世的話，她難道真的已經投胎轉世了嗎？

這一世的很多事情都與前世不一樣了，可以說發生了翻天覆地的變化，是不是代表她這一世的命運不會再被別人掌控？

姜裕成與聶顏娘跟上一世的凌績鳴和范瑾不同，他們是將兒女疼到骨子裡的父母，若這輩子長在他們的庇護下，她是不是也會擁有一個幸福的人生呢？

會的吧，她這樣想著。

——全篇完

2020年4月出版

二嫁榮門

文創風 836～838

能讓自己過得好，小日子才叫爽快！
至於那些惱人的蒼蠅、蚊子，有多遠趕多遠吧～～

歡喜冤家 巧手擒心／竹聲

她名叫簡淡，但日子過得……可真不簡單！
因為雙胞胎剋親的傳言，自小爹不疼娘不愛，只得在祖父關照下寄居親戚家，
學得製瓷巧藝回本家後，又被迫代替嬌弱的胞姊出嫁，最後落得橫死下場。
這回重生，她不打算再悲催一次，定要保全自己，還要做瓷器生意賺大錢！
有祖父當靠山，她忙著習武強身、精進手藝，唯一苦惱的是隔壁王府的沈餘之，
此人正是前世早早病亡，害她沖喜不成，婚後三個月便做了寡婦的罪魁禍首！
說起這位世子，體虛第一、毒舌第一，最大興趣是同她唇槍舌劍，不贏不休，
還在院子裡搭起高臺，每日將她苦練雙節棍的英姿當大戲看，順道點評兩句。
本想還以顏色，孰料一場遇險讓她變成他的救命恩人，這下更是關係曖昧了……
唉，這款丈夫要不得，前世嫁他是逼不得已，今生得想辦法脫身才行啊！

風 文創
843

下堂婦逆轉人生 3 完

國家圖書館出版品預行編目資料

下堂婦逆轉人生 / 饞饞貓著. --
初版. -- 臺北市 : 狗屋, 2020.04
冊 ; 公分. --(文創風)
ISBN 978-986-509-100-2(第3冊：平裝). --

857.7 109001924

著作者	饞饞貓
編輯	李佩倫
校對	周貝桂
發行所	狗屋出版社有限公司
地址	台北市104中山區龍江路71巷15號1樓
電話	02-2776-5889～0
發行字號	局版台業字845號
法律顧問	蕭雄淋律師
總經銷	知遠文化事業有限公司
電話	02-2664-8800
初版	2020年4月
國際書碼	ISBN-13　978-986-509-100-2

本著作物由起點中文網（www.qidian.com）授權出版

定價250元
狗屋劃撥帳號：19001626
網址：love.doghouse.com.tw　E-mail：love@doghouse.com.tw